I0597866

UN PROTECTEUR POUR CAROLINE

UN PROTECTEUR POUR CAROLINE (FORCES TRÈS SPÉCIALES)

SUSAN STOKER

PROLOGUE

Matthew « Wolf » Steel n'aurait pu être plus fier de ses cinq camarades et amis. Les unités des SEAL, Forces Spéciales de la Marine, avaient la réputation d'être soudées, et la sienne ne dérogeait pas à la règle. Les agents étaient épuisés. Ils venaient de passer les deux semaines précédentes dans un « lieu tenu secret », à essayer de dénicher le chef des ennemis dans un repaire de centaines d'autres ennemis. La mission avait été terriblement difficile, mais ils avaient fini par l'accomplir.

Balayant des yeux l'intérieur de l'avion, Wolf observa les hommes endormis. Il aurait dû être tout aussi épuisé qu'eux, mais trop d'adrénaline lui courait encore dans les veines pour que son corps parvienne à se reposer tout de suite. Il savait que plus tard, il s'endormirait comme une masse, mais pour le moment, il était bien réveillé.

Christopher Powers, surnommé Abe, attira son œil en premier. Au sein du groupe, Abe était probablement son ami le plus proche. Wolf se disait qu'il était le seul de l'unité à connaître quoi que ce soit du passé d'Abe, dont le surnom lui seyait étonnamment bien. On n'aurait pas pu trouver plus honnête homme et Abe exigeait la même franchise de ceux qu'il considérait comme ses amis.

Wolf vit Abe changer de position sur son siège avant de s'immobiliser à nouveau. Puis il tourna les yeux vers Hunter Knox. Surnommé Cookie, c'était le dernier arrivé dans l'unité, sans que personne lui en fasse le reproche. Contrairement à de nombreuses sociétés, peu importait qu'un SEAL sorte à peine de son entraînement de qualification ou bien qu'il ait fait partie d'une unité pendant des années ;. Un SEAL restait un SEAL.

Le groupe apprenait toujours à connaître Cookie, mais il avait prouvé qu'il était un atout excellent au sein de leur unité soudée. Cookie était le meilleur nageur de la bande ; il était drôle, compréhensif et ne reculait devant rien pour que la mission aboutisse.

Les marmonnements de Dude, de son vrai nom Faulkner Cooper, attirèrent l'attention de Wolf. Dude n'avait pas retiré la moindre pièce de son équipement et était replié sur lui-même sur le petit siège de l'avion militaire. Wolf se remémora la fois où Dude avait failli se faire sauter en essayant de sécuriser un bâtiment. Expert en matière d'explosifs, Dude avait trouvé une mine antipersonnel M14 piégée fixée au montant d'une porte lors d'une de leurs missions. Cette mine était surnommée « l'arracheuse d'orteils », parce qu'elle était destinée à mutiler et à ralentir ceux qui entraient dans une pièce plutôt que de les tuer.

Dude avait immédiatement identifié le type de mine et était allé réenclencher le cran de sécurité afin de la désamorcer, mais quelque chose avait foiré et la bombe avait explosé. La mine avait effectué son travail, et Dude avait perdu une partie de trois des doigts de la main gauche. En plus d'avoir perdu une partie de sa main, il souffrait de nombreuses cicatrices, s'étant trouvé trop près de la mine quand elle avait détoné.

Wolf savait que Dude était plus chatouilleux à propos de sa blessure qu'il n'en laissait paraître devant ses camarades. Une fois, Wolf avait vu le visage de Dude devenir froid et rigide lorsqu'une femme avait aperçu sa main mutilée. Même si l'attitude insouciante de son ami lui manquait parfois, Wolf était content qu'il soit toujours parmi eux. Avec ses instincts imparables en matière d'explosifs, Wolf savait que l'unité était plus forte grâce à Dude.

En songeant aux problèmes de son camarade avec les femmes, il pensa à Sam Reed, ou Mozart. Voilà un homme qui n'avait assurément aucun problème avec elles. Mozart était populaire auprès des dames et n'hésitait jamais à transformer la moindre rencontre en une séance de flirt qui laissait la porte ouverte à un coup d'un soir. Mais à ce qu'en savait Wolf, Mozart n'avait jamais été tenté par davantage.

Il se disait que l'aversion de Mozart envers l'idée de s'établir avec une femme avait quelque chose à voir avec l'assassinat de sa petite sœur quand il était enfant, mais il n'avait jamais cherché à en savoir plus. Après tout, on a tous le droit d'avoir des secrets.

Wolf ricana discrètement en songeant au dernier membre de leur unité, Kason Sawyer, alias Benny. Les surnoms faisaient partie de la vie des unités SEAL. Tout le monde en avait un et il n'était pas nécessairement macho, ni même souhaité par le destinataire. Benny en était l'exemple même. Cela faisait des années qu'il essayait de convaincre les autres de lui en donner un autre, mais ils se contentaient de rire et de l'ignorer. Une plaisanterie courante au sein de l'unité consistait à demander à Benny s'il aimait le nouveau nom qu'on lui avait trouvé avant de s'esclaffer et de lui dire « pas de bol » lorsqu'il répondait qu'effectivement, il aimait bien le nouveau. Benny avait mérité son surnom et il n'aurait rien pu faire pour en changer.

Fatigué pour la première fois depuis qu'il était monté dans l'avion, Wolf ferma enfin les paupières. Il se disait qu'il avait de la chance, non seulement d'avoir l'un des boulots les plus intéressants et les plus excitants au monde, mais aussi d'être capable de travailler avec une unité d'hommes aussi géniaux. Chacun avait ses forces et ses faiblesses, et il n'y avait aucun secret au sein du groupe. Abe, Cookie, Mozart, Benny et Dude étaient ses coéquipiers, mais ils étaient également ses amis les plus proches.

Wolf soupira, se cala dans son siège et essaya de se détendre. L'unité passerait peut-être quelques semaines sur le sol américain avant de repartir pour une autre mission, mais les congés n'étaient jamais garantis. Wolf savait qu'au soir de leur retour, ils se rendraient dans leur bar favori pour leur rituel de retour de mission qui consistait à décompresser et se taper la discute.

Laisser la mission derrière soi était parfois difficile, mais quelque part, leur tradition de descendre quelques bières les sortirait du monde militaire et les recentrerait sur ce qui était important... à savoir l'amitié et les femmes.

Chaque membre de l'unité savait qu'ils ne rencontreraient probablement pas la femme de leurs rêves dans un bar, particulièrement pas un bar près de la base où trop de femmes étaient plus que disposées à coucher avec un SEAL juste pour s'en vanter. Cela dit, cela n'empêchait pas les mecs de profiter de ce qui leur était fréquemment offert.

Wolf ignora la petite voix insistante dans sa tête qui lui disait que cela ne lui ferait rien de se poser et de trouver quelqu'un à aimer. De toute façon, il ne pouvait pas le planifier ; il faudrait simplement suivre le mouvement. Avec un peu de chance, cela arriverait plus tôt que prévu, mais il n'allait pas se ronger les sangs en attendant.

Le sommeil finit par s'abattre sur Wolf, comme il l'avait fait pour le reste de son unité, et ils dormirent comme s'ils étaient morts de fatigue alors que l'appareil se dirigeait vers la Californie... vers la maison.

1

———

Comme un fantasme devenu réalité, toutes les femmes du bar étaient particulièrement conscientes de la tablée d'hommes magnifiques assis dans un coin. Appartenant visiblement à l'armée, ils étaient musclés et dégageaient une sorte de vigilance acquise dans leurs nombreuses missions à l'étranger. Toutes ces femmes auraient donné n'importe quoi pour avoir la chance de rentrer avec l'un d'entre eux... tant ils étaient beaux.

Les agents de l'unité et leurs amis profitaient d'un dernier verre ensemble avant que plusieurs d'entre eux ne partent en congé. Connu pour son excellente sélection de bières, et pour être un lieu de rencontres idéal, ce bar était le point de chute où ils passaient pas mal de temps, particulièrement après une mission. À un moment ou à un autre, chacun des six était rentré avec une femme qu'il y avait rencontrée. Jusque-là, personne n'avait trouvé « la perle rare ». Non qu'ils ne *veuillent* pas rencontrer quelqu'un à aimer, mais cela ne leur était pas encore arrivé. Et en attendant, ils profitaient de pouvoir draguer.

Ils avaient tous joué à emballer des femmes par le passé, mais Wolf était le moins susceptible de coucher avec une inconnue qui souhaitait simplement ajouter un SEAL à son tableau de chasse. Il avait appris tôt dans sa vie, en observant l'exemple que lui avaient fourni ses parents, que le véritable amour existait et qu'on pouvait le trouver. Wolf n'était pas un saint, mais il n'avait jamais étalé sa sexualité.

— Paré pour tes vacances ? lui demanda Dude.

— Tu plaisantes ? Je ne me souviens pas de la dernière fois où j'ai pris des congés... bon sang, où *aucun* d'entre nous n'a pris de congés.

— Où vous allez, déjà ? les interrogea Dude.

— Mozart, Abe et moi, nous nous rendons en Virginie pour aller rendre visite à Tex. Il est mobilisé pour des missions de plus en plus nombreuses, dernièrement, parce qu'il a des contacts géniaux que la Marine ne peut qu'espérer dupliquer.

Prenant une inspiration, Wolf poursuivit :

— Après avoir perdu sa jambe lors de cette mission, Tex a pris sa retraite et cela fait bien trop longtemps qu'on ne l'a pas vu. Et puis, comme on doit repartir de Norfolk dans deux ou trois semaines pour notre mission suivante, j'ai pensé qu'on pouvait prendre un peu de repos et partir à l'avance.

Autour de la table, ils hochèrent tous la tête en entendant Wolf expliquer où il se rendait avec Abe et Mozart, en Virginie. Benny, Dude et Cookie connaissaient aussi Tex et ils étaient contents que Wolf et les autres puissent passer du temps avec lui.

— C'est triste qu'il ait quitté la Marine, dit Benny, mais je comprends. Si je ne pouvais plus être avec vous ni aucune unité, je ne voudrais pas rester pour être enchaîné à un bureau.

— Oui, mais tu mesures à quel point certaines choses seraient encore plus délicates pour nous sans ce type ? répondit Mozart. Sérieusement, je ne sais absolument pas d'où Tex tire ses infos, mais je pense que sans lui, on n'aurait pas pu terminer certaines missions aussi rapidement.

— Oui, sérieux, il fait peur avec ses ordinateurs, s'enthousiasma Cookie. Il peut retrouver n'importe qui, n'importe où.

Mozart hocha la tête.

— J'espère que c'est vrai. Il travaille sur quelque chose qui m'est personnel et j'ai vraiment besoin qu'il réussisse.

Wolf lui donna une claque dans le dos.

— Je suis certain qu'il y parviendra. Si on lui en donne le temps, Tex réussit toujours. Hé, tu es paré pour Norfolk ?

À cette question, l'humeur de Mozart s'égaya immédiatement.

— J'ai hâte ! J'ai entendu dire qu'il y a des bars géniaux autour de la base, et moins de SEAL pour se disputer les gonzesses.

Tout le monde éclata de rire. Le groupe savait à quel point Mozart aimait trouver de la « chair fraîche » disposée à rentrer à la maison avec lui.

Les hommes restèrent dans le bar jusque tard dans la soirée, à discuter et à profiter du temps qu'ils passaient ensemble. Typiquement, leur conversation tournait autour des femmes, de l'alcool et de leur travail. Puisque Wolf, Abe et Mozart devaient se présenter à l'aéroport tôt le lendemain matin, ils tempérèrent leur esprit de compétition habituel – à savoir qui pourrait boire le plus – et passèrent la soirée à se détendre et à faire quelques parties de billard.

Enfin, alors que le soir cédait la place à la nuit et que la foule se faisait plus dense et plus désinhibée, Abe abattit sa bouteille vide sur la table et soupira :

— Bon sang, j'aurais aimé qu'on ne parte pas si tôt dans la matinée. Cette fille au bar m'a bouffé des yeux toute la soirée.

Cookie éclata de rire.

— J'ai peine à l'admettre – particulièrement parce que j'ai l'impression de vraiment parler comme Mozart –, mais je crois que tu as raison. Et si je ne me trompe pas, son amie *aussi* m'a dévoré du regard.

Tout le monde éclata de rire. Ils avaient remarqué le duo au bar, qui leur avait fait les yeux doux toute la soirée. Il était évident que ces femmes ne se préoccupaient pas vraiment de savoir avec qui elles finissaient la nuit, tant qu'elles rentraient avec un SEAL, mais elles avaient suivi Cookie et Abe des yeux plus que les autres.

— Celle de droite s'appelle Adélaïde et celle de gauche s'appelle Michèle, leur annonça Mozart d'un ton entendu.

Wolf se contenta d'arquer un sourcil en direction de son camarade alors que les autres exigeaient tous de savoir comment Mozart connaissait ces femmes.

— Elles viennent ici tout le temps. Il *se peut* que j'aie eu l'occasion de trèèès bien les connaître toutes les deux il y a deux semaines. Je suis certain qu'elles voudront faire plus ample connaissance avec toi à ton retour, Abe.

Les paroles de Mozart ne surprirent personne. Se faire deux femmes à la fois, c'était bien le genre de choses auquel ils s'attendaient de sa part. Ils ne doutaient pas que Mozart dise la vérité et ne soit pas simplement en train de se vanter. Le groupe le connaissait trop bien.

— Je préfère une femme à la fois, confessa Abe aux autres en riant. Mais Adélaïde semble être mon type de femme. Je crois que je verrai si elle est intéressée dans quelques semaines, quand nous serons rentrés.

Tout le monde avait compris qu'il les mettait en garde. Abe n'aimait pas qu'on chasse sur ses plates-bandes. Son assertion fit ricaner les hommes, habitués aux petites manies d'Abe en matière de femmes.

— La soirée a été bonne, mais je dois vraiment partir, annonça Wolf au groupe, pas le moins du monde embarrassé d'être le premier à quitter la soirée.

— Oui, moi aussi, lui fit écho Mozart.

— On se retrouve dans deux semaines à Norfolk, lança Abe à ses amis et ses coéquipiers en se redressant, rejoignant Wolf et Mozart qui se préparaient à partir.

Les trois hommes se donnèrent des claques bienveillantes dans le dos en disant bonsoir au reste du groupe avant de passer la porte, disparaissant dans la nuit.

Un peu plus tard, Cookie, Benny et Dude reculèrent aussi leurs chaises pour partir.

— On se voit demain matin à l'entraînement, leur dit Dude en passant la porte du bar.

— J'aurais cru que, puisque les autres étaient partis, on aurait au moins pu avoir une matinée de repos, feignit de grommeler Cookie.

Benny et Dude éclatèrent de rire en sachant bien que Cookie aimait s'entraîner et ne ratait jamais une séance, à moins d'être malade ou de se remettre d'une blessure.

— Allons, Cookie, tu sais que le commandant a

prévu une course de quinze kilomètres. Tu te pointeras avant nous.

Cookie se contenta d'éclater de rire. Les hommes se saluèrent du menton et disparurent dans la pénombre du parking pour rejoindre leurs voitures et se fondre dans la nuit.

Un des anciens commandants de l'unité des Forces Spéciales avait fait remarquer une fois à un officier qui visitait la base que ce groupe de six hommes était l'une des meilleures unités qu'il avait jamais commandées. Pas à cause des compétences qu'ils avaient acquises durant leur « semaine d'enfer » ni de leur force physique, mais à cause du respect véritable qu'ils ressentaient les uns pour les autres.

« Ces hommes feraient tout l'un pour l'autre. Ils sont la définition même du mot *unité*. Si un jour j'ai besoin d'être secouru ou protégé, ce sont ces hommes que je demanderai. »

2

Caroline changea maladroitement de position sur son siège. Elle détestait prendre l'avion. Cela ne lui était pas arrivé souvent et il y avait trop de gens, bien trop serrés les uns contre les autres. Elle essaya d'ignorer les passagers qui descendaient l'allée pour aller rejoindre leurs sièges. Au moins, on lui avait donné un siège côté couloir près de l'avant de l'appareil. Caroline regarda les chaussures de ceux qui passaient près d'elle. Elle se sentait trop gênée pour regarder les gens dans les yeux alors qu'ils la dépassaient d'un pas lourd. Le processus d'embarquement était l'une des parties du voyage que Caroline détestait le plus... dans l'attente de savoir qui occuperait le siège voisin. Coulant un regard à l'homme assis à la place côté hublot, elle remarqua qu'il avait déjà pris ses marques et qu'il lisait le journal, ne prêtant pas la moindre attention au reste des passagers qui traînaient des pieds devant leur rangée.

Des baskets, des tongs, des baskets, des mocassins, des sandales, des rangers... Les rangers ne poursuivirent pas leur route. Elle leva les yeux et vit qu'un homme venait de s'arrêter à côté de son siège.

— Je crois que j'ai la place du milieu, dit-il d'une voix profonde qui la fit frissonner des pieds à la tête.

Caroline hocha la tête et se leva pour le laisser passer. La frôlant lorsqu'il passa devant elle, il s'installa à la place voisine. Le siège du milieu, si redouté. L'homme n'était pas obèse, loin de là, mais il n'était certainement pas frêle. Ils étaient serrés. L'épaule de Caroline frotta contre la sienne quand elle se rassit – elle n'utiliserait pas l'accoudoir de tout le voyage.

Une chose était sûre : c'était un beau spécimen de virilité. Il était grand ; quand elle s'était redressée pour le laisser accéder à la rangée, elle lui était à peine arrivée à l'épaule. Et bon sang, comme il était musclé ! Elle se demanda pendant un instant s'il était culturiste. Il avait des manches longues, mais elle voyait ses biceps étirer le tissu. Il portait un treillis avec une multitude de poches. Quand ils s'assirent, Caroline se rendit compte que ses jambes étaient tout aussi musclées que le reste de sa personne. Elle rougit légèrement et détourna le regard. Ouah. Il aurait pu faire carrière dans le mannequinat. Mais elle savait que ce n'était probablement pas le cas. Il était trop robuste, trop masculin, trop... comment dire... viril pour être un mannequin d'aucune sorte, peu importe la pose.

L'homme assis à côté d'elle se déplaça légèrement et fit basculer sa tête contre l'appuie-tête avant de fermer les yeux.

Caroline luttait contre sa conscience. Elle détestait le siège du milieu. Vraiment. Mais il était impossible qu'un homme de sa carrure puisse survivre à ce vol de quatre heures écrasé entre elle et l'autre passager. Avec ses genoux qui venaient taper contre le siège de la rangée précédente, il semblait replié sur lui-même. Son corps musclé ne lui laissait certainement aucune liberté de mouvement sur ce petit siège d'avion. Il semblait terriblement mal à l'aise. Caroline soupira, sachant ce qu'elle devait faire.

Wolf était très mal assis. Extérieurement, il semblait détendu, mais c'était tout le contraire. Les yeux fermés, il enregistra les bruits environnants. Les passagers qui dépassaient sa rangée pour aller rejoindre leur place, le son des compartiments à bagages qui se remplissaient, le bruissement du journal de l'homme à sa droite, et le petit soupir de la femme assise à sa gauche.

Dans ce vol commercial qui liait San Diego à la base de Norfolk, Wolf, Mozart et Abe n'étaient techniquement pas en service et ils voyageaient en civil. Ils avaient réservé ce vol à la dernière minute et Wolf se retrouvait ainsi sur le siège du milieu tandis que les autres étaient dispersés dans l'avion. Il aurait voulu prendre un vol militaire, le service de transport aérien gratuit offert par l'armée au personnel et à leurs conjoints, mais il savait qu'il n'y aurait aucune garantie qu'ils obtiennent tous une place sur ce vol, et tous les trois voulaient se rendre en Virginie pour voir Tex dans les plus brefs délais. Ils échangeaient constamment avec lui, puisqu'il les aidait à obtenir des infos quand ils en avaient besoin, mais lui parler de façon officielle n'était pas pareil que de pouvoir s'asseoir autour d'une table, boire une bière et parler de tout autre chose que du travail.

Wolf, Abe et Mozart étaient censés être en congé jusqu'au commencement de leur prochaine mission. Ils devraient quitter Norfolk deux semaines plus tard, et la perspective de décrocher et passer un bon moment avec leurs amis était la bienvenue. Ils avaient passé bien trop de temps dans la frénésie et le danger. Ces deux semaines avant de devoir à nouveau risquer leurs vies au cours d'une autre mission étaient trop alléchantes pour qu'ils refusent.

Aucun d'eux n'avait pris beaucoup de vacances récemment, et Wolf, Abe et Mozart étaient heureux de pouvoir faire semblant d'être normaux pendant quelques semaines avant de repartir. Cela faisait dix ans que Wolf était SEAL, et il avait travaillé avec

Mozart et Abe au cours des huit années précédentes. Ils n'avaient pas suivi leur entraînement de base ensemble, mais ça ne faisait rien. S'étant rapprochés à la faveur de fusillades, d'expéditions de plongée et de situations périlleuses, ils s'étaient mutuellement sauvé la vie plusieurs fois et étaient plus proches que l'auraient été bien des frères.

Wolf aurait préféré être assis dans la même rangée que ses amis, mais puisqu'ils avaient réservé trop tard, ils n'avaient pas eu le choix et avaient dû accepter les sièges libres. Mozart avait proposé de flirter avec l'employée de la compagnie aérienne dans l'espoir de pouvoir passer en première ou au moins de s'asseoir ensemble, mais ils avaient convenu de souffrir en silence et d'occuper les sièges qui leur avaient été assignés. De toute façon, ils savaient qu'ils n'auraient jamais tenu en rang d'oignons s'ils s'étaient installés sur la même rangée. Leurs épaules étaient bien trop larges pour qu'ils demeurent confortablement l'un à côté de l'autre dans une rangée compacte. Wolf savait que ses amis ressentaient la même chose – ils ne brandissaient pas leur statut de SEAL dans l'espoir de recevoir un traitement de faveur. Il était déjà suffisant que des femmes flirtent avec eux dans les bars de San Diego simplement parce qu'ils étaient militaires.

Wolf avait eu du mal à l'admettre, mais il s'était lassé des bars. Il était déjà sélectif, et il avait rencontré bien trop de femmes uniquement intéressées par une partie de jambes en l'air avec un SEAL – n'importe lequel – pour se vanter plus tard auprès de leurs amies qu'elles l'avaient fait avec l'un de ces militaires de légende. Le plus triste, c'était que bien trop de SEAL en tiraient profit. Autrefois, Wolf aussi avait fait la même chose, mais le temps et l'expérience lui avaient appris que ce genre de rencontres lui donnaient l'impression d'être insatisfait et manipulé. Si quelqu'un lui avait demandé juste après avoir passé son entraînement de base s'il pouvait se sentir un jour utilisé par une femme désireuse de coucher avec lui, il aurait ri à en pleurer.

Wolf savait à quoi ressemblait l'amour. Ses parents étaient restés ensemble pendant près de quarante ans. Ils étaient toujours aussi amoureux à présent qu'au début de leur mariage. Autrefois, cela l'embarrassait, mais depuis quelque temps, il y songeait avec une certaine mélancolie. Ils sortaient toujours ensemble et se tenaient la main partout où ils allaient. Son père surprenait sa mère avec des cadeaux romantiques et, de temps en temps, un voyage spécial. Wolf voulait la même chose. Il voulait quelqu'un avec qui être lui-même. Il voulait quelqu'un qui aurait besoin de lui. Il voulait avoir besoin de quelqu'un. Ce n'était peut-être pas très viril que d'admettre toutes ces choses, mais elles n'en restaient pas moins vraies.

Cela étant, il ne savait absolument pas comment il allait faire pour trouver cette femme si spéciale, et pourtant il avait la certitude qu'il ne la trouverait pas dans un bar. L'autre problème était son emploi de SEAL. On l'envoyait dans des pays à risque pour tuer des gens et maintenir la paix. De temps en temps, on les envoyait en mission de sauvetage. Il n'avait pas le droit de parler des détails de ses missions avec qui que ce soit. Il n'avait aucune idée de la façon dont cela fonctionnerait dans un mariage. Il avait vu trop d'amis des Forces Spéciales se marier puis divorcer parce que leurs épouses ne pouvaient pas supporter la confidentialité, le fait de ne pas savoir quand leurs maris rentreraient à la maison, ou même s'ils rentreraient tout court.

Pour être honnête, tous les mariages ne s'étaient pas terminés à cause de la confidentialité et du danger inhérents au fait d'être un SEAL. Certains avaient pris fin parce que l'un des deux partenaires avait trompé l'autre. Parfois, c'était la femme qui trompait, parfois c'était le mari. Wolf haussa les épaules. Il ne servait à rien de se prendre la tête. Un jour, il espérait trouver une femme avec qui se poser. Si cela n'arrivait pas durant sa carrière alors peut-être une fois qu'il aurait pris sa retraite. Aucune règle n'affirmait qu'un quadragénaire ne pouvait pas rencontrer le véritable amour et se marier.

Perdu dans ses pensées, songeant à sa vie amoureuse inexistante, Wolf sursauta quand il sentit une main sur son bras. Il n'avait pas fait attention et il avait sursauté. Cela aurait bien fait rire son unité. Wolf était réputé pour toujours devancer son ennemi et développer une vision correcte de leur plan avant qu'ils ne l'accomplissent. Mais voilà qu'il laissait une civile le prendre par surprise.

Il ouvrit les yeux pour regarder la femme assise à côté de lui à la place couloir. Elle était plutôt commune. Il embrassa d'un seul regard son jean, ses baskets et son tee-shirt à manches longues. Ses cheveux bruns étaient rassemblés en un chignon lâche à l'arrière de sa tête. C'était une jeune trentenaire. Elle ne portait pas de bagues, affichait un maquillage discret et ses ongles n'étaient pas vernis ; elle avait de petites boucles dorées aux oreilles et le regardait, attendant une réaction. Wolf soupira intérieurement. Dans sa jeunesse, il aimait que les femmes flirtent avec lui, mais à présent, cela l'ennuyait. Certes, celle-ci n'avait pas l'air d'être du genre à se jeter sur un homme, mais il avait appris que les apparences étaient trompeuses en ce qui concernait les véritables désirs des femmes.

Jetant un regard dans sa direction, Wolf eut l'impression qu'elle réfléchissait avant de lui dire quelque chose. Cela en soi était fascinant, car selon son expérience, les femmes avaient tendance à lui communiquer avec franchise ce qu'elles voulaient lui dire. Son hésitation raviva sa curiosité et il attendit patiemment qu'elle mette de l'ordre dans ses idées.

3

Caroline était nerveuse. Elle voulait s'adresser à cet homme si viril assis à côté d'elle, mais elle ne voulait pas qu'il la considère comme transparente, comme la plupart des hommes. Caroline avait fait tapisserie pendant presque toute sa vie. Pas de petits copains au lycée ; elle n'était allée à aucun bal de l'école, pas même celui de fin d'année.

Un mec avait eu le culot de lui dire un jour qu'elle n'était pas vraiment « la copine idéale ». Repenser à ce commentaire dit en passant lui faisait toujours mal. Caroline savait qu'elle n'était pas un top model, mais elle ne pensait pas non plus être un boudin. Elle n'était pas aussi grande que ce qui paraissait plaire aux hommes, mais elle n'était pas non plus petite et toute mimi. Caroline était banale, du sommet de sa tête brune jusqu'à ses pieds de taille moyenne.

En grandissant, elle avait toujours été « la bonne copine ». Tous les garçons aimaient lui parler, mais seulement pour avoir son opinion sur les autres filles et savoir si elles les avaient à la bonne. C'était terriblement déprimant, mais elle s'y était habituée. Une fois atteint l'âge de s'en préoccuper véritablement et de désirer aller à des fêtes ou des sorties, Caroline était irrémédiablement casée dans la catégorie « bonne copine ». Alors, elle était restée à la maison pendant que tout le monde sortait et passait du bon temps.

Les représentations de la « femme parfaite » dans les médias n'affectaient pas seulement les femmes et les filles, mais également les hommes. Ces messieurs semblaient tous désirer cette femme élancée, pleine d'entrain et vive qu'ils avaient vue toute leur vie durant à la télévision et dans les magazines. Des programmes de téléréalité aux journaux télévisés et même dans les sitcoms, le monde contemporain était bombardé de femmes parfaites, belles du matin au soir.

Ce n'était tout simplement pas Caroline. Elle n'était pas un génie, mais elle n'était pas idiote non plus. Elle travaillait dur et faisait ce qu'elle avait à faire pour faire tourner le monde. Malgré cela, elle souhaitait souvent, allongée dans son lit tard dans la nuit, pouvoir trouver un homme qui la *verrait*. Qui verrait qui elle était vraiment.

Les parents de Caroline l'avaient eue sur le tard et ils étaient morts récemment. Ils lui manquaient.

C'étaient ses supporters les plus acharnés. Quoi qu'elle ait souhaité faire, ils l'avaient encouragée en lui disant qu'elle en était capable. Sans ses parents et sans amis proches pour l'y retenir, la Californie n'exerçait plus sur Caroline le même attrait qu'autrefois.

Elle songea à l'homme assis à côté d'elle. Il comptait probablement de nombreux amis proches. Il semblait digne de confiance. Cette pensée faillit lui tirer un reniflement méprisant. Comment quelqu'un pouvait-il « avoir l'air » digne de confiance ? C'était ridicule. Toutes les émissions policières ne disaient-elles pas que le tueur ressemblait toujours « au gentil voisin » ?

Caroline se reprit. Il fallait qu'elle pense à autre chose sous peine de se déprimer encore plus qu'elle ne l'était. Qu'est-ce que cela pouvait lui faire si cet homme ne la « voyait » pas ? Elle ne resterait assise à ses côtés que pendant quelques heures, et après, ils prendraient des chemins différents une fois qu'ils auraient atterri en Virginie. Bon sang, elle savait qu'il ne l'avait pas vraiment remarquée. Il l'avait déjà rencontrée et quand il s'était assis, il l'avait regardée sans la voir comme s'il ne l'avait jamais vue auparavant. Cela lui arrivait tout le temps, inexorablement. Elle aurait dû y être habituée, pourtant cette fois, cela la blessa davantage.

Elle avait hésité à le toucher. Elle ne voulait vraiment pas le déranger, mais ce n'était pas dans sa nature de laisser souffrir les autres. Parce qu'il ne pouvait que souffrir sur ce siège central. Il paraissait coincé. Le temps qu'ils atteignent la Virginie, il serait crispé et courbaturé s'il restait là durant tout le vol.

Caroline retira brusquement sa main quand il sursauta. Elle n'avait pas eu l'intention de le surprendre, et elle se dit soudain que s'il décidait de la frapper, il risquait de lui faire terriblement mal. Elle ne pensait pas qu'il le fasse, mais quelqu'un qui réagissait aussi rapidement et soudainement n'avait assurément pas l'habitude de se laisser surprendre.

À présent, il la regardait, dans l'expectative. Ayant obtenu son attention, elle était tenue de continuer. Elle se prépara mentalement et s'adressa un petit discours d'encouragement. Il fallait simplement qu'elle lui parle au plus vite avant de perdre son aplomb.

— Euh... vous voulez qu'on change de place ?

Il ne répondit pas, mais arqua les sourcils comme pour lui demander pourquoi elle le lui proposait.

Seigneur, même son haussement de sourcils était sexy.

— Vous ne semblez pas à votre aise, lui dit-elle honnêtement. Je peux échanger avec vous, comme ça vous aurez un peu plus de place pour vos jambes ici, côté couloir.

Wolf regarda la femme. Pourquoi cette proposition généreuse ? Il l'ignorait, mais il n'était pas idiot et il n'allait certainement pas refuser. Il était terriblement mal assis. Si elle tentait de lui mettre le grappin dessus plus tard durant le vol, il n'aurait qu'à la repousser poliment. Bon sang, comme il était arrogant et superficiel ! Il devait accepter que cette femme quelconque assise à côté de lui souhaitait simplement se montrer gentille avec un inconnu. Et il le croirait jusqu'à preuve du contraire. S'il s'était trompé, alors il trouverait bien un plan d'action. Une fois parvenu à cette décision, il hocha la tête et lui dit simplement :

— Je vous remercie.

Se redressant, laissant l'homme sortir de la rangée, Caroline se glissa prestement devant lui et prit le siège du milieu. Il y avait quelque chose d'intime à s'asseoir sur ce siège qui conservait encore la chaleur de son corps. Particulièrement quand elle songeait à *quelle* partie de son corps. Caroline essaya de le chasser de son esprit. Bon sang. *Arrête, avec tes pensées déplacées !* s'admonesta-t-elle.

Elle savait qu'il n'avait pas besoin qu'on lui bave dessus. Les femmes devaient constamment se jeter sur lui. Après avoir rejeté l'impression de « culturiste » qu'elle avait eue tout à l'heure, elle se dit qu'il était probablement militaire. Elle n'avait jamais rencontré d'homme comme lui qui ne soit pas dans l'armée. Particulièrement si l'on considérait qu'ils étaient en partance de San Diego, qui abritait l'une des plus grandes bases navales des États-Unis.

Quand l'homme se pencha pour prendre le sac à

dos qu'il avait calé sous le siège du milieu, Caroline l'arrêta.

— C'est bon, laissez-le. Ça vous fera plus de place pour les jambes.

— Vous en êtes sûre ?

— Bien entendu. Votre sac ne me bloque même pas les jambes. Je suis toute petite.

Elle rit de sa boutade.

4

———

Wolf observa sa voisine de plus près tandis qu'il se mettait à l'aise et bouclait sa ceinture de sécurité sur le siège côté couloir. Il était reconnaissant de l'espace supplémentaire qu'elle venait de lui offrir en l'autorisant à laisser son sac à ses pieds, mais il ne comprenait pas pourquoi elle l'avait fait.

Elle se détourna de Wolf afin d'attacher sa propre ceinture. Elle ne lui donnait pas l'impression de flirter avec lui ni d'essayer d'attirer son attention. Mais le fait qu'elle s'en abstienne paraissait pourtant l'attirer encore davantage. Peut-être était-ce son plan depuis le début ?

Wolf n'était pas habitué aux actes de bonté gratuite de la part des autres. Il vivait dans un monde où les gens étaient manipulateurs, sournois, et faisaient tout ce qui était en leur pouvoir pour tirer leur épingle du jeu. D'ailleurs, dans certaines parties du monde, ils pouvaient même tuer si cela signifiait plus de pouvoir, plus d'argent ou même plus de nourriture. Certes, céder son siège confortable dans un avion n'était rien en comparaison avec ce que Wolf avait vu d'autres humains mettre en œuvre pour obtenir un avantage, mais c'était justement ce qui rendait la situation si particulière.

Caroline sentait les yeux de son voisin sur elle. Cela la dérouta et elle s'agita sur son siège, mal à l'aise. Elle n'avait pas l'habitude que les hommes l'étudient d'aussi près. Elle était banale et insipide. Elle le savait, comme tout le monde. Caroline n'était pas le genre de femme dont le physique lui valait des égards particuliers et elle n'était pas du genre à attirer l'attention des hommes. Elle avait fini par l'accepter. La jeune femme avait une estime d'elle-même plutôt saine, en dépit de son apparence commune. Elle avait souffert en grandissant, comme toutes les adolescentes, mais elle avait fini par s'apprécier. Elle était intelligente, dotée d'une personnalité agréable, et même si les hommes ne se pressaient pas pour sortir avec elle, elle était relativement satisfaite d'elle-même et de sa vie.

Le souvenir de son enfance et de ses parents la fit sourire. Son père et sa mère l'avaient toujours encouragée à être elle-même. Son sourire s'élargit quand elle se rappela la fois où elle avait dit à son père ce qu'elle voulait faire après le lycée. Certains pères auraient été déçus, mais pas le sien. Il l'avait simplement embrassée sur le front en disant : « Tu peux faire tout ce que tu veux, Caroline. Tu es la femme la plus intelligente que je connaisse et je suis très fier de toi. » Elle chérissait ce souvenir et y repensait dans ses moments de tristesse.

Elle coula un regard à l'homme assis sur le siège côté couloir et elle rougit. Oui, il l'observait toujours.

Wolf vit la femme lui jeter un regard puis rougir furieusement quand elle se rendit compte qu'il avait les yeux sur elle. Quand avait-il vu une femme rougir pour la dernière fois ? Il ne s'en souvenait pas. Il était grand temps de faire les présentations. Il lui tendit la main.

— Matthew, dit-il doucement.

Wolf n'avait pas côtoyé beaucoup de gens en dehors de l'armée. Il avait l'habitude d'utiliser son surnom pour se présenter, tant il était enraciné en lui, mais il ne voulait pas la faire flipper. *Wolf*, le loup, ce n'était pas vraiment un nom normal dans le monde des civils.

Espérant qu'elle l'imite, il attendit qu'elle lui tende la main. Wolf en apprenait beaucoup des gens par leur poignée de main. De nombreuses femmes n'estimaient pas nécessaire de serrer la main d'un homme quand ils se rencontraient et se contentaient d'abandonner mollement leur main dans la sienne en le saluant. Il détestait ça. Wolf ignorait d'où cela venait, mais si les femmes savaient à quel point cette attitude repoussait les hommes, elles arrêteraient certainement de le faire.

Caroline prit sa main d'un geste hésitant, mais la serra avec force. Elle espéra qu'il ne la lui écrase pas trop pour lui prouver sa force. Il aurait pu facilement lui broyer les doigts. Cela lui était déjà arrivé par le passé, d'autant qu'elle travaillait avec de nombreux hommes. Ils exerçaient ce qu'ils prenaient pour de la domination en lui serrant la main trop fort. Mais cela témoignait moins de leur domination que de leur bêtise.

— Caroline, lui répondit-elle à voix basse.

Wolf lui serra la main et fut agréablement surpris de sa paume douce parsemée de callosités. À l'évidence, elle n'était pas du genre à rester inactive ;. Elle devait avoir un travail manuel.

Bien entendu, la texture de sa paume lui fit immédiatement songer à l'effet que lui procureraient des caresses sur son corps. Wolf eut immédiatement honte. Bon Dieu, cela faisait manifestement trop longtemps qu'il n'avait pas touché une femme pour qu'une simple poignée de main le fasse durcir. Il remua sur son siège, essayant de dissimuler son excitation à la vue de l'inconnue délicate innocemment assise à ses côtés.

. . .

La poignée de main avait plu à Caroline. L'homme ne lui avait pas broyé les doigts trop forts et il parut se dérider après que leurs mains se furent séparées. Elle remarqua qu'il ne tenait pas en place, mais elle se dit qu'il essayait simplement de trouver une position confortable dans l'espace réduit de son siège d'avion.

Ils se sourirent avant de braquer leur attention sur le steward à l'avant de l'appareil.

Un autre agent de bord s'empara du micro et leur demanda d'éteindre tous les appareils électroniques ou de les mettre en mode avion, et de se préparer au décollage.

Caroline regardait le steward dans l'allée centrale, qui s'affairait à montrer aux passagers comment enclencher leur ceinture, utiliser leur gilet de sauvetage en cas d'atterrissage sur l'eau et se servir des petits masques à oxygène qui tomberaient du plafond en cas de dépressurisation. Caroline ne voulut pas songer à la panique qui s'ensuivrait dans l'appareil si cela devait arriver.

Elle remarqua que le steward paraissait s'ennuyer à mort. Effectuer la même démonstration devant un avion plein de passagers qui vous ignoraient devait vite lasser, mais n'était-ce pas leur travail de faire au moins *semblant* d'y mettre de l'enthousiasme ? Elle avait vu des vidéos sur internet où des stewards plaisantaient et dansaient. Elle n'en avait jamais rencontré de cette sorte en vrai. Ces gars-là avaient l'air irrités et désintéressés par leur routine de préparation au décollage. C'était étrange.

Après tout, ce n'était rien ;. Comme elle ne pouvait rien y faire, elle reporta son attention sur le magazine *SkyMall* placé dans la poche du siège de la rangée précédente. Elle tourna machinalement les pages, consultant les produits hors de prix tandis que l'avion se dirigeait vers la piste et prenait son envol.

Après avoir atteint sans turbulence une altitude de croisière, Caroline replaça le magazine dans la pochette et fit basculer sa tête contre le dossier, comme Matthew l'avait fait quand il s'était assis. Elle était fatiguée, mais le siège du milieu n'invitait pas au sommeil, sans rien pour caler sa tête. Et puis, il n'était pas question de courir le risque de s'endormir avec la tête renversée contre le dossier. Elle risquerait de ronfler comme un vieillard de quatre-vingts ans. Même si cet homme sexy à côté d'elle n'était pas intéressé, elle ne voulait pas se prendre la honte. Elle avait sa petite fierté, après tout.

Caroline jeta un regard à Matthew et vit que lui non plus ne dormait pas. Il avait étiré une jambe dans l'allée et replié l'autre sous le siège devant lui. Il gardait les yeux fermés et ses mains jointes reposaient sur son ventre. De temps en temps, il remuait sur son siège, ouvrait les yeux et les refermait. Elle sourit. Au moins, côté couloir, il était plus à l'aise que s'il était resté tout écrasé au milieu.

Wolf ouvrit les yeux en poussant un soupir ;. Impossible de dormir. Les sièges d'avion, c'était la misère ; une raison supplémentaire d'éviter les vols commerciaux. Sans savoir pourquoi il ne pouvait pas s'empêcher de la regarder, Wolf jeta un autre coup d'œil à la femme assise à côté de lui et vit le sourire de Caroline qui illuminait son visage tout entier. Tout compte fait, malgré sa beauté peu conventionnelle, la jeune femme avait assurément un physique intéressant.

— Alors, vous venez ici souvent ?

Il ne put résister à lui lancer cette phrase d'accroche bateau. Quelque chose lui disait que Caroline trouverait ça drôle et ne le prendrait pas sérieusement. En l'entendant rire doucement, Wolf sut qu'il avait raison.

— Ah, ah. En fait, je ne prends pas souvent l'avion, mais je me rends à mon nouveau travail à Norfolk. En temps normal, j'aurais pris la voiture, mais ma nouvelle boîte couvre tous mes frais de déménagement, y compris l'envoi de mon véhicule en Virginie. Alors je me suis dit qu'au lieu de gâcher des journées entières pour traverser le pays en voiture, je pourrais simplement prendre l'avion et avoir plus de temps pour me familiariser avec Norfolk avant de commencer le boulot.

— Cela me semble raisonnable, en convint Wolf, content qu'elle paraisse avoir la tête sur les épaules.

Il avait rencontré trop de femmes qui ne se préoccupaient que de l'argent, de la célébrité, de la mode ou je ne sais quoi.

— Qu'allez-vous faire à Norfolk ? Ou bien est-ce juste une escale avant de repartir ? s'enquit Caroline avec curiosité.

Elle n'essayait pas de lui tirer les vers du nez, mais comme il lui parlait et semblait intéressé par ce qu'elle avait à dire, elle voulait continuer à trouver des sujets de conversation.

Wolf savait qu'il devait faire attention lorsqu'il parlait de son travail, mais il se dit que puisqu'ils ne se rendaient pas en mission, il pouvait la jouer relativement franc-jeu.

— Moi et deux amis allons passer des vacances en Virginie. Nous sommes entre deux missions... euh... boulots pour le moment.

— J'avais deviné que vous étiez dans l'armée, lui dit Caroline d'un ton nonchalant sans que sa voix trahisse ni surprise ni émerveillement.

— Qu'est-ce qui vous a mise sur la piste ?

Caroline ne savait pas s'il était sérieux ou s'il plaisantait.

— Je ne sais pas si c'était du sarcasme, mais j'ai

remarqué que vous êtes costaud, que vous portez des bottes de combat et, honnêtement, vous ressemblez à un militaire.

Wolf éclata de rire.

— Je vous taquinais, Caroline, mais oui, vous avez raison. Je suis dans la Marine. Je suis un SEAL.

Wolf se surprit lui-même. Habituellement, il ne déballait pas aussi facilement son appartenance aux Forces Spéciales. Il y avait quelque chose chez cette femme qui invitait à la confidence. Il n'était pas certain de savoir ce qu'il espérait par cette révélation, mais il fut honnêtement surpris quand elle poursuivit la conversation sans relever ce détail, comme si Wolf n'avait pas mentionné qu'il était membre de l'une des branches les plus vénérées et respectées de l'armée de leur pays.

— Qu'allez-vous faire pendant votre congé ?

— On a un ami qui vit là-bas. Il a dû prendre sa retraite pour raisons médicales après avoir perdu sa jambe au combat. On va s'installer chez lui et passer du temps ensemble. Je pense qu'on va se rendre à la base pour visiter, mais on a tous décidé qu'on avait besoin de temps libre et d'essayer de parler du travail le moins possible.

— Oh, non, c'est triste pour votre ami. Je suis vraiment désolée. Je suis contente qu'aujourd'hui, les gens reconnaissent ce que vous faites pour notre pays. Je connaissais quelqu'un au lycée qui m'a dit que lorsque son père est rentré du Vietnam, on lui crachait dessus et on le traitait généralement comme un moins que rien. C'est vraiment honteux et j'aime voir le soutien que tous les soldats de notre pays reçoivent à notre époque. Je pense que c'est une bonne idée pour vous et vos amis de prendre des congés et d'essayer d'oublier le travail, admit Caroline. Cela peut être difficile de se détendre vraiment si tout ce que vous faites pendant les vacances est de parler boulot.

Wolf, qui ne s'attendait pas à apprécier autant la conversation, lui demanda :

— Alors, quel est ce nouveau travail pour lequel vous allez traverser le pays ?

Contente qu'il s'y intéresse, Caroline le lui dit en espérant que cela ne le dégoûte pas. C ;ertains hommes n'aimaient pas les femmes intelligentes.

— Je suis chimiste. J'ai décidé que j'avais besoin de changer d'air après la mort de mes parents. Je me suis renseignée sur l'endroit où je voulais bosser, j'ai postulé et j'ai été embauchée par une bonne société à l'est du pays. J'ai vraiment hâte de commencer, d'ailleurs.

— Et que fait une chimiste exactement ?

Wolf était impressionné par ce qu'il venait d'entendre jusque-là.

Caroline émit un petit rire. Cette question ne la surprenait pas vraiment. La plupart des gens n'avaient généralement aucune idée de ce qu'elle faisait, et même lorsqu'elle le leur expliquait, elle voyait leurs regards devenir flous. Enfin... il lui avait posé la question, alors elle décida de le lui dire. Elle aimait discuter avec lui et il semblait très intelligent. Elle avait espoir qu'il comprenne.

— Il y a deux « mondes » de base pour les chimistes. Un monde macroscopique qui est probablement celui auquel vous pensez quand vous vous représentez un chimiste. Il comporte un laboratoire, des blouses blanches et des expériences avec différents composés et matières. Vous pouvez voir, entendre et toucher des choses dans le monde macroscopique. D'un autre côté, il y a le monde microscopique. Cela inclut des choses qu'on ne peut ni toucher, ni entendre, ni voir. Il est surtout basé sur les modèles et les théories.

— Dans lequel des deux travaillez-vous ? demanda Wolf, qui semblait suivre la conversation sans le moindre problème.

— Je suis une geek de la chimie avec un badge magnétique autour du cou et une blouse blanche, répondit Caroline, riant d'elle-même.

Sans songer à ce qu'il faisait, Wolf tendit le bras et lui prit la main.

— Vous n'êtes pas une geek, ma chère ;. Vous êtes une intellectuelle en blouse blanche qui crée de la magie avec ses mains.

Bon sang. Cet homme savait s'y prendre. L'estomac

de Caroline se serra à ses paroles. Un homme lui avait-il déjà dit une chose aussi gentille ? Elle ne le pensait pas. Elle essaya de ne pas prendre ses paroles trop à cœur et plaisanta d'un ton léger :

— En réalité, j'ai une baguette qui fait toute la magie.

— Dites-m'en plus sur votre travail. C'est vraiment intéressant.

La sentant réticente, Wolf insista :

— S'il vous plaît ?

Embarrassée sans savoir pourquoi, Caroline poursuivit sur un ton hésitant :

— Je travaille dans le domaine de la chimie appliquée ;. Je bosse pour une société et j'effectue de la recherche à court terme. Cela peut être pour un développement de produit ou une amélioration de ce qui existe déjà. Il y a également des chimistes purs qui effectuent des recherches à long terme sur ce qu'ils veulent, ou bien qui reçoivent des financements, même s'il n'existe aucune application réelle à pratiquer sur le court terme.

— Alors c'est ce que vous faites toute la journée au travail ?

Wolf trouvait Caroline fascinante. Il n'avait encore jamais rencontré de chimiste. Oh, bien sûr, Wolf connaissait des as de la chimie qui avaient un don pour des choses comme fabriquer des bombes pour l'armée, ainsi que pour les désamorcer, à l'instar de

Dude. Mais technicien de déminage n'était pas la même chose que chimiste. Wolf ne rencontrait pas des gens tels que Caroline dans sa vie de tous les jours.

— Eh bien, cela dépend des jours et des projets, bien sûr, lui dit-elle, perdant sa gêne à présent qu'elle s'exprimait sur un sujet qu'elle aimait.

Caroline ne se doutait pas que son enthousiasme la rendait plus jolie et que Wolf trouvait son entrain attirant.

— Parfois, j'analyse des substances pour essayer de déterminer ce qu'elles contiennent, dans quelle proportion, ou bien les deux. Il m'arrive aussi d'en créer. Parfois, nous créons des substances synthétiques afin d'essayer de copier une chose qui existe à l'état naturel, et d'autres fois, nous fabriquons de toutes pièces quelque chose de nouveau. Il m'arrive aussi d'avoir des tâches ennuyeuses, comme tester des théories.

Ils éclatèrent de rire. Wolf savait qu'elle ne s'ennuyait probablement jamais. Le sang qui montait au visage de Caroline quand elle parlait de ce qu'elle aimait était terriblement sexy. Comment Wolf avait-il pu la trouver banale ?

Ce fut durant un silence dans leur conversation qu'ils entendirent l'homme assis près du hublot ronfler dans son sommeil. Caroline plaqua une main sur sa bouche pour éviter de rire trop fort et de le réveiller. Mais elle ne put s'empêcher de s'esclaffer. C'était agréable de pouvoir rire avec le grand SEAL costaud assis à côté d'elle.

Elle était agréablement surprise de cette conversation avec Matthew, qui était encore plus attirant à présent. Trop souvent, les hommes avenants se considéraient comme des dons de Dieu envers la population féminine et se comportaient de la sorte. Elle avait rencontré quelques SEAL lors de son séjour en Californie et ils s'étaient tous montrés odieux, s'attendant à ce que toutes les femmes se jettent sur eux.

Matthew était intéressant et l'écoutait réellement lorsqu'elle parlait. Dieu, il fallait qu'elle se reprenne. Ils étaient deux inconnus dans un avion. Une fois qu'ils auraient atterri à Norfolk, ils prendraient des chemins différents et ne se verraient plus jamais. Il se montrait simplement poli. C'était décevant, mais c'était la vérité.

Poursuivant leur conversation tout en attendant que le steward parvienne à leur rangée pour leur offrir à boire, Wolf et Caroline admirent qu'ils étaient tous les deux tristes de quitter le climat ensoleillé de San Diego : Caroline pour de bon, et Wolf jusqu'à ce qu'il revienne de sa mission suivante.

Enfin, le steward arriva à leur hauteur. Caroline avait soif et elle fut contente de voir le chariot à boissons. L'agent de bord semblait un peu renfermé et guère causeur. Après avoir demandé aux passagers de la rangée précédente ce qu'ils désiraient et les avoir servis en silence, il fit la même chose pour eux. L'homme côté hublot s'était réveillé et avait commandé une vodka avec des glaçons. Caroline avait demandé un soda light et Wolf un jus d'orange. Le steward leur donna à tous les deux un verre rempli à ras bord de glaçons en plus de leur boisson, puis il poursuivit sa route vers le fond de l'avion.

Caroline versa sa boisson dans son verre et la porta à ses lèvres pour en avaler une gorgée. Elle s'immobilisa soudain. Quoi ? Collant le verre sous ses narines, elle inhala profondément. Alors qu'elle le reposait rapidement sur son plateau, Caroline vit que Matthew s'apprêtait à porter son gobelet en plastique à ses lèvres. Sans réfléchir à l'intimité ni à l'étrangeté de son geste, Caroline tendit le bras, saisit le sommet du verre de Wolf et l'abaissa sur la petite tablette devant lui.

5

____

Wolf se tourna, surpris, lorsque Caroline abattit son verre sur le plateau. Que diable faisait-elle ? Certes, ils s'entendaient bien, mais bon sang, il ne la connaissait pas assez pour qu'elle touche sa boisson et envahisse son espace personnel de la sorte.

Il la regarda, s'apprêtant à l'interroger, et il fut surpris de la découvrir très pâle.

— Non... fut tout ce qu'elle parvint à dire dans un premier temps.

Wolf voyait bien que Caroline essayait de mettre de l'ordre dans ses pensées.

Ses sens entrèrent en alerte. Quoi qu'il se passe, cette femme était sur la corde raide. Regrettant d'avoir cru qu'elle dépassait les bornes, Wolf observa la jeune femme de plus près et vit la chair de poule courir sur ses bras. Merde. C'était sérieux.

Matthew lui donna tout le temps dont elle avait besoin pour se reprendre, ce que Caroline apprécia. Sans qu'il lui demande à nouveau ce qui n'allait pas, elle se pencha vers lui et le mit en garde d'une voix basse et urgente :

— Quelque chose cloche avec les glaçons. Je peux le sentir. Ils empestent, comme s'il y avait quelque chose dedans.

Wolf reprit son verre et le leva vers son visage. Il vit que Caroline voulait l'arrêter, mais elle se retint. Faisant semblant d'en avaler une gorgée, il renifla comme elle venait de le faire... Rien. Il ne détectait rien de plus que le jus d'orange qui se trouvait dans le verre. Il la regarda et lui souffla :

— Je ne sens rien.

Caroline était frustrée. Elle voyait que Matthew voulait la croire, mais comme il ne remarquait rien d'anormal dans sa propre boisson, il avait du mal. Elle détourna les yeux. Super, maintenant il la prenait pour une folle. Elle ne l'était pas, naturellement. Elle était chimiste, bon sang, et c'était son travail quotidien. Il y avait une sorte de produit chimique dans la boisson, elle le savait. Comment pouvait-elle l'en convaincre sans passer pour une timbrée ?

Quand elle se tourna à nouveau vers Matthew, elle vit qu'il la regardait toujours.

— Qu'y a-t-il ? demanda-t-il doucement. Expliquez-moi, je veux comprendre.

Le respect de Caroline pour Matthew s'accrut. Il n'était pas certain de croire en ce qu'elle lui disait, mais il était assez intelligent pour lui accorder l'occasion de le convaincre, et elle savait qu'elle devrait le lui expliquer d'une façon qu'il soit capable de comprendre.

Caroline fit de son mieux pour le convaincre qu'elle savait de quoi elle parlait. Baissant la voix encore davantage, afin que personne autour d'eux ne puisse les entendre, elle se pencha vers Matthew et le regarda dans les yeux :.

— En tant que chimiste, je suis entraînée à repérer les différentes odeurs des composés. Je ne sais pas ce que c'est, mais ce n'est pas naturel.

— Y en a-t-il dans le mien aussi ? lui demanda-t-il sur le même ton en lui passant son verre.

Elle renifla et hocha immédiatement la tête.

— Merde, marmonna Wolf dans sa barbe.

Il la croyait. Il n'était pas du genre à faire confiance facilement, mais cette femme ne présentait aucune duplicité. Elle n'avait pas de raison de lui mentir. Caroline était trop fière d'être chimiste pour prétendre que quelque chose clochait ; leur discussion au cours de l'heure qui venait de s'écouler avait suffi à l'en convaincre. D'ailleurs, il ne voyait pas ce qu'elle aurait pu en tirer si elle avait menti et elle était manifestement terrifiée.

Il se demanda alors ce qu'il se passait dans cet avion. Si Caroline avait raison, qui donc essayait de droguer les passagers de ce vol ? Qui était visé ? Étaient-ce tous les passagers ou bien seulement Caroline et lui ? Était-il la cible ? Mozart et Abe aussi ? Il songea à ses camarades pour la première fois depuis qu'il avait commencé à discuter avec Caroline. Jusqu'où était parvenu le steward avec le chariot à boissons ? Avaient-ils déjà avalé quelque chose ? Merde, il devait les prévenir.

Se penchant pour éviter qu'on les entende, Wolf murmura :

— Restez assise. Il faut que je prévienne mes hommes.

Caroline regarda Matthew replacer sa boisson sur le plateau devant elle avant de replier le sien contre le dossier du siège. Elle ne lui posa aucune question quand il se redressa pour fourrer la main dans le compartiment à bagages. Il chercha son sac, prit son temps pour fouiller dans le petit sac marin qu'il y avait placé, puis il referma le compartiment et se rassit.

Wolf se sentit un peu mieux une fois qu'il eut retrouvé sa place. Il avait fait signe à Mozart et à Abe qu'ils couraient un danger et qu'ils ne devaient pas avaler quoi que ce soit. Ils avaient inventé ce signal après s'être retrouvés terrés au cours d'une mauvaise mission, ayant découvert que la nourriture qu'on leur avait servie était droguée. Ses hommes avaient forcément compris qu'il se tramait quelque chose, mais comment faire pour le leur confirmer ?

Caroline l'étudiait du regard. Pouvait-il se servir d'elle ? Non, pas se servir d'elle, mais lui demander de l'aider ? Il n'avait pas rattaché sa ceinture, alors il se tourna sur son siège pour se pencher vers Caroline. Il prit l'une de ses mains dans les siennes, frottant machinalement son pouce contre le dos de sa main tandis qu'il réfléchissait à la manière de lui communiquer son plan. Enfin, il poussa un soupir et la regarda dans les yeux. Caroline le regardait avec intensité. Ses grands yeux bruns étaient écarquillés et légèrement dilatés. Elle lui serrait si fort la main qu'il comprit qu'elle était bien plus effrayée qu'elle n'en donnait l'impression.

Le côté protecteur de Wolf luttait pour s'exprimer. Il sentait et pouvait voir les tremblements qui secouaient le corps de Caroline. Il aurait voulu la dissimuler sous le siège et lui dire de ne pas en sortir tant qu'ils n'auraient pas atterri, sains et saufs, mais malheureusement, il savait aussi que ce n'était pas possible. Il avait besoin d'elle.

— Caroline, j'ai besoin de votre aide, admit-il à voix basse.

Immédiatement, elle hocha la tête. Bon sang, elle ne lui avait même pas demandé de quelle aide il avait besoin, mais avait accepté sans sourciller. Il sentit quelque chose remuer en lui, qu'il réprima aussitôt. Le moment était mal choisi.

— Mes hommes sont assis aux sièges 18C et 24D.

J'ai besoin de leur dire ce qu'il se passe, mais puisque nous ne savons pas ce qu'il en est ni qui est impliqué, je dois rester discret. Voulez-vous bien m'aider ?

— Bien entendu, Matthew, lui dit Caroline d'une voix qui tremblait légèrement. Même si je ne sais pas ce que je peux faire. Je ne suis qu'une civile...

Wolf lui pressa la main, qu'il tenait toujours.

— C'est pour ça que ça va fonctionner. Personne n'y réfléchira à deux fois si vous descendez l'allée. Si je me levais soudainement pour aller retrouver mes camarades, on ne pourrait que me remarquer. Je vais écrire un petit mot. Si vous vous levez pour vous rendre aux toilettes à l'arrière de l'avion, vous pourrez le faire passer à Mozart, qui est assis au siège 18C.

— Mozart ? commenta Caroline.

— C'est son surnom, expliqua-t-il rapidement. Nous en avons tous un.

Caroline hocha la tête. Elle aurait voulu lui demander le sien, mais elle savait que ce n'était ni le lieu ni l'endroit. Peut-être un jour aurait-elle le courage de l'interroger à ce sujet... s'ils se tiraient de ce pétrin, quel qu'il soit. Se remémorant qu'il y avait deux de ses amis à bord, elle lui demanda :

— Et pour votre ami à la rangée 24 ?

Wolf plaça son autre paume sur leurs mains toujours jointes.

— Quand vous passerez près de lui, saisissez-lui

l'épaule au lieu du siège et appuyez fort avec votre index et votre annulaire.

Il lui fit la démonstration sur le dos de la main qu'il tenait toujours.

— Il saura ce que cela signifie.

Wolf crut que Caroline lui demanderait ce que ce geste voulait dire, mais elle s'abstint. Elle se contenta de hocher la tête et répéta son geste.

— Comme ceci ? demanda-t-elle.

Wolf hocha la tête d'un air approbateur. Enfin, incapable de se retenir, il porta à ses lèvres la main qu'il serrait toujours dans la sienne et l'embrassa, y gardant les lèvres plaquées pendant plus longtemps qu'il n'était convenable avant de la lâcher.

— C'est tout ce que vous avez besoin de faire, puis revenez ici immédiatement après être allée aux toilettes, lui dit-il d'un ton sérieux en la regardant dans les yeux, insistant pour qu'elle comprenne le danger qu'elle courait et qu'ils encouraient tous. N'essayez pas de jouer aux héros. Si quelque chose tourne mal, ne vous attardez pas. Comportez-vous aussi normalement que possible. N'attirez pas l'attention sur vous inutile-ment. Mes hommes savent qu'il se passe quelque chose et ils vous protégeront. Ils voient que vous êtes assise à côté de moi, alors quand vous vous lèverez, ils seront en alerte. Avez-vous des questions ?

Caroline secoua la tête. Malgré sa nervosité, c'était dans ses cordes. Elle aurait voulu rester assise et digérer le baiser que Matthew avait déposé sur la chair tendre, au dos de sa main, mais elle n'avait pas le temps. Elle savait que *si* elle en avait eu le temps, elle aurait probablement décortiqué la chose, mais elle devait se concentrer pour ne pas se défiler devant la mission que lui avait confiée Matthew.

Celui-ci griffonnait rapidement quelque chose sur une serviette. Cela ressemblait à des gribouillis aux yeux de Caroline qui devina que c'était un code, mais cela n'avait guère d'importance. Elle savait qu'il avait probablement résumé la situation afin que ses amis passent en alerte et se tiennent prêts à... peu importe. Elle espérait que l'homme de la rangée 18 comprendrait. Son autre ami ne verrait pas de message écrit, mais elle espérait qu'il comprendrait le signal quand elle enfoncerait ses doigts dans son épaule. Il y avait trop d'impondérables dans ce qu'elle s'apprêtait à faire, et pourtant ils n'avaient pas d'autre choix. Matthew lui fourra la serviette dans la main et la lui fit refermer doucement.

— Vous en êtes capable, Caroline, murmura-t-il.

Le moment était venu. Elle se redressa et se fit aussi fine qu'elle le put pour passer devant Matthew. Il ne voulait pas se relever et attirer l'attention sur lui inutilement. Elle sentit sa main sur sa taille quand elle passa. Sa chaleur était intense, mais elle essaya de l'ignorer. Bon sang, s'ils s'étaient trouvés autre part qu'ici, dans cette situation, elle savait qu'elle aurait été dans tous ces états. Bien sûr, elle aurait voulu que Matthew la touche d'une manière sensuelle, mais il essayait simplement de la rassurer ;. Il ne tentait pas de la séduire. Elle aurait voulu s'imaginer à nouveau ses mains sur son corps, mais elle dut contraindre son cerveau à se concentrer.

18C, 18C, se répéta Caroline tout en descendant l'allée vers l'arrière de l'appareil. Elle remarqua vaguement les autres passagers qui sirotaient leurs boissons offertes sans le moindre souci. Caroline ignorait si elles étaient également droguées, mais elle avait le pressentiment que c'était le cas. Elle devait s'assurer de faire passer le mot à la bonne personne. Il ne lui aurait plus manqué que de trébucher sur le mauvais passager et lui donner cette serviette avec un code bizarre écrit dessus ! Elle vérifia le numéro des sièges en passant, se concentrant pour être certaine de ne pas se tromper.

Elle repéra immédiatement Mozart. Elle n'aurait même pas eu besoin de compter les rangées. Il semblait aussi grand et robuste que Matthew. Une fois parvenue à sa hauteur, elle « trébucha » et tendit les mains pour amortir sa chute, atterrissant juste sur lui.

— Je suis désolée, s'excusa-t-elle énergiquement tout en s'extirpant de ses bras, écartant ses mains de sa poitrine, là où elle avait atterri. Je suis tellement maladroite !

L'homme se contenta de hocher la tête et l'aida à se redresser. Il ne lui dit absolument rien et Caroline se prit à rougir, comme si elle n'était pas tombée sur lui par hasard. Elle devait se ressaisir. Bon sang. Ces hommes sexy allaient signer sa perte.

Elle se redressa, s'épousseta et poursuivit son chemin jusqu'aux toilettes. Elle inspira profondément. Un message livré ; il fallait passer à l'autre à présent. En tombant, elle avait plaqué le mot contre la poitrine de Mozart et elle l'avait senti s'en saisir lorsqu'il l'avait aidée à se redresser. Elle avait envie de rire ;. Manifestement, elle était très douée pour ces histoires d'espionnage.

Caroline se dit qu'elle ferait tout aussi bien d'utiliser les toilettes tant qu'elle était à l'arrière de l'avion. Elle savait qu'elle n'en aurait peut-être plus l'occasion, avec ce qui était en train de se passer. Son esprit pratique ne se reposait jamais. Elle parvint aux toilettes au moment même où les stewards finissaient de distribuer les rafraîchissements. Se glissant devant l'homme qui leur avait servi leurs boissons avec un sourire d'excuse, Caroline ferma la porte des toilettes, fit rapidement le nécessaire et se lava les mains après avoir terminé.

Alors qu'elle s'apprêtait à quitter les lieux, Caroline entendit les deux hommes parler juste derrière la porte. Elle pâlit en entendant leur conversation et attendit qu'ils se soient éloignés. Doux Jésus. Ils étaient vraiment stupides de discuter de leur plan de la sorte, là où des gens pouvaient les entendre. Cela dit, puisque tout le monde serait bientôt inconscient, cela ne faisait pas une grande différence. Elle devait retourner auprès de Matthew et lui raconter ce qu'elle avait entendu. Et merde !

Elle quitta les toilettes sans jeter un regard en arrière vers la ;kitchenette de bord et se contenta de retourner vers l'avant de l'appareil, se rattrapant aux dossiers des sièges alors qu'elle remontait l'allée. Quand elle arriva à la rangée 24, sans ralentir, elle agrippa nonchalamment de la main droite l'épaule de l'homme assis côté couloir, puis poursuivit sa route jusqu'à son siège. Matthew l'attendait. Une fois encore, il l'aida à s'asseoir en posant une main sur sa taille, l'interrogeant du regard. Caroline hocha la tête et se laissa retomber lourdement sur son siège. Elle voulut boucler sa ceinture de sécurité, mais Matthew l'arrêta.

— Laissez-la détachée, juste au cas où.

Elle hocha à nouveau la tête. Bon sang, elle aurait dû y penser. Elle n'avait pas les idées claires. Il fallait qu'elle se reprenne.

— Matthew, fit-elle d'un ton pressant. Avant de quitter la salle de bains, j'ai entendu deux des stewards discuter. Ils ont dit que tout était en place et que dès que les passagers auraient perdu connaissance, ils se lanceraient.

6

Wolf ne dit rien, se contentant de saisir la main de Caroline, de la serrer et de la placer sur sa jambe. Bon Dieu, dans quoi s'étaient-ils fourrés ? Il caressa machinalement du pouce le dos de la main de Caroline tout en songeant à la situation.

Cela le rassurait de savoir que Mozart et Abe étaient parés et en alerte. Il remerciait Dieu qu'ils soient sur ce vol avec lui. Ils avaient très peu de chances de reprendre le contrôle de la situation, mais avec au moins trois d'entre eux, il entretenait tout de même une lueur d'espoir. Ils étaient opérationnels et prêts à agir, à faire *quelque chose*, seulement ils ne savaient pas encore à qui ils avaient affaire.

Manifestement, les stewards étaient dans la combine, puisque Caroline les avait entendus parler de leur plan. Mais qui d'autre ? Il faudrait qu'ils attendent de voir. Cela ne lui plaisait pas. Il songea au 11 septembre et se demanda si les passagers des avions qui s'étaient écrasés dans le World Trade Center avaient su que quelque chose n'allait pas. On se sentait impuissant. Les passagers de l'avion qui s'était écrasé, ce jour-là en Pennsylvanie, avaient manifestement fait ce qui était en leur pouvoir pour empêcher l'avion de percuter la Maison-Blanche, mais ils y avaient malheureusement perdu la vie.

Wolf ne voulait pas mourir, mais il savait qu'il en courait le risque à n'importe quel moment. Son travail n'était pas des plus sûrs. Ironiquement, il était censé être en vacances, et pourtant il était tout aussi en danger que s'il se trouvait en mission. C'était de la folie.

Wolf se tourna vers Caroline.

— Vous avez été extraordinaire, murmura-t-il. Vous y êtes parvenue malgré votre peur, et vous n'avez attiré l'attention ni sur vous ni sur moi.

Caroline se contenta de répondre par un bref sourire. Wolf savait qu'il n'aurait pas été capable de faire ce qu'elle avait fait sans attirer l'attention sur lui. Diable, sans elle, il n'aurait même pas *su* qu'il était au milieu d'une entourloupe. Il détestait la voir subir ceci, et détestait encore plus l'idée qu'elle ne puisse pas échapper à ce qui se tramait.

Wolf réfléchit un peu plus à la situation et eut conscience que l'avion était devenu très silencieux. Certes, c'était déjà très calme, mais il était évident que les rares conversations s'étaient éteintes. Il remua la tête d'un millimètre et vit que les trois personnes assises à leur rangée de l'autre côté du couloir avaient les yeux fermés et dormaient... ou pire. Il ignorait s'ils étaient inconscients, endormis ou même morts.

À l'instant même où il s'apprêtait à dire à Caroline qu'ils devaient jouer les morts et attendre de voir ce qui allait se passer, elle le surprit en lui coupant l'herbe sous le pied :

— Matthew, nous devons faire semblant d'avoir terminé nos verres et d'être aussi affectés que les autres.

Manifestement, elle aussi avait remarqué l'immobilité des autres passagers.

Wolf hocha la tête.

— Je me disais la même chose. Les grands esprits se rencontrent.

Il la vit rougir. Elle ne cessait de l'épater. Les femmes qu'il avait rencontrées au cours de sa vie ne rougissaient pas à un simple compliment détourné. Il regretta de ne pas avoir le temps de trouver d'autres compliments à lui faire, rien que pour voir son visage s'éclairer de cette rougeur charmante qui envahissait ses joues. Il allait se demander si son décolleté aussi était rouge, mais il se ravisa. Ce n'était ni le lieu ni l'endroit, mais diable, il aurait bien voulu le savoir.

Caroline lui retira sa main à contrecœur et posa sa tête contre le dossier. Elle n'osa pas ouvrir les yeux pour essayer de voir ce qu'il se passait. Ils devaient faire semblant d'être tout aussi inconscients que les autres passagers. Elle savait que Matthew aussi avait basculé la tête en arrière et fermé les yeux. Il ne restait plus qu'à attendre.

Caroline détestait attendre. Elle n'était pas douée pour ça. Cela la rendait toujours nerveuse. Sa mère la taquinait toujours sur le fait d'être incapable de rester immobile pendant ne serait-ce que cinq minutes quand elle était petite. Elle était toujours en mouvement. Caroline sourit intérieurement en se remémorant une histoire que sa mère aimait raconter à ses amis ; elle avait alors environ quatre ans. Elles s'étaient rendues à un parc à thèmes et il y avait des files d'attente partout : pour la nourriture, les attractions et, bien entendu, les toilettes.

Apparemment, Caroline en avait eu assez de faire la queue et pendant qu'elles attendaient pour utiliser les toilettes, elle s'était rendue vers la pelouse qui courait le long du bâtiment, avait baissé son pantalon et fait pipi à même le sol. Sa mère était mortifiée, mais tout le monde avait trouvé cela hilarant.

Caroline songea à sa mère avec tristesse. Elle lui manquait. Au cours de l'année précédente, elle aurait tant de fois voulu prendre le téléphone juste pour lui parler. Elle avait toujours su qu'elle perdrait ses parents tôt dans l'existence ; ils étaient plus âgés, après tout, mais cela s'était avéré plus difficile qu'elle ne l'avait envisagé.

Tirée de ses pensées par Matthew qui remuait sur son siège, Caroline admit qu'elle était terrifiée. Terrifiée par ce qui était en train de se passer... et puis, elle ignorait complètement comment ils s'en sortiraient. Il n'était pas bon d'être pris au piège dans un avion à des milliers de mètres au-dessus du sol avec des gens déterminés à causer du tort. Quant à savoir quel était exactement ce tort, cela restait à voir.

Caroline se dit qu'elle était très contente d'avoir Matthew à côté d'elle. D'abord, elle s'était inquiétée ; c'était un homme immense et impressionnant. Mais d'après la douceur avec laquelle il lui tenait la main et le fait qu'il avait immédiatement cherché à alerter ses camarades, elle se sentait beaucoup mieux. Elle ne savait pas si ses amis et lui seraient capables de les tirer de cette situation, mais elle se sentait un peu moins seule du simple fait de sa présence. Elle ne savait pas ce qu'elle aurait fait sans lui. Elle aurait remarqué l'odeur des glaçons, mais elle n'aurait pas su quoi faire et se serait contentée de rester assise là, impuissante. Elle frissonna légèrement. *Mon Dieu, ça craint !*

Trente longues minutes après qu'ils eurent convenu de feindre l'inconscience, les terroristes passèrent à l'acte. Presque tous les passagers étaient inanimés sur leurs sièges, inconscients ou pire encore. Wolf ne pouvait pas se permettre de songer à eux pour le moment. Il remercia Dieu que Caroline ait senti quelque chose dans les glaçons. Il frémit en songeant à ce qui aurait pu se passer s'il n'avait pas été assis à côté d'elle. En réalité, il savait ce qui se serait produit : Mozart, Abe et lui auraient été inconscients sur leurs sièges, tout comme l'ensemble des autres passagers qui les entouraient.

Wolf vit deux passagers ainsi que les deux stewards dépasser leur rangée et se diriger vers l'avant de l'avion. Il ferma les paupières alors que deux d'entre eux revinrent en arrière, examinant les passagers, s'assurant qu'ils étaient endormis. Wolf les entendit parler à voix basse quand ils passèrent près de lui.

— Smythe a les coordonnées ?

— Oui, dès qu'on aura rassemblé les passagers encore conscients, il s'occupera des pilotes et nous mettra sur la voie.

Wolf se tendit. Merde.

Les terroristes ordonnèrent aux quelques personnes conscientes qu'ils trouvèrent de se lever et les forcèrent à se rassembler dans la kitchenette à l'arrière de l'appareil. Wolf entendit des cris et des pleurs de femmes, ainsi que des grognements d'hommes, mais ce fut une opération relativement silencieuse. Étrangement silencieuse. Dans toutes les batailles et les missions auxquelles il avait participé, Wolf n'avait jamais entendu une chose pareille. Généralement, les gens hurlaient et pleuraient, et il y avait les bruits assourdissants de rafales et de mortiers qui explosaient – jamais ce silence, cette obéissance totale des passagers. Cela le décontenançait, et avec son expérience, ce n'était pas rien de le dire. Il garda les paupières entrouvertes et vit l'un des terroristes, qui s'était fait passer pour un passager lambda, ainsi que l'un des stewards, se diriger vers le cockpit. Ce fut facile, puisque l'agent de bord n'eut qu'à toquer à la porte et demander à parler au pilote. Sans raison de s'alarmer, le copilote ouvrit sans hésitation. Il se fit immédiatement battre jusqu'au sang tandis que le pilote était assassiné sur-le-champ. Ce ne fut pas difficile : une entaille à la jugulaire. Ils traînèrent son corps hors du cockpit puis le jetèrent dans la kitchenette à l'avant de l'appareil, convulsant toujours et se vidant de son sang. Le copilote était vivant, mais gravement blessé. L'autre steward lui souleva une jambe et le tira sans ménagement jusqu'à l'arrière de l'avion, où se tenaient les autres passagers conscients.

Le pouls de Wolf s'accéléra, anticipant le combat à venir. Il devait faire attention, puisque l'un des terroristes avait pris le contrôle de l'avion. Son entraînement dans la Marine l'avait familiarisé avec presque tout type d'engin. Il était plus à l'aise aux commandes d'un hélicoptère, mais il avait également passé du temps dans de gros avions de ligne comme celui-ci.

Puisqu'il était le plus proche du cockpit, ce serait à lui de s'y rendre et de reprendre le contrôle de l'appareil.

Mozart et Abe étaient capables de le piloter, mais Wolf comptait sur eux pour s'occuper des autres terroristes. Il avait déjà du pain sur la planche. Il espérait sincèrement qu'aucun des autres passagers ne soit blessé lorsqu'ils reprendraient l'avion en main, mais il ne pouvait pas se permettre d'y songer pour l'instant. Son seul et unique objectif était de reprendre les commandes.

Wolf savait qu'il devait passer à l'acte, mais pour la première fois depuis qu'il était devenu SEAL, il hésita. Il ne voulait pas que Caroline se trouve impliquée dans ce qui allait se passer, or il n'avait pas le choix. Il déplaça subrepticement sa main et la posa sur sa cuisse, la pressant légèrement et sentant les muscles de la jeune femme se contracter sous sa paume. La main de Caroline quitta lentement ses genoux et vint couvrir la sienne. Ils demeurèrent ainsi un moment. Après ce contact, court mais intense, ils se sentaient mieux. Wolf savait qu'il était temps d'y aller. Il ne pouvait plus attendre ; leurs vies à tous en dépendaient. Il retourna sa main afin de pouvoir prendre celle de Caroline et la serrer fort. Lui adressant un petit sourire, elle lui murmura :

— Bonne chance.

Wolf la lâcha immédiatement et inspira profondément. Le moment était venu d'agir.

Sans regarder autour de lui ni prononcer un autre mot, il sauta de son siège et se dirigea vers l'avant de l'appareil. Paré à la bataille, il chassa de son esprit toute pensée importune, y compris celle de la femme courageuse assise dans sa rangée. Alors qu'il courait vers l'avant, il entendit un cri et jeta un rapide regard en arrière pour évaluer la situation.

Mozart et Abe se battaient avec l'un des terroristes à l'arrière, mais le troisième se dirigeait droit vers lui. Une haine à l'état pur se lisait sur son visage. Merde. Wolf n'avait pas le temps de s'occuper de lui s'il comptait s'assurer que le quatrième ne provoque pas un crash. Pendant une seconde, il espéra que le gars qui pilotait l'appareil ne comprenne pas ce qui était en train de se passer, mais quand il sentit l'avion faire une embardée en piqué, il comprit la futilité de cet espoir. Wolf n'avait pas d'autre choix que de continuer sa route vers le pilote. Il s'occuperait de celui qui remontait l'allée dans sa direction quand il y serait obligé, ce qui, malheureusement, risquait d'arriver plus tôt que prévu.

Soudain, Wolf vit avec stupeur une jambe émerger d'une rangée de sièges et faire un croche-patte à l'homme qui courait vers lui. C'était Caroline ! Il fit volte-face et courut à toute vitesse vers le cockpit. Bon sang. Il aurait voulu revenir vers la jeune femme, mais il ne pouvait pas s'arrêter à présent. Il avait peur pour elle, et il ne lui arrivait jamais de perdre sa concentration comme il l'avait fait, mais il n'aurait pas pu l'aider pour le moment. Il devait prendre le contrôle de l'appareil, ou bien ils seraient tous morts. Le geste de Caroline lui donnerait peut-être juste assez de temps pour maîtriser l'homme qui pilotait l'appareil avant que l'autre terroriste ne le rattrape.

7

———

Caroline ne parvenait pas à croire qu'elle venait de faire un croche-patte à un terroriste ! Un vrai terroriste ! Elle était morte de frousse. Elle était restée assise à côté de Matthew et savait qu'il s'apprêtait à agir. Elle pouvait presque sentir la tension dans son corps, l'anticipation, l'adrénaline qui commençait à déferler dans son sang. Elle aurait voulu l'implorer de ne pas y aller, de rester avec elle et de laisser se dérouler les choses. Mais c'était un SEAL. Il n'allait pas rester les bras ballants et laisser les terroristes s'emparer de l'avion. Il serait au cœur de l'action. Bon sang, ce serait seulement grâce à lui et à son unité qu'ils parviendraient à survivre à ce cauchemar. *S'ils* y survivaient.

Quand il avait posé la main sur sa cuisse, elle avait deviné que le temps était venu. Elle n'aurait pu s'empêcher de tendre la main vers Matthew, même si quelqu'un lui avait donné un million de dollars. Elle ne savait pas si elle le reverrait, mais quelque part, durant les heures qu'ils avaient passées à apprendre à se connaître, il était devenu important pour elle. Elle ne parvint qu'à lui sourire et à articuler « bonne chance ». Quel cliché ! C'était bête. Pour lui, elle n'était qu'une femme comme les autres. Une femme de plus qui le trouvait magnifique et qui voulait rentrer avec lui pour passer quelques heures dans son lit à apprendre à le « connaître ». Caroline ne l'avait pas admis jusqu'alors, mais oui, elle le désirait de la pire des façons. Bon sang, c'était tellement déplacé et il ne se passerait jamais rien, mais cela ne l'empêchait pas de le désirer.

Elle ne savait pas comment faire pour l'aider. Elle souhaitait désespérément faire *quelque chose*, mais elle n'était qu'une chimiste, pas une SEAL qui défonce tout. Caroline vit Matthew bondir hors de son siège. Une seconde, c'était un homme endormi, détendu, et l'instant d'après, un SEAL féroce en mission. Il fila vers l'avant de l'appareil et Caroline regarda derrière elle entre les sièges pour s'assurer que les camarades de Matthew s'occupent des deux autres malfrats. Ils étaient passés à l'acte juste après Matthew, qui se dirigeait manifestement vers le cockpit pour s'occuper du terroriste aux commandes de l'appareil.

Il restait donc un ennemi. Horrifiée, elle le vit qui remontait en courant l'allée centrale, se dirigeant vers Matthew. En même temps, elle sentit l'avion piquer du nez. Son pouls s'accéléra. Merde. Merde. Merde. Le mec était en train d'essayer de faire s'écraser l'appareil. Matthew allait devoir s'occuper de deux terroristes à la fois, et elle savait qu'il aurait besoin de toute sa concentration afin de reprendre le contrôle de l'avion s'ils ne voulaient pas tous y passer.

Sans réfléchir, elle se glissa sur le siège côté couloir. Quand le terroriste s'apprêta à la dépasser, elle se contenta de tendre la jambe. Cela lui fit bien plus mal qu'elle ne l'aurait cru. Elle voyait des gens faire des croche-pattes tout le temps à la télé ou dans les films, mais elle ne savait pas que cela pouvait être aussi douloureux.

Le mec s'écroula comme un sac de farine. Il s'affala à quatre pattes, mais Caroline sut qu'il ne resterait pas à terre très longtemps. Alors, sans songer aux conséquences, elle bondit hors de son siège et s'accrocha à son dos. Elle devait simplement l'occuper jusqu'à ce qu'un des camarades de Matthew vienne l'aider. Du moins espérait-elle que l'un des deux accourrait à sa rescousse...

Alors que Caroline croyait bien le tenir, il la fit basculer par-dessus sa tête au milieu de l'allée et rampa au-dessus d'elle jusqu'à ce qu'ils se retrouvent face à face. L'action s'était déroulée si rapidement qu'elle n'eut pas le temps de se redresser ni de l'éviter.

Merde, se dit-elle en levant les yeux. Il était énervé, mais elle aussi. Ce bâtard essayait de tous les tuer.

Caroline se décala quand il voulut lui flanquer son poing en plein visage. Il parvint à la frapper sur le côté de la tête, mais cela lui aurait fait bien plus mal s'il était réellement parvenu à la percuter en pleine face. Elle leva le genou aussi fort qu'elle le pouvait, lui assenant un coup dans la cuisse. Ce n'était pas l'endroit qu'elle visait, mais cela le ralentit un peu.

Caroline continua de se débattre avec l'homme. Tous les deux essayaient de frapper, de griffer et de prendre l'avantage. Le terroriste était plus lourd et plus musclé qu'elle, mais elle ne se laissa pas décourager. Elle se battait comme une lionne. L'adrénaline jouait en sa faveur, ainsi qu'un désir intense de ne pas mourir.

Elle griffait, frappait avec ses mains, ses genoux et ses pieds. Au moment où l'homme crut avoir repris le dessus, elle lui échappa et lui flanqua un coup bien placé. Malheureusement, le terroriste atteignit sa cible, lui aussi. Caroline n'eut pas vraiment mal sur le moment. L'adrénaline empêchait toute douleur de remonter à son cerveau paniqué, mais elle savait qu'elle aurait mal plus tard... si elle survivait.

À tout moment maintenant, quelqu'un viendrait l'aider... Caroline devait y croire. Soudain, le poids de l'homme ne pesa plus et elle vit une lueur mauvaise étinceler dans ses yeux au moment même où un couteau lui tranchait la gorge. Elle dut fermer les paupières lorsque son sang gicla, lui éclaboussant la poitrine et les bras. C'était chaud et ça sentait le cuivre. Elle aurait dû paniquer davantage, mais elle était tellement reconnaissante d'être en vie et d'avoir empêché cet homme d'atteindre Matthew ! Dieu merci, l'un de ses coéquipiers était finalement venu à sa rescousse.

Caroline vit le dénommé Mozart la libérer du terroriste – à présent mort – et le jeter derrière lui dans l'allée avant de bondir en direction du cockpit. Il l'avait complètement ignorée, mais Caroline ne s'en souciait pas. Elle se réjouissait qu'on aille aider Matthew s'il en avait besoin. Le temps n'était pas aux présentations ni aux questions, au beau milieu d'une attaque terroriste. Elle avait vaguement entendu des femmes à l'arrière de l'avion, qui pleuraient de façon hystérique, et elle savait qu'elle devait se relever, ne serait-ce que pour dégager l'allée.

Caroline s'assit lentement, réalisant pour la première fois que ses côtes lui faisaient mal. Enfin... elle avait mal partout, mais sur le flanc en particulier. Elle pointa le menton, consciente qu'elle n'avait pas le temps de s'y attarder. Les femmes étaient en pleurs et l'autre camarade de Matthew – celui de la rangée vingt-quatre – essayait de calmer les passagers du fond. Elle vit que les deux terroristes que les SEAL avaient combattus étaient étendus, morts, à l'arrière de l'appareil. Du moins supposait-elle qu'ils étaient morts. Elle ne voyait qu'un seul des cadavres, dont les pieds dépassaient dans l'allée. On l'avait partiellement poussé dans l'une des rangées. L'autre était étendu au milieu de l'allée, à la manière de l'homme mort contre lequel elle s'était battue.

C'était une scène surréaliste. Si elle n'y avait pas participé, elle aurait pu croire qu'il s'agissait simplement d'un mauvais rêve. Tout autour d'elle, les autres passagers étaient évanouis, ou bien tués par ce qu'on avait mis dans les glaçons. À part les femmes qui sanglotaient au fond, tout restait étrangement silencieux. Elle regarda vers l'avant de l'appareil ; elle pouvait voir Matthew et Mozart dans le cockpit. La porte avait été à moitié arrachée de ses gonds ;. Matthew devait l'avoir cassée pour parvenir à la salle de pilotage et au terroriste. Un autre homme était étendu à terre devant la porte, inerte. Manifestement, le pilote. Il avait la tête tournée vers elle, les yeux vitreux.

Caroline se détourna du regard angoissant du mort, mais ses yeux se posèrent alors sur le cadavre près d'elle dans l'allée. Son sang coulait de son cou tranché et inondait lentement le tapis élimé sous son corps. Caroline voyait la flaque s'étendre de plus en plus.

Elle se redressa lentement, poussant sur ses bras sans s'attarder sur ses douleurs. Elle essaya d'ignorer qu'elle était couverte du sang du terroriste que Mozart avait tué. Étonnamment, elle ne paniquait pas. Elle ne savait pas pourquoi. Cela aurait été bien naturel, et pourtant elle ne voulait pas représenter une gêne pour Matthew et son unité. C'était vaniteux de sa part, mais elle voulait qu'ils la voient sous un jour positif.

Avant que Caroline ne puisse se convaincre de ne pas le faire, elle se pencha en avant et saisit par les chevilles l'homme qui avait essayé de les tuer. Elle le tira lentement jusqu'à l'avant de l'appareil. Il était lourd, et c'était plus difficile de le déplacer qu'elle ne l'avait cru. Comme à travers un nuage, elle vit le sang de son cou maculer l'allée de rouge alors qu'elle le traînait entre les rangées de l'appareil. Elle l'emmena jusqu'à la kitchenette et le déposa par-dessus l'homme qui s'y trouvait déjà. Elle avait eu le réflexe de le retirer de l'allée afin que, lorsqu'ils auraient atterri, le personnel médical puisse accéder aux passagers.

Une fois qu'elle eut terminé, elle se retrouva désœuvrée. Elle entendit Matthew qui l'appelait. Caroline voyait et entendait toujours tout, comme dans un long tunnel... Elle passa la tête à l'intérieur du cockpit.

— Vous allez bien ? entendit-elle Matthew lui demander d'un ton précipité.

Elle se contenta d'acquiescer machinalement.

— C'est votre sang ?

Caroline secoua la tête. Elle n'avait pas vraiment compris ce qu'il lui avait demandé, mais elle avait réagi par automatisme.

— Le copilote va bien ?

— Euh, je suis désolée, Matthew, je ne sais pas.

Caroline parvenait à peine à aligner deux phrases. Elle n'avait même pas songé à vérifier comment allait le copilote. Zut, elle aurait dû.

D'une voix douce destinée à l'apaiser, Wolf lui demanda :

— Pourriez-vous retourner vérifier s'il se sent capable de venir ici nous aider ?

Caroline ne regarda pas Mozart qui était assis sur le siège du copilote et se contenta de hocher la tête. Elle tourna les talons afin de regagner l'arrière de l'appareil, sans percevoir le regard inquiet de Matthew. Elle ne cessait de se répéter : *Matthew a besoin du copilote, Matthew a besoin du copilote*, sans relâche, afin de ne pas oublier.

Une fois à l'arrière de l'appareil, l'autre SEAL se tourna vers elle. Caroline ne se rappelait pas son prénom ; il suffisait qu'elle se souvienne de sa commission.

— Matthew a besoin du copilote, lui confia-t-elle d'une voix atone.

Elle ne savait pas si elle avait bien articulé, mais il devait l'avoir comprise, car il hocha la tête et se tourna vers les gens regroupés. Désœuvrée, Caroline finit par regagner son siège.

Elle était terrifiée et l'adrénaline qui l'avait remplie d'énergie au cours des trente minutes précédentes s'estompait. Caroline prit les serviettes propres qu'on leur avait offertes avec leurs rafraîchissements et qu'ils avaient fourrées dans la pochette des sièges et tenta d'essuyer le sang sur son haut et ses bras. Elle fut impressionnée par son travail de nettoyage. Contre toute attente, elle s'était bien débrouillée. Puis elle vit le copilote qui se dirigeait vers le cockpit d'un pas instable. Peu de temps après, Mozart émergea du petit espace et alla retrouver son camarade à l'arrière de l'appareil. En chemin, toutefois, il l'aperçut et s'arrêta.

— Vous êtes certaine que tout va bien, Madame ? demanda-t-il poliment.

— Oui, je vous remercie, répondit-elle sans développer ni relever les yeux, alors qu'elle continuait à essuyer le sang qui la recouvrait.

Elle n'avait plus de forces pour le moment.

Mozart demeura un instant à la scruter. Sentant qu'il n'avait pas bougé, Caroline finit par lever la tête et lui rendit son regard. Que voulait-il qu'elle lui dise ? Qu'elle allait bien ? Qu'elle avait mal, qu'elle avait peur et qu'elle voulait descendre de ce maudit avion ? Même si tout ceci était vrai, rien n'aurait été utile pour le moment, alors elle garda le silence. Elle se sentait au bord de la crise et elle faisait tous ses efforts pour ne pas basculer. Enfin, Mozart hocha la tête et continua de descendre l'allée.

Caroline était assise dans le siège côté couloir de sa rangée, les pieds sur le coussin et les bras autour de ses genoux. Rebelle, elle refusait de boucler sa ceinture. Si elle avait survécu à une attaque terroriste, elle pouvait courir le risque de ne pas rester attachée. Elle savait qu'il était ridicule de se sentir obligée de rester assise à la place qu'on lui avait octroyée, car après tout, personne ne s'en soucierait, or la plupart des autres sièges étaient déjà occupés. Elle aurait pu s'asseoir au milieu, mais elle ne pouvait pas supporter de s'installer à côté de l'homme près du hublot. Il était avachi. En apercevant sa poitrine remonter et descendre, elle en fut soulagée. Quelle horreur si tous les gens autour d'eux étaient morts ! D'un autre côté, elle était contente qu'ils n'aient pas compris tout ce qui s'était déroulé. À en juger par les réactions des quelques personnes à l'arrière de l'appareil, la scène n'aurait pas été très plaisante. Il aurait été bien plus difficile de gérer la situation avec des centaines de gens en pleurs et en panique.

Les trente minutes suivantes comptèrent parmi les plus longues de la vie de Caroline. Quelque part, elles lui parurent plus longues encore que lorsqu'ils avaient attendu que les terroristes passent à l'acte. C'était peut-être parce qu'elle n'avait plus Matthew à ses côtés ? Avec lui, elle s'était sentie en sécurité, elle avait eu l'impression qu'aucun mal ne pouvait lui arriver. À présent, elle se sentait déconnectée et choquée.

Percevant que l'avion amorçait sa descente, Caroline se dit qu'ils n'étaient pas encore arrivés à Norfolk. Il ne s'était pas écoulé suffisamment de temps ; ils devaient effectuer un atterrissage d'urgence quelque part. Elle regarda à nouveau autour d'elle. La plupart des passagers n'avaient toujours pas bronché. Incapable de se retenir, impatiente de connaître la vérité, Caroline tendit la main, se pencha et prit le pouls de l'homme assis près du hublot. Il palpitait toujours, quoique faiblement. Elle espéra qu'ils atterrissent près d'un bon hôpital. Ces gens ne méritaient pas de mourir.

L'avion se posa enfin. L'atterrissage ne s'effectua pas en douceur, mais ils étaient au sol. Caroline patienta, puis elle entendit le copilote prendre le micro et expliquer d'une voix tremblante ce qui se déroulait.

— C'est le copilote qui vous parle. Nous avons effectué un atterrissage d'urgence à Omaha, dans le Nebraska. Si vous en êtes capables, veuillez vous diriger vers l'arrière de l'appareil. Des services d'urgence vont monter à bord, ainsi que des agents fédéraux. Nous évacuerons tout le monde dès que possible et vous recevrez des soins médicaux le cas échéant. Dieu merci, nous nous en sommes tirés.

Le silence s'abattit dans la cabine. Caroline se redressa et se dirigea vers l'arrière. Il y avait huit autres civils – cinq femmes et trois hommes. Ces derniers ressemblaient à des hommes d'affaires, quant aux femmes... les femmes étaient superbes. Doux Jésus, où étaient les gens ordinaires ? Oh, bon sang, était-*elle* la seule personne laide dans les parages ? Les femmes étaient toutes grandes et élancées. L'une d'elles s'était accrochée au SEAL de la rangée 24... Caroline ne savait toujours pas comment il s'appelait. Une autre femme restait proche de celui que Caroline connaissait sous le nom de Mozart. Les autres étaient blotties contre les civils. Tout le monde semblait s'être rapproché au cours de cette expérience horrible, alors que Caroline avait à nouveau l'impression d'être laissée à l'écart.

Les SEAL avaient parcouru la cabine, vérifiant comment se portaient les autres passagers, mais il n'y avait pas grand-chose à faire pour eux. Sans leur jeter un regard, Caroline passa devant les femmes qui s'agglutinaient contre les SEAL et elle se dirigea vers le coin de la kitchenette.

Les strapontins du fond étaient déjà occupés, l'un par un homme avec une femme assise sur ses genoux, et l'autre par une autre femme qui ne semblait pas avoir envie de bouger. Caroline s'adossa au mur et se laissa glisser jusqu'à ce qu'elle puisse s'asseoir. Repliant les genoux contre son torse et y posant la tête, elle se dit que l'évacuation prendrait un moment. Elle avait envie de se reposer.

Elle ne vit pas Mozart et le SEAL dont elle ne connaissait pas le nom échanger un regard. Elle était fatiguée et effrayée. Elle voulait prendre une douche et retirer d'elle le reste du sang de cet homme mort, mais elle savait que cela n'arriverait pas de sitôt.

Alors que l'unité médicale montait à bord et organisait l'évacuation des passagers, Caroline entendit

Brandy, l'une des femmes qui se tenaient au fond avec les autres passagers conscients, pousser des hauts cris en voyant la blessure au couteau de Mozart.

— Ne vous inquiétez pas pour moi, lui confia-t-il. Ce n'est qu'une blessure superficielle. Je le sais, parce que je suis infirmier. D'ailleurs, l'hôpital aura déjà assez de travail avec les autres passagers. Je m'en occuperai moi-même ou bien je demanderai à l'un de mes camarades d'y jeter un œil. Je vais bien, ne vous faites pas de souci, mais assurez-vous que les urgentistes *vous* examinent correctement, ma belle, pour s'assurer que vous n'avez rien.

Caroline acquiesça en silence, admirative. Réfléchissant à ses propres côtes douloureuses, elle se dit que le SEAL avait raison. Même si elle avait mal, elle était vivante et ne voulait pas représenter une gêne. Ce n'était probablement pas très grave, juste un petit bobo. Les autres passagers de l'avion avaient plus besoin de soins médicaux. Ils étaient inconscients et avaient ingéré Dieu sait quoi. Caroline aurait aimé se rendre plus utile. Si seulement elle était capable de déterminer quel produit chimique avait été placé dans les glaçons, les médecins seraient en mesure d'aider plus vite les passagers, mais sans son laboratoire, elle n'en avait pas la moindre idée.

Enfin, tous les passagers furent évacués vers les hôpitaux locaux. Caroline était tombée dans un état de semi-conscience. Elle était réveillée, mais elle sentait à peine ce qui se passait autour d'elle.

Une fois l'avion vidé des autres passagers, la police et le FBI menèrent le petit groupe de civils restants à l'extérieur afin que les secouristes puissent les examiner à leur tour. Caroline observa avec un intérêt détaché les réactions des autres femmes et des hommes face aux terroristes morts dispersés dans l'avion. Ils étaient à présent recouverts de draps, mais quand ils passèrent à côté d'eux, ils virent du sang qu'ils s'efforcèrent d'enjamber

Caroline ne pensait pas qu'il y ait des blessés, mais la police n'allait certainement pas laisser qui que ce soit quitter l'avion sans avoir eu au moins une consultation. Certaines personnes aimaient trop porter plainte pour qu'ils puissent se le permettre.

Quand ce fut au tour de Caroline, l'urgentiste observa :

— Allons, je vois bien que vous vous touchez les côtes. Laissez-moi regarder.

Caroline essaya de le repousser.

— Non, vraiment, ce n'est rien. Je me suis juste cognée quand je suis tombée dans l'avion. Je vais bien.

— Je devrais au moins jeter un œil, insista-t-il.

— Bon...

Caroline s'apprêtait à céder lorsque Brandy, l'une des civiles, se présenta à côté du jeune homme.

— Monsieur ? La tête me tourne un peu... Vous croyez que je peux m'asseoir quelque part ?

Caroline la dévisagea et se dit qu'elle n'avait absolument pas l'air malade. Elle serrait le biceps de l'urgentiste et se collait à lui, écrasant contre lui sa poitrine généreuse.

— Euh, oui, enfin, laissez-moi terminer et je suis tout à vous. Asseyez-vous sur ce pare-chocs, là-bas, pour ne pas tomber et risquer de vous faire mal.

Caroline aurait voulu lever les yeux au ciel. Quand l'urgentiste se retourna vers elle, elle se rendit compte qu'il pensait déjà à Brandy. Elle abrégea ses souffrances.

— Allez, donnez-moi juste des lingettes alcoolisées ou quelque chose comme ça. Je n'ai pas si mal que ça et vous pourrez aller voir ce dont Brandy a besoin.

L'homme accepta son offre et sortit quelques lingettes antiseptiques à une vitesse effarante. Caroline songea avec amertume qu'il était heureux qu'elle ne soit pas blessée plus gravement ; elle aurait probablement pu être allongée à terre, à se vider de son sang, que les hommes autour d'elle auraient probablement continué à l'ignorer.

Une fois tous les passagers conscients examinés, la police assurée qu'aucun d'entre eux ne présentait de blessures mortelles et les décharges de refus de transport à l'hôpital signées, on fit monter le groupe dans un petit bus.

Alors que la navette se dirigeait vers l'aéroport, loin du tarmac, Caroline sentit un pincement au cœur. Matthew, Mozart et l'autre SEAL étaient partis dans un bus différent qui les avait emmenés on ne sait où. Elle avait bien regardé les SEAL se diriger vers leur navette pour voir si Matthew la saluerait d'une quelconque façon, mais bien entendu, il ne l'avait pas fait. Lui et ses coéquipiers s'étaient éloignés en discutant sans jeter un regard en arrière vers l'avion. Elle n'aurait pas dû s'en étonner. Cela lui arrivait tous les jours.

Il ne restait plus que les huit passagers et elle. Elle suivit les autres à bord de la navette. On les conduisit jusqu'au terminal pour les faire ensuite passer à travers une porte dérobée jusqu'à une salle de l'aéroport. Les agents fédéraux voulaient entendre leur version de l'histoire.

Deux heures plus tard, Caroline avait envie de crier. Elle aurait voulu partir d'ici. Elle aurait tellement voulu être parvenue à Norfolk et laisser cette mésaventure derrière elle. Ils avaient été interrogés ensemble, puis séparément. Les autres passagers n'avaient pas la moindre idée de ce qui s'était passé. Ils avaient raconté aux autorités qu'ils étaient tranquillement assis sur leurs sièges et que soudain, des hommes avec des couteaux les avaient entraînés à l'arrière de l'avion. Et même s'ils avaient entendu des cris et des bruits, ils n'avaient rien vu. Personne ne savait ce qui avait causé la perte de connaissance des autres passagers.

Caroline se contenta de hocher la tête alors que les autres parlaient. Personne ne lui prêtait beaucoup d'attention. Elle y était habituée et, d'ailleurs, le contraire l'aurait surprise. Elle expliqua le sang sur ses vêtements : elle avait glissé et était tombée sur le sang d'un des terroristes. Elle ne voulait pas révéler quoi que ce soit, car elle savait que les missions des SEAL étaient réputées pour être secrètes. Et même si ce n'était pas une mission, ils s'étaient retrouvés au mauvais endroit... ou plutôt au bon endroit, au bon moment ? Elle ne voulait pas dévoiler leurs secrets. Et puis, elle n'était pas certaine de savoir ce qu'elle était censée dire ou pas. Le FBI et les autres apprendraient ce qu'il leur faudrait savoir de la bouche des SEAL en personne, mais pas d'elle. Elle n'avait pas grande importance dans cette histoire. Elle était tout bonnement Caroline Martin, une citoyenne lambda.

Une fois que les autorités eurent entendu tout ce que les passagers savaient de cette tentative de détournement, ils furent libres de partir, ayant été prévenus de ne pas parler à la presse. *Oui, c'est ça !* se dit Caroline... Un détournement d'avion représentait un scoop juteux pour les médias, *plus que juteux*. Et elle savait que Brandy ne refuserait certainement pas de tirer parti de cette expérience pour passer à la télévision. Elle avait été soulagée d'apprendre que Brandy et les autres ne connaissaient pas le travail de Matthew et de ses amis. Mais bien entendu, ils avaient spéculé sur le fait qu'ils étaient des agents secrets de l'armée ou quelque chose de ce genre.

Caroline ne savait pas vraiment *où* ils étaient libres de partir. Il faisait nuit. Les employés des compagnies aériennes n'étaient même plus là. L'aéroport était désert, à part quelques agents d'entretien. C'était une petite ville avec un aéroport régional. Il n'y avait pas de vol de nuit. On avait dit au groupe que les vols reprendraient le lendemain matin et qu'ils seraient en mesure de prendre une correspondance à ce moment-là. Caroline soupira. Elle n'avait pas son sac ; il était resté dans l'avion. Elle devrait attendre qu'on leur rende leurs bagages afin de pouvoir utiliser sa carte d'identité pour réserver un autre vol vers la Virginie.

Apparemment, la compagnie aérienne allait les héberger dans un hôtel du coin. Les employés avaient fait savoir à la police que lorsqu'ils auraient fini d'interroger les témoins, ils pourraient leur dire de prendre la navette jusqu'à l'hôtel pour y être logés gratuitement. Caroline était ravie, puisqu'elle ne transportait pas le moindre centime sur elle, mais un simple regard à l'extérieur de l'aéroport lui avait fait changer d'avis.

C'était le chaos le plus total. Il y avait des cars de reporters et des gens partout. C'était la folie. Les journalistes essayaient de s'entretenir avec toutes les personnes présentes, espérant glaner quelques informations sur le détournement en vue des actualités du matin. Caroline aperçut même un véhicule de CNN parmi toutes les autres fourgonnettes.

Elle voulait éviter la presse à tout prix. Elle n'avait pas peur de leur parler, mais elle était simplement épuisée par tout ce qui s'était passé ce jour-là. La lutte avec le terroriste dans l'allée avait fini par peser sur elle ;. Elle était épuisée et endolorie. Ce qui l'intéressait, c'était de trouver un coin sombre et de fermer les yeux. Non, ce dont elle avait réellement envie, c'était de prendre un bain et d'appeler sa mère, mais puisque c'était tout aussi impossible, elle décida de se contenter d'un coin sombre où elle n'aurait pas à parler à qui que ce soit.

Caroline vit Brandy et les autres femmes ajuster leurs coiffures et leurs vêtements déjà impeccables avec une lueur de détermination dans les prunelles. Elles avaient vu les vautours de la presse et étaient électrisées à l'idée d'être mises en vedette. Ignorant l'ordre d'éviter la presse, le petit groupe de témoins quitta rapidement le hall et entra dans l'arène. Personne ne jeta un seul regard en arrière vers la femme silencieuse et banale qui retournait dans les profondeurs de l'aéroport.

8

Wolf, Mozart et Abe s'installèrent sur les banquettes autour d'une table du bar de l'hôtel. Ils venaient de passer une heure au téléphone, à relater ce qui s'était passé à leur commandant, puis une autre à tout répéter aux agents du FBI. Comme le requérait leur profession, ils avaient minimisé leurs actions, si bien que l'histoire qu'avait reçue le FBI était édulcorée.

Mais à présent, ils étaient seuls et pouvaient faire le bilan. Après avoir discuté de ce qui s'était passé avec les autorités, ils pouvaient désormais se parler et comprendre ce qui s'était réellement passé, chose qu'ils n'avaient pas eu le temps de faire jusqu'alors.

— Comment as-tu su ce qui se passait, Wolf ? demanda Mozart à voix basse afin que personne ne puisse les entendre.

Ils savaient que s'ils avaient bu, il y avait de fortes

chances pour que tous les passagers soient morts à l'heure qu'il était – y compris eux. Cela donnait à réfléchir, mais ils avaient déjà vécu ce genre de situations.

Wolf secoua la tête.

— Ce n'est pas moi. C'était Caroline.

— Qui ? demanda Abe, confus.

— La femme assise à côté de moi. La brune.

— Celle qui nous a fait passer le message, expliqua Mozart avec assurance.

Wolf hocha la tête.

— Elle est chimiste et elle a senti quelque chose dans les glaçons. Elle a refusé de me laisser boire mon jus d'orange.

Les hommes restèrent silencieux pour digérer ce que Wolf venait de dire, comprenant qu'ils devaient leur vie à cette femme. S'ils avaient l'habitude d'user de tous les moyens possibles afin d'accomplir leurs missions, aucun d'eux ne se souvenait d'une occasion où les actes d'une civile leur avaient clairement sauvé la vie.

Le trio continua de discuter de ce qui venait de se passer. Abe et Mozart aussi avaient remarqué les effets de la boisson sur les autres passagers et avaient attendu leur heure jusqu'à ce que Wolf soit prêt à passer à l'action. Ils avaient su d'instinct qu'il s'occuperait du terroriste dans le cockpit, puisqu'il était le plus proche de l'avant, tandis qu'eux liquideraient les hommes qui restaient.

— Que s'est-il passé avec le troisième type pendant que vous vous occupiez des deux autres ? demanda Wolf.

— Il était dans l'allée, à se battre avec cette femme, répondit Mozart. Je lui ai réglé son compte et je suis allé t'aider. Tu connais la suite. Elle est venue nous rejoindre et tu lui as demandé d'aller chercher le copilote.

— A-t-elle été blessée ? demanda Wolf à Mozart, regrettant de ne pas avoir été capable de parler avec Caroline après les événements.

— Je ne pense pas. Je lui ai demandé si elle allait bien quand nous sommes revenus à l'arrière et elle a hoché la tête. Mais je ne lui ai plus parlé après, répondit Mozart d'un ton nonchalant.

— Que crois-tu qu'elle ait dit aux agents fédéraux ? demanda Abe à voix basse.

Ils savaient qu'ils n'avaient rien fait de mal, mais en même temps, ils ne voulaient pas attirer l'attention de la presse. Ils auraient une mission à accomplir quelques semaines plus tard et un battage médiatique était mal avisé.

— Je n'en ai aucune idée, mais personne n'est venu nous poser plus de questions, et il n'y avait pas de journalistes quand nous sommes descendus à l'hôtel, dit Mozart d'un ton pensif.

— À propos... vous n'avez pas trouvé que les fédéraux étaient bizarres quand ils nous ont interrogés ? demanda Wolf à ses coéquipiers.

— Si, j'allais vous en parler. Ils semblaient plus intéressés par ce qui s'est passé que par l'identité des terroristes ou la façon dont ils ont réussi à faire passer des couteaux dans l'avion.

C'était Abe qui s'était exprimé, mais les trois hommes savaient que quelque chose clochait.

Mozart ajouta son grain de sel.

— Manifestement, c'est important de savoir comment nous avons découvert leur tentative de détournement, mais c'est aussi très étrange qu'ils ne passent pas plus de temps à essayer de découvrir comment tout cela a été planifié.

— Je parlerai au commandant quand nous atterrirons à Norfolk. On lui expliquera notre problème et on verra ce qu'il en pense. Mais c'est super mal tombé, avec notre mission suivante. On n'a pas le temps d'enquêter nous-mêmes. Et puis les fédéraux ne nous en parleront certainement pas. Il va falloir laisser ça entre les mains du commandant.

Wolf était frustré. Quelque chose d'important leur échappait et il ne savait pas quoi. Il avait tellement attendu ces vacances, or désormais, il ne pensait pas être capable d'en profiter. Une fois arrivé en Virginie, il ferait de son mieux pour creuser la question. Son instinct le taraudait et il n'allait certainement pas laisser tomber l'affaire.

Les hommes entendirent du bruit au bar. Ils tournèrent la tête et virent quelques-unes des passagères et deux des hommes d'affaires. Ils riaient fort et, à l'évidence, avaient consommé un peu trop d'alcool. Apparemment, c'était l'hôtel où la compagnie les avait envoyés une fois qu'ils avaient eu le droit de quitter l'aéroport. On avait discrètement offert aux Forces Spéciales une chambre gratuite après qu'ils eurent parlé aux autorités, et ils l'avaient volontiers acceptée. Il semblerait qu'on y ait également logé gratuitement les autres passagers.

— Elles sont vraiment *bonnes*, dit Abe qui observait les femmes, toujours à l'affût d'une nuit de plaisir. Tout à l'heure, la blonde de droite semblait m'apprécier.

Il éclata de rire.

— Je crois qu'elle a trouvé quelqu'un d'autre, non ?

— Où est Caroline ? demanda soudain Wolf.

Il avait parlé à voix basse, mais ses coéquipiers l'avaient tout de même entendu.

— Je suis certain qu'elle est quelque part. Bon sang, je suis fatigué et j'aimerais bien avoir quelques heures de sommeil. Vous venez ? demanda Abe, ignorant l'inquiétude de Wolf envers Caroline, comme s'il ne se rappelait même pas l'avoir rencontrée.

Alors que les trois hommes se dirigeaient vers leurs chambres, Wolf ne put s'empêcher de se demander pourquoi la jeune femme n'était pas là. Elle avait été géniale. C'était elle l'héroïne dans cette histoire. Sans elle, ils seraient tous morts. Bon sang, des centaines de passagers seraient morts.

Il se rappela avoir tourné la tête et l'avoir vue se battre avec un terroriste, un *terroriste*, merde ! Il n'arrivait pas à croire qu'elle ait pu tendre la jambe en travers de l'allée pour lui faire un croche-patte alors qu'il se dirigeait vers lui. C'était un geste stupide et Wolf savait qu'elle avait dû se faire mal.

Il avait eu peur pour elle et s'était senti impuissant de ne pas pouvoir l'aider. Il aurait voulu lui parler avant de partir, mais il n'en avait pas eu l'occasion. Dès qu'il avait fait atterrir l'avion, Mozart, Abe et lui avaient dû s'accorder sur une version de l'histoire avant de parler aux fédéraux. Il n'avait même pas songé à vérifier que Caroline allait bien avant de descendre. Il ressentit un regret soudain. L'avait-elle vu partir ? Qu'avait-elle pensé ? S'en était-elle souciée, d'ailleurs ?

Wolf se demanda à nouveau où elle se trouvait. Allait-elle bien ? Il ressentit le besoin pressant de lui parler, de s'assurer qu'elle soit saine et sauve. Tout s'était passé tellement vite et il voulait ... à vrai dire, il ne savait pas ce qu'il voulait. Il espérait la voir le lendemain. Elle avait dit qu'elle se rendait à Norfolk. Elle serait forcément à l'aéroport. Leur commandant leur avait dit qu'il enverrait un avion militaire pour venir les chercher dans la matinée, mais il apercevrait peut-être Caroline à l'aéroport avant de partir. Il se promit de se bouger assez tôt pour avoir le temps de parcourir l'aile commerciale de l'aéroport et voir s'il pouvait la retrouver et la remercier.

Dans les toilettes de l'aéroport, Caroline débarbouilla son visage, ses mains et ses bras autant qu'elle le put. Il était presque entièrement désert, hormis quelques rares passagers ici et là, et bien entendu, les agents de nettoyage qui s'affairaient. Elle avait faim et elle aurait voulu se brosser les dents, mais elle n'avait pas d'argent et certainement pas de brosse. Quand bien même elle aurait eu un millier de dollars... les magasins étaient tous fermés.

Elle retourna son haut à l'envers pour essayer de dissimuler la tache rouge. Elle ne souhaitait pas sentir le sang du terroriste contre sa peau, mais elle désirait se fondre dans la masse. Et se fondre dans la masse prévalait sur son dégoût. En outre, elle n'avait rien d'autre à se mettre et il fallait bien composer avec ce qu'elle avait sur le dos.

Ses côtes blessées suintaient, même après qu'elle eut utilisé les lingettes antiseptiques que lui avait données l'urgentiste, mais Caroline ne pensait pas courir un danger immédiat. C'était douloureux, certes, mais elle ne pouvait rien y faire pour le moment. Elle irait chez le médecin une fois arrivée à Norfolk. Tout irait bien. Songeant un instant à se rendre à l'hôpital local dans le Nebraska, elle rejeta cette idée dès qu'elle lui vint. Ils ne feraient que lui poser des bandages et elle serait rétablie dans quelques jours, de toute façon.

Une raison pour laquelle elle ne voulait pas se rendre à l'hôpital c'était qu'il était probablement bondé de reporters qui tentaient d'obtenir des scoops sur les passagers. Deuxièmement, comme l'avait dit l'ami de Matthew à la passagère, les hôpitaux locaux seraient trop occupés pour s'occuper de sa petite coupure. Troisièmement, elle n'avait qu'une seule envie : parvenir à destination. Et puis elle détestait les hôpitaux. Si elle pouvait éviter d'avoir à s'y rendre, c'était tant mieux. Elle avait passé une trop grosse portion de sa vie enfermée dans un tel endroit pour y aller volontairement. Tant qu'elle pouvait se tenir debout, aller et venir, et que son bras ne se décrochait pas, elle se soignerait elle-même.

Pliant quelques serviettes en papier et les plaquant contre ses côtes alors qu'elle quittait les toilettes des femmes, Caroline chercha un endroit où s'allonger pour la nuit. Dieu merci, la police de l'aéroport empê-chait la presse de rentrer. Peut-être pourrait-elle dormir quelques heures. Elle trouva une porte d'em-barquement sombre et vide et se dirigea au bout. Merde. Les sièges avaient tous des accoudoirs fixes et elle n'avait aucun désir de dormir assise.

Abandonnant l'idée de trouver une banquette confortable, Caroline se laissa glisser à terre. Elle se tourna sur le côté et s'assura que les serviettes en papier restent contre ses côtes une fois au sol. Elle espérait que la pression de son corps interromprait les saignements avant le matin.

Caroline ferma les yeux et essaya de repousser les images qui la bombardaient. Elle revit les yeux du terroriste juste avant qu'on lui tranche la gorge ; elle revit l'inconnu assis à côté d'elle, avachi contre le hublot ; elle se revit faire un croche-pied à ce foutu terroriste et le voir s'envoler dans les airs. Elle revit le regard mort du pilote et du terroriste qui avait pénétré dans le cockpit. Parcourant son esprit comme si elle regardait un film sans se souvenir de ce qui s'était passé s'interposaient des scènes où Matthew lui tenait la main et, du pouce, lui caressait les doigts. Elle revit la lueur de tendresse dans son regard quand il lui avait demandé si elle allait bien alors qu'il était assis aux commandes. Enfin, elle le revit s'éloigner de l'avion sans un seul regard en arrière.

9

─────────

Comme l'avion militaire ne partait pas avant le début de l'après-midi, l'unité SEAL eut le temps de prendre le petit-déjeuner à l'aise... aussi à l'aise qu'ils puissent l'être avec le vacarme et les flashes des reporters à l'extérieur du petit hôtel. Puis ils virent les deux femmes et les hommes de l'avion se diriger vers la porte pour retourner à l'aéroport afin de prendre une correspondance.

Avant leur départ, Abe les avait entendus se plaindre que la compagnie aérienne et les fédéraux ne leur aient pas rendu leurs bagages. Les hommes avaient leurs portefeuilles dans la poche de leurs pantalons, mais leurs sacs étaient toujours dans l'avion. Abe songea alors à la femme qui leur avait sauvé la vie à tous. Il avait repensé à elle durant la nuit. Il avait été trop occupé la veille, mais à présent qu'il avait eu le temps d'y penser, il avait honte de lui et de ses coéquipiers.

— À propos de cette femme... dit-il soudain quand ils se furent assis pour manger.

Wolf et Mozart le regardèrent d'un air surpris.

— Oui, quoi ? lâcha Wolf, devinant qu'Abe parlait de Caroline.

Il se sentait possessif sans comprendre pourquoi.

Il savait cependant qu'il ne laisserait jamais Abe la séduire, si c'était ce qu'il avait à l'esprit. Il était bien trop charmeur avec les dames et n'avait jamais connu de relation durable. Il ne voulait pas que Caroline soit juste une autre conquête pour lui.

— Les SEAL n'abandonnent pas d'autres SEAL. Jamais.

C'était leur devise. La chose que tous les SEAL avaient apprise durant leur « semaine d'enfer » et leur entraînement de base.

— Pourquoi ai-je l'impression qu'on a abandonné un membre de l'unité ? demanda Abe à voix basse.

Les autres hommes en restèrent cois.

— Ce matin, nous avons tous entendu les femmes dire qu'elles n'avaient pas leurs sacs avec elles. Elles n'ont pas pu récupérer leurs affaires dans l'avion. On n'a pas vu Ice hier soir et elle n'est pas descendue pour le petit-déjeuner ce matin. Où a-t-elle dormi ?

— Qui ? demanda Mozart.

Abe sourit pour la première fois de la matinée.

— Ice. C'est son surnom.

Ils hochèrent tous la tête, comprenant immédiatement ce qui lui avait valu ce sobriquet. Si Caroline n'avait pas senti les glaçons et deviné que quelque chose clochait, ils seraient tous morts.

Wolf n'avait toujours rien dit, mais il se redressa et récupéra ses affaires en silence. Mozart et Abe n'eurent pas besoin de lui demander ce qu'il faisait. Ils se connaissaient depuis assez longtemps pour savoir que lorsque Wolf avait décidé quelque chose, il était déterminé à l'accomplir. Après avoir jeté quelques billets sur la table pour payer les plats auxquels ils avaient à peine touché, ils le suivirent. Ils partaient retrouver leur coéquipière.

Caroline était adossée au mur de l'aéroport et observait le chaos environnant. Elle avait très mal dormi la nuit précédente. L'aéroport avait beau être pratiquement désert, ce stupide enregistrement répétant de ne pas se garer dans la zone blanche sous peine de remorquage du véhicule avait été diffusé en boucle toute la nuit durant. Elle ne savait absolument pas pourquoi on avait pris la peine de continuer à l'émettre, étant donné qu'il n'y avait pas de passagers pour l'entendre. L'enregistrement, combiné à ses cauchemars et à la douleur dans ses côtes, l'avait empêchée de passer une bonne nuit de sommeil.

Quand Caroline s'était réveillée au matin, elle s'était sentie faible et étourdie, et elle avait les idées floues. En se rendant aux toilettes pour jeter un œil à ses côtes, elle avait été effarée de voir que les saignements avaient repris. C'était rouge et visiblement infecté. Super. *Le terroriste aurait au moins pu s'assurer d'avoir un couteau propre*, se dit Caroline en grimaçant, effleurant la blessure rougie qu'elle avait sur le côté.

Au moins, elle avait de bonnes nouvelles ce matin : elle avait enfin récupéré son sac à main. Puisqu'elle se trouvait déjà sur les lieux, elle fut la première à recevoir ses affaires. Tous les bagages des passagers se trouvaient toujours dans la soute de l'avion. La compagnie ne pouvait pas encore les remettre à disposition ;, ils enquêtaient toujours sur la façon dont les terroristes étaient parvenus à introduire des armes à bord et les bagages étaient passés au crible. On lui avait assuré qu'ils seraient envoyés à Norfolk une fois que l'enquête serait terminée. L'employée de la compagnie aérienne lui avait tendu une carte de visite avec un petit sourire d'excuse.

Caroline acheta une bouteille d'eau et un bagel dès que le petit café de l'aéroport ouvrit ses portes, mais au bout de quelques bouchées seulement, elle se sentit nauséeuse. Elle espérait avoir faim plus tard et au lieu de jeter sa nourriture, elle la fourra dans son sac.

Durant toute la matinée, les proches des passagers de l'avion avaient débarqué dans le petit aéroport. Bon nombre d'entre eux avaient déjà pu sortir de l'hôpital. Caroline les observa pendant un moment alors qu'ils tentaient de pénétrer dans le bâtiment. Elle ne croyait pas cela possible, mais il semblait y avoir encore plus de fourgonnettes de reporters et toute une foule dehors. Bien entendu, il s'agissait d'un immense événement médiatique. Une tentative de détournement d'avion après le 11 septembre était une affaire importante et elle semblait relayée par tous les pays de la terre.

Tous les passagers qui osaient remonter en avion – ainsi que leurs proches – faisaient la queue pour parler à un représentant de la compagnie aérienne. Tout le monde voulait se rendre en Virginie, ou du moins se rendre *quelque part*, mais bien entendu, la compagnie les laissait tous en attente. Le moins qu'ils puissent faire était d'affréter un autre avion pour les prendre tous en charge, mais elle ne savait pas vraiment comment fonctionnait l'industrie, et c'était probablement plus facile à dire qu'à faire.

Elle se tenait contre le mur, observant la file devant le service client, attendant qu'elle se dissipe. Elle aurait dû faire la queue dès le matin, puisque c'était l'une des raisons pour lesquelles elle avait passé la nuit à l'aéroport au lieu de l'hôtel, mais elle avait eu faim et s'était sentie patraque, alors elle avait reporté cette corvée. À présent, la file était trop longue pour qu'elle puisse patienter en restant debout, pas avec la douleur qu'elle ressentait dans les côtes. Si elle avait eu les idées claires, elle aurait réalisé que la file n'allait certainement pas se raccourcir, avec le flot régulier de gens qui arrivaient à l'aéroport. Dès qu'on s'était occupé d'une personne, une autre arrivait et rejoignait la queue.

Caroline devait réserver une place sur un vol pour l'est du pays, mais elle ne savait pas quand partirait le prochain. Et de toute façon, elle n'avait aucune garantie de pouvoir y obtenir une place. Les correspondances, c'était toute une histoire... Elle ferma les yeux. Elle allait simplement se reposer là, contre le mur, et attendre que la file s'amenuise. Ce ne serait pas très long.

Mozart, Abe et Wolf avaient parcouru l'aéroport sans savoir s'ils y trouveraient Ice, mais ils devaient essayer. À l'extérieur du petit bâtiment, les reporters étaient particulièrement agressifs, mais les trois amis jouèrent des coudes, refusant de s'arrêter ou de parler à qui que ce soit. Quand ils furent à l'intérieur, ils s'arrêtèrent et observèrent la zone de retrait des bagages. C'était un zoo. Manifestement, les familles des passagers avaient commencé à arriver.

— Séparons-nous et voyons si elle est là, dit Mozart. On se retrouve ici dans dix minutes.

Ils se dispersèrent. Dix minutes plus tard, ils étaient revenus ; aucun signe de Caroline. L'aéroport n'était pas très grand et la zone de retrait des bagages n'avait que trois tapis roulants.

Les trois hommes se dirigèrent à l'étage vers la zone d'achat des billets. En haut des escaliers, ils regardèrent autour d'eux. Il y avait un comptoir de service clientèle avec une file d'au moins une heure ainsi que deux comptoirs à billets, tout aussi bondés. Ils repérèrent également quelques boutiques et un point d'entrée vers les portes d'embarquement où se trouvait le contrôle de sécurité. La zone n'était pas grande et ils pouvaient y voir presque tout le monde. Il existait une possibilité que Caroline soit déjà passée par la sécurité et attende son avion à une porte d'embarquement, mais ils n'avaient aucun moyen de le savoir ni de franchir le contrôle à sa recherche.

Regardant autour d'eux, et comme il ne voyait aucun signe d'Ice, Mozart dit d'un ton découragé :

— Je pensais vraiment qu'elle serait là.

— On ferait peut-être mieux d'aller rejoindre notre vol, ajouta Abe à voix basse, aussi dépité que Mozart de ne pas avoir trouvé celle qui leur avait sauvé la vie.

Wolf leur adressa un regard incrédule.

— Vous êtes aveugles, les mecs ? Elle est juste là.

Puis il tourna les talons et se dirigea vers Caroline. Elle se tenait toute seule près d'un mur, les yeux fermés. Elle portait manifestement les mêmes vêtements que la veille. Wolf se sentit terriblement coupable. Bon sang.

Malgré son air épuisé et misérable, Caroline était fantastique à ses yeux. Wolf fut tellement soulagé qu'il sentit ses orteils picoter. Il avait hâte de lui parler à nouveau. Il était vraiment accro.

Il se dirigea vers elle, Abe et Mozart sur les talons.

— Bon sang, je ne l'avais même pas vue, s'excusa Abe à mi-voix auprès de Wolf.

— Moi non plus, Abe, se lamenta Mozart. On ne peut pas dire qu'elle attire l'attention.

Wolf fut le premier à rejoindre Caroline. Elle ne l'avait pas entendu s'approcher et il ne voulait pas l'effaroucher.

—Caroline ? murmura-t-il.

La jeune femme était dans son monde. Elle s'imaginait en train de dormir dans un grand lit quand elle entendit son prénom. Elle ouvrit brusquement les paupières. Flûte. Comment avait-on pu la surprendre ? Elle était visiblement plus fatiguée qu'elle ne l'avait cru.

Son cerveau comprit avant son corps que c'était Matthew, mais elle ne put s'empêcher de bondir sur le côté, loin de la menace qu'elle avait perçue. Wolf s'attendait à sa réaction et la saisit par le bras pour l'empêcher de tomber. Caroline sentit qu'il frôlait son flanc blessé en lui prenant doucement la main. Il lui fallut invoquer toute sa volonté pour ne pas grimacer de douleur. Pour une raison quelconque, elle ne voulait pas que cet homme extraordinaire sache qu'elle était blessée. Caroline et Wolf se contentèrent de se regarder pendant un moment avant d'être rejoints par Mozart et Abe.

— Vous voilà ! Nous vous avons cherchée, Ice, s'exclama Abe.

— Moi ? bredouilla Caroline, surprise. Pourquoi ?

— Les SEAL n'abandonnent pas les SEAL. Jamais.

— Et alors ? Je ne suis pas un SEAL, répondit Caroline, stupéfaite.

— Certes, pas réellement, mais vous nous avez sauvé la vie, ce qui fait qu'à nos yeux, vous en faites partie, répondit Mozart avec sérieux.

Caroline regarda successivement les trois hommes, confuse. Elle s'éclaircit la gorge et commenta enfin :

— J'en déduis que vous allez bien ?

Wolf émit un petit rire.

— Bien entendu. Et *vous* ?

— Euh, oui, je vais bien aussi.

Puis elle les regarda en attendant... quelque chose. Elle n'avait toujours aucune idée de ce qu'ils faisaient là. Elle ne comprenait pas vraiment leur histoire de SEAL. Évidemment, elle n'était pas des leurs. Avaient-ils perdu l'esprit ?

— Que faites-vous ici ? Avez-vous déjà un autre billet pour Norfolk ? demanda Mozart, brisant le silence.

Caroline secoua la tête pour s'éclaircir les idées. Il lui avait demandé quelque chose. Ah, oui...

— J'attends que la file se dissipe pour aller voir si je peux avoir une place sur un autre avion, expliqua-t-elle. Je dois être sur liste d'attente, mais il y a trop de monde.

— Ça semble mal parti, Ice, dit Mozart. Et si vous veniez vous asseoir avec nous un moment ?

Caroline savait qu'elle ne pouvait pas accepter. Elle n'avait pas l'habitude de recevoir l'attention d'un homme, et encore moins de trois spécimens qui auraient pu figurer sur des couvertures de magazines masculins. Ils étaient magnifiques et ils attiraient l'attention par leur simple présence. Caroline voyait les femmes se retourner au passage. Elle ne savait pas comment ils parvenaient à se faire discrets quand ils étaient en mission. Impossible que ces hommes puissent aller où que ce soit sans se faire remarquer.

Elle savait également qu'elle ne se sentait pas bien et elle ne voulait pas qu'ils le sachent. Caroline était embarrassée qu'une petite éraflure aux côtes lui provoque un tel malaise. Quelle mauviette. Ils étaient forts et ils pensaient qu'elle était l'une ;des leurs, elle ne pouvait pas montrer la moindre faiblesse. Enfin, elle réagit à ce que Mozart avait dit.

— Ice ?

Les trois hommes rirent à nouveau. À les voir ainsi

tous les trois, elle avait l'impression d'être la seule femme dans la pièce, et cela la terrifiait.

— Oui, c'est le surnom que vous a donné Abe, comme vous avez repéré que quelque chose n'allait pas avec votre super-pouvoir olfactif, expliqua Mozart.

Sa réponse fit sourire Caroline. C'était drôle. Puis elle se rendit compte que c'était la première fois qu'elle entendait le nom du troisième SEAL.

— Abe ?

Celui-ci s'avança et prit son autre main pour la porter à ses lèvres.

— Je suis Abe. Ravi de vous rencontrer, ma chère. Merci de nous avoir sauvé la vie.

Caroline retira nerveusement sa main, ignorant sa flatterie exagérée. Il traitait probablement toutes les femmes de la même façon. Elle n'était pas spéciale. Elle savait également que si elle n'avait pas été capable de discuter avec lui quand elle était pleinement opérationnelle, elle ne saurait certainement pas le faire dans son état actuel.

Elle regarda ces trois hommes magnifiques qui se tenaient autour d'elle et la dévisageaient avec inquiétude. Elle s'en réjouissait, mais elle savait que cela ne durerait pas ; rien ne durait jamais.

— Je ne peux pas vous appeler par vos surnoms. Je suis désolée. C'est trop bizarre. Quels sont vos vrais prénoms ?

Sans les laisser répondre, Wolf lui dit :

— Abe s'appelle Christopher et Mozart s'appelle Sam.

— Très bien ; je m'en souviendrai plus facilement. Je peux vous appeler comme ça.

Ils lui sourirent tous les trois comme s'ils la trouvaient mignonne. Levant mentalement les yeux au ciel, Caroline se dit qu'elle ne pouvait pas appeler ces hommes si virils par les surnoms ridicules qu'ils s'étaient donnés pour des raisons probablement stupides.

En les voyant sourire, elle se dit qu'il était temps de les faire partir. Ils s'en iraient bientôt de toute façon, alors elle pouvait accélérer leur départ afin d'aller se trouver un siège, histoire de se sentir mal toute seule dans son coin.

Elle regarda chacun des hommes et dit, sur un ton qui leur intimait congé :

— Eh bien, je vous remercie d'être venus prendre de mes nouvelles, mais je vais bien et je dois aller faire la queue maintenant. Je suis contente que vous vous en soyez sortis indemnes. Bonne chance pour votre prochaine mission et prenez soin de vous. D'accord ?

Elle se détacha de Matthew et se tourna vers la file. Elle adressa un geste mou aux trois hommes, leur tourna le dos et alla rejoindre la foule de passagers. Elle ne pouvait pas les autoriser à rester. Elle n'avait rien à faire avec eux ; elle était tout bêtement Caroline. Pas Ice, pas un membre de leur unité. Elle n'était pas à leur hauteur. Elle devait partir tout de suite avant que son cœur ne décide qu'il en voulait davantage. Avant de laisser Matthew lui briser le cœur.

Mozart, Abe et Wolf regardèrent Caroline s'éloigner d'eux pour aller rejoindre la file sans un regard en arrière.

— Dites donc, ça s'est mal passé, non ? demanda Mozart à la cantonade.

Wolf grogna et se dirigea vers les escaliers. Très bien. Si elle ne voulait pas qu'ils restent, ils partiraient. Il ne comprenait pas pourquoi il était blessé, mais il n'avait jamais pourchassé une femme et il n'allait pas commencer, même s'il en avait envie. Une petite partie de lui indiquait qu'il se comportait comme un enfoiré, mais il l'ignora. Il avait cru qu'ils partageaient quelque chose de spécial, mais si Caroline était capable de le quitter avec autant de facilité, il s'était manifestement trompé.

Caroline retenait son souffle. Elle ne voulait pas qu'ils partent ; et surtout pas Matthew, mais elle ne pensait pas avoir le choix. Ils ne s'intéressaient pas vraiment à elle ; ils voulaient seulement poser des questions après l'incident. Cela dit, elle était contente qu'aucun d'eux ne semble blessé. C'était bien. Caroline espérait qu'ils se sortent sains et saufs de leurs futures missions. Il lui suffisait d'y songer pour ressentir une légère panique. Elle n'avait aucun droit de s'inquiéter pour eux, aucun droit de s'en préoccuper. Elle n'était qu'un détail de passage. Une fois qu'ils seraient à Norfolk, ils plaisanteraient de toute cette histoire et reprendraient leurs esprits. *Matthew* reprendrait ses esprits. Il réaliserait qu'elle n'était personne, simplement une *geekette*, et il poursuivrait le cours de son existence.

Une fois qu'elle serait certaine qu'ils soient partis, elle retournerait s'asseoir. Elle ne parviendrait pas à faire la queue très longtemps. Elle avait déjà le vertige et ressentait toujours des nausées. Elle tituba sur ses pieds, essayant de calculer le temps qu'ils mettraient pour disparaître et le temps qu'il lui restait avant de s'écrouler à terre, inconsciente.

Abe et Mozart descendirent l'escalier à la suite de Wolf. Ils ne lui dirent rien, mais ils savaient qu'il combattait une sorte de démon qu'ils ne comprenaient pas, alors ils le laissèrent respirer. Bien entendu, ils avaient compris que cela concernait Ice, mais puisqu'aucun des deux ne l'avait jamais vu se comporter de la sorte auparavant, ils n'étaient pas certains de ce qu'il se passait. Wolf était un homme à femmes, comme la plupart d'entre eux. Il n'avait pas d'efforts à faire pour attirer les femmes, mais dernièrement, il était déboussolé. Cela faisait un moment qu'il ne sortait plus avec eux et il ne semblait tout bonnement pas intéressé par les femmes... jusqu'à présent. À présent qu'il y avait Ice.

Mozart considéra Wolf attentivement. Il serrait les poings et dévalait l'escalier d'un pas décidé. Ils se dirigeaient à l'extérieur du bâtiment vers une autre partie de l'aéroport où leur avion militaire les attendait. Soudain, Mozart remarqua quelque chose – une chose que Wolf et Abe semblaient avoir négligée. Il savait qu'ils seraient contrariés de ne pas l'avoir vue. Après tout, ils étaient entraînés pour rester aux aguets. Mozart avait hâte de pouvoir se moquer d'eux.

— Je vous retrouve dans l'avion, promit-il à Abe avant de tourner les talons et de remonter les marches en courant, les gravissant quatre à quatre sans fournir de plus amples informations.

Abe ignorait où son ami se rendait, mais il haussa les épaules et suivit Wolf à l'extérieur. Mozart reviendrait vite.

Pensif, Wolf était installé sur son siège dans l'avion militaire. Il ne savait pas pourquoi Caroline l'avait tant affecté, mais c'était indéniable. Elle était intelligente, courageuse et... bon sang. Il ne voulait pas la quitter, mais quel choix avaient-ils ? Avait-*il* ? Ils avaient un avion à prendre. Était-il forcé de partir ? Et s'il restait et prenait un vol commercial avec elle ? Il lui restait encore quelques jours de permission. Merde. Son commandant leur avait demandé de se rendre à Norfolk et de soumettre leur rapport. Ils devaient y rencontrer quelqu'un là-bas pour passer en revue ce qui s'était passé. Wolf savait que toute cette histoire était une faille de sécurité et que quelqu'un devrait en assumer la responsabilité.

Mais il avait toujours mille questions pour Caroline. Qu'avait-elle dit aux autorités, où avait-elle passé la nuit, que s'était-il réellement passé avec le terroriste que Mozart avait tué pendant qu'il se trouvait sur elle ? Et, peut-être plus important encore, souhaitait-elle le revoir ? Wolf réfléchissait encore à toute cette situation quand il leva les yeux et eut la surprise de voir Mozart escorter à bord de leur avion cette femme qu'il ne parvenait pas à se sortir de la tête.

Quoi ? Mozart savait pourtant que les civils n'étaient pas autorisés sur les vols militaires officiels. Wolf se redressa pour aller lui passer un savon, mais son coéquipier lui fit signe d'attendre. Il se passa la main dans les cheveux, frustré. Avait-il raté quelque chose ? Pourquoi Mozart était-il retourné chercher Caroline ? Il n'était pas du genre à se rebeller contre l'autorité. Jamais. Mais il venait de le faire. Que se passait-il ? Wolf se rassit et rongea son frein. Il faisait confiance à son unité, or à présent, il aurait voulu savoir ce qui se tramait.

Il n'était pas certain d'être capable de supporter plus de temps avec Caroline si elle devait le repousser à nouveau. Cela l'avait suffisamment blessé la première fois. Oui, blessé, il l'admettait. Tous ses instincts lui criaient de se lever et d'aller la rejoindre, cependant si Mozart lui demandait d'attendre, c'était qu'il avait une bonne raison. Il allait lui donner un peu de temps, mais dès qu'ils auraient décollé, il avait bien l'intention de découvrir le fin mot de l'histoire.

Pour la dixième fois, Caroline essaya de repousser la main de Sam, qui lui agrippait le bras. Celui-ci ne broncha pas. Il avait remonté l'escalier, s'était dirigé directement vers la file d'attente, l'avait saisie par le bras et l'avait entraînée à sa suite hors de l'aéroport, jusque dans cet avion. Dans lequel se trouvait Matthew.

Elle avait essayé de lui dire de la lâcher, de parlementer avec lui, de le faire tourner en bourrique ; elle avait usé de tous les stratagèmes, mais il ne l'avait pas lâchée et avait poursuivi sa route. Tout ce qu'il lui avait dit était :

— Venez, Ice, vous ferez le voyage jusqu'à Norfolk avec nous.

Et ce fut tout. Rien d'autre. Elle ne savait même pas où ils iraient une fois qu'ils seraient en Virginie, mais elle se dit que n'importe où serait toujours mieux que de rester dans cet aéroport, désœuvrée. Elle repéra

Matthew et Christopher dans l'avion, mais aucun d'eux ne vint la trouver.

Elle en était reconnaissante, mais également attristée. Par-dessus tout, elle était confuse. Alors que l'avion descendait la piste, elle essaya de se détendre et de ne pas penser aux pirates. Il ne se passerait rien sur ce vol. C'était un engin militaire, piloté par du personnel militaire et avec trois SEAL à bord. Il n'y avait pas de stewards, seulement les quatre passagers et les pilotes. Elle essaya de se détendre, mais elle en était incapable. Impossible d'extraire les terroristes de son cerveau.

Dès que l'avion fut dans les airs et à une altitude relativement sûre, Mozart se redressa et se dirigea vers Ice. Au passage, il adressa un signe à Wolf et à Abe :

— Blessée, souffla-t-il.

Wolf vit Mozart se lever. Il n'allait pas rejoindre Caroline. Elle n'avait pas voulu venir avec eux. Avec *lui*. Qu'il soit damné s'il... Alors qu'il commençait à s'emporter contre elle, il perçut le signal de Mozart. Merde. *Blessée ?* Comment avait-il fait pour ne pas le voir ? Il se dirigea vers Caroline à peu près en même temps que son ami. Il n'eut pas conscience de s'être levé et d'avoir commencé à se déplacer, pourtant il était en mouvement. *Caroline est blessée ? Comment ?*

Mozart laissa passer Wolf tout en lui disant à voix basse :

— J'ai vu le sang sur ton tee-shirt, là où tu l'as touchée à l'aéroport.

Effectivement, Wolf baissa les yeux et repéra la petite trace de sang. Elle lui avait échappée. Seigneur. Heureusement que Mozart l'avait vue. Il ne s'en remettrait jamais, mais pour le moment, peu lui importait.

Wolf s'agenouilla près du siège de Caroline. Sa ceinture était bouclée, mais elle était assise toute droite, une position peu naturelle. À présent qu'il savait qu'elle était blessée, il voyait à quel point sa posture était inconfortable.

— Caroline, êtes-vous blessée ? Faites-moi voir.

Caroline secoua la tête sans regarder Matthew.

— Je vais bien, vraiment...

Wolf adressa un geste du menton à Abe et à Mozart pour leur signaler de préparer le lit d'appoint à l'arrière. Comme dans la plupart des avions militaires, celui-ci était équipé d'un espace à l'écart pour les soldats blessés.

— Venez, Caroline, levez-vous. Nous allons à l'arrière. Laissez-moi voir et m'assurer que vous allez bien.

Il tendit la main et défit prestement la ceinture, lui écartant les mains quand elle essaya de l'empêcher de l'examiner.

— Vraiment, Matthew. Je vais bien. J'ai seulement envie de rester assise ici. Je suis fatiguée, protesta Caroline.

Mais avec son épuisement et sa douleur, elle ne résistait que pour la forme.

— Caroline, je vous en prie. Laissez-moi vous aider.

Ce fut le « je vous en prie » qui la fit enfin céder. Elle soupira et hocha la tête, vaincue. Il obtiendrait ce qu'il désirait quoi qu'elle puisse dire. D'ailleurs, ils étaient déjà en vol ; ce n'était pas comme si elle pouvait les ignorer ou même s'en aller.

Wolf la guida vers l'arrière de l'appareil et l'assit sur un lit. Il s'installa à côté d'elle et posa une main sur la sienne, sur son genou.

— Mozart va y jeter un œil.

Quand elle se débattit un peu, donnant l'impression qu'elle allait se lever, Mozart se pencha vers elle.

— Regardez-moi, Ice, lui ordonna-t-il.

Au ton de sa voix, Caroline leva des yeux paniqués.

— Je vais simplement regarder. Je suis sûr que vous allez bien, mais vous devez au moins me laisser regarder... d'accord ? Je ne vous ferai aucun mal. Je suis formé, vous savez, ajouta Mozart avec une pointe d'humour dans la voix.

— Ce n'est pas ça...

Face à leurs regards intrigués, elle poussa un soupir et lâcha d'un ton sarcastique :

— Très bien, mais si vous ressentez soudain l'envie de me sauter dessus, ne venez pas me le reprocher !

Elle savait de quel type de femmes ces hommes

avaient l'habitude – des femmes grandes et minces sans le moindre gramme en trop. Elle était complètement différente. Généralement, cela ne lui faisait rien, mais se dénuder devant eux, particulièrement devant Matthew, ne la tentait pas du tout. Elle ne parvenait pas à perdre les derniers sept kilos qui s'accrochaient résolument à son ventre et à ses cuisses. Elle ne se faisait pas bronzer et... Elle ne put achever le cours de ses pensées, car Mozart soulevait sa chemise, exposant son ventre et ses côtes. Elle essaya de retenir son souffle tout en rentrant le ventre.

— Détendez-vous, murmura Wolf près de sa tête.

Il lui fit lever la tête, ses yeux dans les siens.

— Parlez-moi, Caroline.

— Que... que voulez-vous savoir ? balbutia-t-elle, essayant d'ignorer ce que faisait Mozart.

— Dites-moi ce qui s'est passé après que je suis parti vers le cockpit, insista Wolf.

Caroline resta silencieuse un instant, puis elle essaya de minimiser ce qui s'était réellement passé.

— Quand vous êtes parti, l'autre homme s'est lancé à votre poursuite, alors je lui ai fait un croche-pied. Ça l'a ralenti un moment, mais vous étiez toujours occupé et il s'est redressé. Je l'ai attrapé pour le ralentir, puis Sam est venu et l'a tué.

Elle acheva sa phrase rapidement et détourna les yeux de ceux de Wolf.

— Maintenant, dites-moi ce qui s'est *réellement* passé, gronda-t-il. Vous mentez terriblement.

Il s'interrompit et devant son mutisme, il ajouta :

— Dites-moi, Caroline, je vous en prie. J'ai effectué des centaines de missions pour mon pays, mais je n'ai pas les mots pour vous exprimer à quel point je vous suis reconnaissant d'avoir été assise à côté de moi dans cet avion. Pas Mozart, pas Abe... *vous*. Vous avez fait ce que vous aviez à faire et vous m'avez sauvé la vie, à moi et à tous ceux qui se trouvaient dans cet avion. Pas une fois, mais deux. Alors, dites-moi.

Caroline baissa la tête. Merde. Elle n'avait rien fait dont elle aurait dû avoir honte, mais sans comprendre pourquoi, elle ne voulait vraiment pas dire à Matthew ce qui s'était réellement passé. Elle était taraudée par l'idée qu'elle aurait dû en faire davantage. Elle prit une inspiration sifflante quand Sam administra à ses côtes un soin qui lui fit vraiment mal. Bon sang. Elle se lança dans une explication rapide et balbutiante pour en terminer au plus vite, sans songer aux gestes de Sam qui exploraient méticuleusement son flanc.

— Le terroriste était à terre, mais il allait se relever alors que vous essayiez toujours d'entrer dans le cockpit. Je savais qu'il fallait que je fasse quelque chose ou bien nous allions tous mourir. Alors, je lui ai sauté sur le dos. J'ai essayé de le retenir, mais il était trop fort pour moi. Il m'a fait basculer et on s'est battus à coups de poings et de pieds. Je ne savais pas qu'il avait un couteau. C'était bête, évidemment, mais il a dû me blesser pendant le combat.

— Pourquoi n'avez-vous rien dit après-coup ? Ou avant que nous ayons atterri ou quand les urgentistes étaient là ? Vous n'avez pas vu de médecin ? demanda soudain Abe, de son côté valide.

Caroline dirigea le regard vers lui.

— Pour la même raison que vous ne l'avez pas fait, Christopher, expliqua-t-elle lentement. J'ai entendu ce que vous avez dit à cette femme dans l'avion. Elle vous a demandé pourquoi vous n'alliez pas demander de l'aide. Vous avez répondu que les hôpitaux seraient déjà assez occupés avec les autres passagers. Ils n'auraient pas de temps à vous accorder et ce n'était pas juste envers les autres. J'étais d'accord, et d'ailleurs, ce n'était qu'une égratignure. L'urgentiste m'a donné des lingettes antiseptiques et j'ai essayé de nettoyer la plaie hier soir. Ce n'est que ce matin qu'elle a commencé à rougir.

Il y eut un blanc dans la conversation. Les trois SEAL étaient réduits au silence. Bon Dieu, cette femme était plus forte et moins égocentrique que nombre de gens avec lesquels ils travaillaient au quotidien.

Mozart brisa le silence et dit à Caroline :

— Le couteau aurait pu aller plus profondément, Ice, mais vous avez une bonne coupure le long des côtes. C'est plus qu'une égratignure et c'est infecté. Je crois qu'il vous faut des points de suture et des anti-biotiques.

Caroline inspira profondément sans rien dire. Elle leva les yeux vers Matthew et le vit serrer les dents, contracter la mâchoire. Elle détourna le regard. Pourquoi était-il en colère contre elle ?

— Je ne veux pas aller à l'hôpital. Je... je n'aime pas les hôpitaux, l'implora Caroline, au désespoir.

Elle garda les yeux braqués sur l'homme penché sur elle, incapable d'affronter la déception qu'elle était certaine de lire sur le visage de Matthew.

Wolf la força à tourner la tête vers lui pour qu'elle le regarde dans les yeux.

— Mozart peut vous recoudre, si vous lui faites confiance.

Caroline n'hésita pas.

— Je lui fais confiance. Je vous fais confiance à tous. C'est juste que...

Elle s'interrompit, inspira profondément et poursuivit :

— Je ne veux pas que vous me preniez pour une mauviette.

Elle n'avait pas rechigné à dire qu'elle leur faisait confiance. Cela rassura considérablement Wolf. Mais une mauviette ? Sérieusement ?

— Ice, dit fermement Abe avant que Wolf puisse en placer une. Vous n'êtes pas une mauviette. D'ailleurs, j'irai même jusqu'à dire que vous avez tenu le coup mieux que certains des SEAL durant notre entraînement à San Diego. Laissez-nous nous occuper de vous. Vous serez rétablie en un rien de temps.

Wolf regarda son coéquipier. C'était intéressant. Abe n'était pas connu pour sa patience, particulièrement avec les femmes. Il savait que son ami respectait les femmes et essayait d'être poli avec elles, mais la plupart du temps, il avait tendance à se montrer froid et abrupt, seulement intéressé par leur présence pour le sexe et rien de plus. Mais quelque chose chez Caroline faisait ressortir leurs instincts protecteurs.

— Nous resterons ici avec vous, Ice, promit fermement Abe.

Caroline hocha la tête et ferma les yeux. Wolf devait la distraire. Il voyait que chacun des muscles de son corps était contracté, dans l'attente de ce qu'elle pensait que Mozart allait lui faire.

— Où êtes-vous allée la nuit dernière, Caroline ? demanda Wolf.

Elle lui répondit sans ouvrir les paupières. Ses sourcils étaient toujours froncés et elle attendait que Sam fasse quelque chose.

— Nulle part, j'ai passé la nuit à l'aéroport.

Wolf jeta à Abe un regard coupable. Celui-ci avait vu juste.

— Pourquoi ? Pourquoi vous n'êtes pas allée à l'hôtel ? Ils ne vous ont pas offert de chambre ? demanda Wolf.

Il connaissait très bien la réponse, mais il avait tout de même posé la question.

— Si, mais je me suis dit que je pouvais rester à l'aéroport, puisque j'avais espéré partir tôt dans la matinée. En plus, si j'y étais allée, je n'aurais pas eu d'argent pour acheter de quoi manger. Ils nous ont offert des chambres gratuites, mais je ne savais pas si cela incluait aussi les repas.

Caroline grogna lorsque Sam inséra l'aiguille qui répandrait le produit anesthésiant dans ses côtes.

— Enfin, il fallait demander, Caroline ? ! Si vous aviez besoin d'argent, je suis certain que l'un de mes hommes vous aurait dépannée, la gronda gentiment Wolf.

Le ton de sa voix lui fit écarquiller les yeux. Elle le regarda bien en face. Elle voulait qu'il *entende* ce qu'elle avait à dire. Sans quitter Matthew des yeux, elle posa une simple question à Christopher :

— Quand m'avez-vous remarquée pour la première fois ?

Abe répondit sans hésitation et émit un petit rire.

— Quand vous êtes tombée sur Mozart lorsque vous avez descendu l'allée de l'avion.

— Sam, quand m'avez-vous remarquée pour la première fois ?

Mozart attendit que l'anesthésiant fasse effet et lui répondit honnêtement :

— Comme Abe. Je vous ai vue descendre l'allée et bien sûr quand vous m'êtes tombée dessus.

Caroline n'avait pas détourné le regard de Matthew alors que les autres répondaient à sa question. Elle lui posa la même.

Wolf y réfléchit et soudain, il comprit où elle voulait en venir. Il ouvrit la bouche pour dire un mensonge, mais elle l'interrompit, comme si elle voyait bien ce qu'il pensait.

— Et ne mentez pas, Matthew.

Merde. Wolf soupira.

— Je vous ai remarquée quand vous avez proposé d'échanger votre place avec la mienne.

Caroline hocha la tête comme s'ils venaient de lui fournir les réponses auxquelles elle s'attendait.

— Christopher, vous et moi nous sommes rencontrés à la cafétéria de l'aéroport de San Diego. Je me tenais juste devant vous. Vous avez laissé tomber votre fourchette et je l'ai ramassée. Vous m'avez remerciée et vous avez poursuivi votre route jusqu'à votre siège.

Abe rougit, se remémorant l'incident à présent qu'elle en parlait, mais Caroline n'en avait pas terminé.

— Sam, vous étiez assis au bout d'une rangée de chaises, les jambes tendues. J'ai essayé de passer sans vous déranger, mais vous l'avez remarqué, vous vous êtes excusé et décalé. Je vous ai dit que ce n'était pas grave, vous avez hoché la tête et je suis allée m'asseoir dans la même rangée que vous.

Caroline n'avait toujours pas regardé les trois autres hommes, mais elle entendit Mozart vociférer.

Elle inspira profondément.

— Matthew, vous et moi nous sommes rencontrés en rentrant à l'aéroport. J'avais du mal à franchir la porte avec ma valise parce que l'une des roues était brisée et...

Wolf l'interrompit.

— ... Et je vous ai aidée à porter votre valise à l'intérieur jusqu'aux bornes d'enregistrement.

Caroline hocha la tête un peu tristement.

— Vous m'avez souhaité un bon vol et vous êtes parti au contrôle de sécurité.

On n'entendait que le grondement des moteurs.

— Vous m'avez demandé pourquoi je n'ai pas sollicité de l'aide, Matthew, poursuivit Caroline au bout d'un moment. C'est parce que je ne suis pas le genre de femme que les gens remarquent. Vous m'avez parlé, tous les trois, mais vous ne vous souvenez toujours pas de moi.

Les trois hommes voulurent l'interrompre, mais Caroline leva faiblement la main pour les arrêter et poursuivit :

— Pas la peine. Je sais ce que je suis et ce que je ne suis pas. Ce que je ne suis pas, c'est l'une des femmes dans cet avion. Vous savez, Christopher, comme cette blonde qui s'accrochait à vous ? Celles pour qui les hommes se plient en quatre ? Même si j'avais demandé de l'aide, on me l'aurait probablement refusée. Poliment, bien sûr, mais refusée quand même. Dans une pièce pleine de monde, personne ne me remarque. C'est ainsi, et ce n'est *pas grave*, souligna Caroline. Alors, ne soyez pas désolé pour moi, aucun de vous. Je ne vous ai pas demandé votre aide parce que je savais que je pourrais parfaitement passer une nuit à l'aéroport. Après tout, les gens passent la nuit à l'aéroport tout le temps. Je n'avais pas l'énergie de m'en inquiéter hier soir. Et maintenant, je n'ai pas l'énergie d'avoir honte. Alors, promettez-moi de ne pas me le rappeler, d'accord ?

Elle voulait rassurer les hommes. Elle savait qu'ils devaient se sentir coupables, mais elle ne le souhaitait pas. Ce n'était pas pour cette raison qu'elle leur avait raconté son histoire.

— Sachez que je comprends pourquoi vous avez l'impression d'être obligés de m'aider, mais c'est bon. Je vais bien.

Elle ferma les yeux, incapable de tolérer plus longtemps la culpabilité qu'elle lisait dans le regard de Matthew.

— Je ne pense pas que vous compreniez quoi que ce soit à notre sujet, Caroline, la contra Wolf sans développer.

Caroline n'ouvrit pas les yeux et n'ajouta rien de plus. Wolf savait qu'elle l'avait entendu, même si elle faisait semblant du contraire.

Mozart appuya sur ses côtes pendant un moment, puis comme Caroline ne réagissait pas, il déclara à la cantonade qu'elle était assez anesthésiée pour qu'il puisse poser des sutures. Wolf se redressa et prit ses précautions afin d'aider Caroline à s'allonger sur la couchette avant de s'agenouiller au sol à côté d'elle. Elle était étendue sur le flanc. Elle avait une main sous sa tête tandis que l'autre était enroulée contre sa poitrine, comme si elle attendait de sentir les points lui perforer la peau.

Mozart attendit l'approbation de Wolf avant de se pencher pour commencer à la recoudre. Elle n'aurait besoin que de quelques points, mais il voulait être aussi soigneux que possible. S'agissant d'Ice, il tenait à lui épargner un maximum de souffrances et à rendre la cicatrice aussi discrète que possible.

Abe avait quitté leur chevet un instant, mais il revint avec une autre seringue. Mozart en avait presque terminé. Abe chercha également l'approbation de Wolf avant d'agir. Celui-ci acquiesça. Avec l'approbation de son collègue, Abe se pencha et étira le bras de Caroline qu'elle serrait fort contre sa poitrine. Il trouva une veine à la jointure de son coude et lui administra le médicament avant qu'elle ait le temps de protester pour la forme.

Caroline se tourna pour adresser un regard surpris à Matthew.

Wolf ressentit un coup au cœur de voir qu'elle

cherchait du réconfort auprès de lui, pas Abe ni Mozart. Face à son regard interrogateur, il se contenta de répondre :

— C'est pour vous aider à dormir.

Caroline hocha la tête, mais elle éclata de rire.

— Je ne pense pas avoir besoin d'aide pour dormir, Matthew. Je n'ai pas très bien dormi la nuit dernière.

Wolf se pencha très près de la tête de Caroline. Bon sang, elle ne s'était pas plainte une seule fois. Elle avait supporté la douleur et se faisait poser des points de suture dans un avion, laissant un homme qu'elle ne connaissait pas lui injecter un produit inconnu dans les veines. Wolf lui aurait botté les fesses s'il n'avait pas été aussi fier qu'elle se montre tellement forte.

Il prit l'initiative de lui poser une question supplémentaire avant qu'elle ne perde connaissance. Ils n'avaient pas eu l'occasion de lui parler de ce qui s'était passé durant son interrogatoire par les agents fédéraux. Il aurait aimé le faire à un autre moment, mais ils devaient savoir ce que tout le monde avait dit lors du débriefing des civils, avant de rejoindre leur commandant à Norfolk.

— Qu'avez-vous raconté au FBI à propos de ce qui s'est passé, Caroline ?

Il aurait voulu remettre à plus tard cette question gênante qui risquait de lui rappeler de mauvais souvenirs, mais en tant que chef d'unité, il savait qu'il devait le faire avant d'engager la conversation sur le plan personnel.

— Rien, Matthew, dit-elle d'une voix ensommeillée.

— Rien ? l'encouragea-t-il, sceptique.

— Rien. Ils étaient bien plus intéressés par les histoires des autres passagers. Eux avaient envie de parler et de dire ce qu'ils avaient vu, c'est-à-dire pas grand-chose. Ils se sont dit que vous étiez certainement des militaires, mais puisqu'ils étaient au fond de l'avion quand la majeure partie de l'action s'est déroulée, ils n'avaient rien à relater. Quand on m'a interrogée, personne n'a semblé très intéressé. Je vous ai déjà dit que les gens ne me remarquent pas.

Même s'il était content qu'elle n'ait rien révélé – car il serait plus facile pour eux de se faire discrets –, il était toujours déconcerté par cette femme. Les trois hommes se regardèrent par-dessus la silhouette somnolente de Caroline. Si elle n'avait vraiment rien dit, cela les aiderait à découvrir ce qui se passait du côté des agents fédéraux. Ils avaient tellement cherché à savoir comment et pourquoi le plan des terroristes avait échoué que c'en était suspicieux. Aucun des SEAL ne voulait que Caroline se retrouve mêlée à cette histoire louche.

Mozart posa la question qui leur trottait à tous dans l'esprit :

— Pourquoi ne leur avez-vous pas raconté votre exploit, Ice ? demanda-t-il à voix basse à côté d'elle.

Caroline essaya d'ouvrir les paupières, mais elles étaient trop lourdes. *Doux Jésus, qu'y avait-il dans cette seringue ?*

— Je n'ai rien *fait*, c'est *vous* qui avez fait tout le travail... et je ne voulais pas vous causer des problèmes, murmura-t-elle. Ce que font les SEAL est généralement top secret, et je ne voulais pas révéler une chose que vous ne leur auriez pas encore expliqué, alors je n'ai rien dit. Je me suis dit que c'était mieux ainsi.

Sa voix était de plus en plus pâteuse.

— Croyez-moi, je voulais que tout le monde voie à quel point vous étiez sexy, de vrais héros, et tout ce que vous avez fait, mais vous n'opérez pas comme ça...

Sa voix s'éteignit. Elle s'était endormie.

Les trois agents ne dirent rien tandis qu'ils nettoyaient la plaie de Caroline et l'installaient confortablement sur la couchette. Ils durent la ceinturer afin qu'elle n'en dégringole pas quand ils atterriraient. Mozart lui avait injecté assez de sédatifs pour qu'elle reste endormie un moment. Wolf resta à côté de Caroline, lui tenant la main, alors qu'Abe et Mozart allaient prendre place sur des sièges libres.

Ils avaient tous matière à réflexion. Cette petite femme les avait tous touchés de façon différente. Aucun d'eux ne serait plus le même. Tous les trois savaient qu'ils donneraient leur vie pour elle, au besoin. Ils ne connaissaient pas l'avenir, mais ils devinaient que ce n'était pas terminé. Leurs instincts leur criaient que quelque chose ne tournait pas rond sans qu'ils sachent comment ou pourquoi. Aucun d'eux ne voulait voir Caroline disparaître de leurs vies. Elle était devenue importante à leurs yeux, rien qu'en étant elle-même. Elle était humble et ils étaient si fiers de son attitude qu'ils ne l'accepteraient pas.

10

Caroline se réveilla lentement avec l'impression d'avoir la tête en coton. Elle roula sur le côté et poussa un petit cri de douleur. Aïe, ses côtes lui étaient sorties de l'esprit. Elle retroussa son haut et vit la rangée de sutures bien nettes. Sam avait fait du bon travail. Elle fut légèrement surprise de ne pas être couverte d'un bandage, mais elle se dit que Sam savait ce qu'il faisait. Dieu merci, ils ne l'avaient pas emmenée dans un hôpital. Elle avait horreur de ça. Elle repensa à son dernier séjour et elle frissonna. Elle aurait préféré que Sam lui pose des points de suture tous les jours plutôt que d'avoir à revivre cela.

Jetant un œil aux alentours, Caroline constata qu'elle se trouvait dans une chambre d'hôtel inconnue. Elle aurait dû paniquer, mais la dernière chose dont elle se souvenait, c'était les trois agents des Forces

Spéciales qui la regardaient tendrement alors qu'elle s'endormait sur la couchette de l'avion. Et si elle ne pouvait pas faire confiance à un SEAL, elle ne pouvait faire confiance à personne.

Elle sortit du lit avec précaution et tituba vers la salle de bains comme si elle était saoule. Elle ne se rappelait pas à quand remontait son dernier repas et elle se sentait très faible, chancelante. Elle fut reconnaissante de pouvoir se soulager, puis elle remarqua la brosse à dents et le dentifrice neufs sur le comptoir. Elle se jeta dessus et se brossa soigneusement les dents. Ce n'était plus un luxe qu'elle tiendrait pour acquis.

Avisant la douche, elle ressentit soudain l'envie intense de se nettoyer. Elle savait qu'elle aurait mieux fait de ne pas exposer ses points de suture à l'eau, mais elle *devait* prendre une douche. Elle essayerait de garder le côté qui était blessé hors de l'eau, mais si elle se mouillait, ce n'était pas grave. Elle avait toujours l'impression de sentir le sang qui avait jailli du cou du terroriste. Elle avait des démangeaisons et elle ne voulait même pas songer aux microbes qu'elle avait ramassés en se roulant sur le sol de l'avion, puis en dormant par terre à l'aéroport.

Elle arracha ce tee-shirt qu'elle aurait voulu ne jamais revoir, le jetant aux ordures. Elle songea brièvement au fait qu'elle ne portait pas de pantalon. Quelqu'un – elle espérait que c'était Matthew – le lui avait retiré avant de la mettre au lit. Cette pensée la fit palpiter, mais elle la repoussa. Il avait été assez galant pour ne pas lui ôter son haut, et sans même le connaître vraiment, elle se disait qu'il avait probablement tourné la tête au moment de défaire et de retirer son pantalon.

Caroline prit une douche plus rapide qu'elle l'aurait vraiment souhaité, assez pour se nettoyer et se laver les cheveux, qu'elle prit le temps de shampouiner deux fois. Elle aurait volontiers passé la journée sous le jet à profiter du crépitement de l'eau chaude contre son dos, mais elle devait découvrir ce qui se passait et où elle se trouvait. Elle sortit de la cabine et s'enveloppa dans une robe de chambre moelleuse accrochée derrière la porte.

En revenant dans la pièce, elle remarqua pour la première fois sa valise posée à terre. Quoi ? Comment était-elle arrivée là ? La dernière chose dont elle se souvenait était que la compagnie aérienne lui avait dit qu'ils expédieraient tous les bagages en Virginie dès qu'ils en auraient terminé. Bon sang. Elle détestait ignorer ce qui se passait. Caroline se rappelait être montée dans l'avion avec Sam, Christopher et Matthew, mais plus rien une fois que l'un d'eux avait commencé à lui poser les points de suture. On ne lui avait jamais rien injecté d'aussi fort et elle avait toujours eu une réaction marquée aux médicaments, mais ils n'auraient pas pu le savoir.

Elle soupira et s'assit au bord du lit. C'est alors

qu'elle remarqua une feuille de papier sur la table de chevet et se pencha avec précaution pour s'en emparer, prenant soin de ne pas trop tirer sur ses côtes.

Caroline, si vous lisez ceci, c'est que je ne suis pas là pour vous raconter ce qu'il se passe. Ne vous inquiétez pas, tout va bien. Vous étiez inconsciente quand nous avons atterri hier. Nous avons rencontré les agents fédéraux et ils nous ont confié vos bagages (il y a des avantages à être un SEAL, après tout, n'est-ce pas ?). Je vous ai emmenée ici parce que je ne savais pas quelles dispositions vous aviez prises pour le moment de votre arrivée.

Vous avez dormi toute la nuit et je voulais vraiment vous parler quand vous seriez enfin réveillée. Mozart m'a assuré que vous alliez bien, que vous étiez juste endormie. Il a dit que vous vous réveilleriez naturellement.

Nous avons dû nous rendre à la base ce matin pour un débriefing sur ce qui s'est passé dans l'avion. Mais je ne suis pas parti pour de bon. Je reviendrai dès que possible. Je me suis assuré qu'il y avait de la nourriture dans le réfrigérateur de l'hôtel ; vous avez sans doute faim. Le café est facile à faire ; il vous suffit d'appuyer sur le bouton.

J'espère que vous vous sentez mieux aujourd'hui. On se parle quand je serai rentré de la base.

Matthew

· · ·

Caroline serra le mot contre sa poitrine. Ouah. Il n'avait rien écrit de romantique, mais quelque part, c'était la chose la plus attentionnée qu'un homme lui ait jamais donnée. Bon d'accord, c'était la première fois qu'un homme lui écrivait une lettre. Elle n'avait jamais reçu de mots au lycée ni plus tard. Matthew avait pensé à elle. Oubliant qu'il l'avait portée jusque dans la chambre d'hôtel, elle se concentra plutôt sur sa promesse de revenir plus tard.

Elle ne savait pas à quelle heure il était parti. Elle regarda le réveil ; il était onze heures du matin. Elle se redressa d'un bond, aussi rapidement que ses points de suture le lui permettaient, et elle fouilla dans sa valise pour trouver une tenue adéquate. Elle voulait paraître décontractée, mais en même temps bien habillée et apprêtée. Caroline se décida enfin pour un jean et un haut moulant. Elle portait généralement des tee-shirts quand elle était chez elle, mais elle ne voulait pas être négligée quand elle reverrait Matthew.

Elle releva ses cheveux avec une barrette et se dirigea vers la kitchenette. Il y avait un petit réfrigérateur ainsi qu'un micro-ondes et une machine à café. Elle y jeta un œil. Effectivement, Matthew l'avait remplie de grains frais et d'eau. Elle l'alluma et passa les placards en revue.

Matthew s'était bien assuré que le réfrigérateur contienne de la nourriture. Ce n'était pas grand-chose, mais cela apaiserait un peu sa faim. Elle prit un yaourt et un morceau de fromage préemballé. Elle grignota en attendant que la tasse soit pleine.

Puis elle s'assit sur le lit et sirota son café. Un délice. Elle ne savait pas comment s'occuper. Elle était généralement très occupée. Elle n'avait guère de temps libre, mais puisque son travail ne commencerait pas avant une semaine environ et qu'elle n'avait nulle part où aller ni rien à faire pour le moment, elle prit le temps – pour une fois – de véritablement apprécier le café qu'elle buvait.

Une fois qu'elle eut terminé, elle se leva et posa la tasse sur la table. Puis elle se rallongea sur le lit et se détendit.

Alors qu'elle s'apprêtait à se rendormir, elle entendit le cliquetis de la serrure qui s'ouvrait. Elle s'assit avec précaution et découvrit Matthew qui entrait dans l'autre pièce de la suite. Il essayait de ne pas faire de bruit.

— Bonjour, le salua-t-elle doucement.

Wolf se retourna et lui sourit. Ouah. Son sourire était à tomber. Ses dents étaient régulières et quand il souriait, elle voyait les plis se former aux coins de ses yeux. Si Caroline l'avait trouvé beau en jean et en chemise, il était carrément mortel en uniforme.

— Salut, comment vous sentez-vous ? demanda Wolf avec un éclair de plaisir dans les yeux.

Il était content que Caroline soit réveillée. Comme il le lui avait dit dans son mot, il s'était inquiété pour elle. Mozart lui avait assuré qu'elle allait bien, mais il ne le croirait vraiment qu'une fois l'avoir vue réveillée. Elle était complètement dans les vapes quand ils étaient arrivés à l'hôtel.

— Plutôt bien, compte tenu des circonstances, lui répondit Caroline. Comment ça s'est passé à la base, ce matin ?

— Bien. On aurait voulu vous garder en dehors de tout ça, mais il a fallu raconter à notre commandant, ici à Norfolk, le rôle que vous avez joué dans l'histoire.

Caroline hocha la tête.

— J'avais deviné que vous en seriez obligé. Ce n'est pas grave. Je parlerai à qui de droit pour vous aider. S'ils pensent que je peux contribuer à empêcher que cela se reproduise, je serai ravie de le faire.

Quelque part, Wolf avait deviné qu'elle dirait cela. Il lui adressa un large sourire.

— Tout le monde veut vraiment savoir qui étaient ces hommes et ce qu'ils cherchaient à accomplir. Nous ne leur avons pas donné le temps de nous dire où ils se rendaient. Vous aviez dit que deux d'entre eux échangeaient des coordonnées, n'est-ce pas ?

La voyant acquiescer, il poursuivit :

— Nous ne savons pas s'ils avaient l'intention de causer un accident comme les terroristes du 11 septembre, ou bien s'ils voulaient atterrir quelque part.

Wolf vint s'asseoir à côté de Caroline. Leur proximité sur le lit lui parut très intime et elle ne put contenir la chaleur qui lui montait au visage.

Lentement, Wolf fit courir un doigt le long de sa joue. Quand elle rougit davantage et se mordit la lèvre sans toutefois s'écarter de lui, il se rapprocha. Il regarda ses lèvres, et en voyant sa langue les humecter, il faillit grogner. Dieu, comment avait-il pu ne pas la voir ? La voir *vraiment* avant d'avoir eu l'occasion de la rencontrer.

Il fit courir un index le long de sa lèvre inférieure, là où elle l'avait mordillée et venait d'y passer la langue. Il sentit l'humidité chaude sous son doigt.

— Je vais t'embrasser, Caroline, lui dit-il d'une voix rauque.

Comme elle ne répondait pas, il la mit en garde dans un grognement :

— Si tu n'en as pas envie, c'est ta dernière occasion de dire quelque chose.

Wolf voyait une veine palpiter frénétiquement dans son cou. Elle déglutit, mais ne l'arrêta pas. Il se pencha alors et utilisa le même index qui venait à peine de caresser sa lèvre pour lui incliner le menton. Il voulait la regarder dans les yeux, s'assurer qu'elle en avait vraiment envie, mais il ne pouvait détacher le regard de sa bouche délectable. Enfin, ses lèvres rencontrèrent les siennes.

Elle entrouvrit immédiatement la bouche pour le laisser entrer. Il n'y plongea pas immédiatement, se contentant de faire courir sa langue sur sa lèvre supérieure, prenant le temps de la taquiner d'un léger mordillement. Il se retira d'un centimètre pour regarder Caroline. Elle avait les yeux fermés et serrait des deux mains les pans de son uniforme.

Il décida d'arrêter de tergiverser et passa de nouveau à l'assaut. Cette fois, quand leurs lèvres se rejoignirent, Wolf fit pénétrer sa langue dans sa bouche et se réjouit de rencontrer la sienne. Elles se caressèrent à plusieurs reprises. Wolf se retira pour mieux revenir et leurs langues dansèrent, explorant la bouche l'une de l'autre.

Enfin, Wolf comprit qu'il devait arrêter pour ne pas risquer de les pousser plus loin qu'ils n'étaient prêts à aller, et il s'écarta. L'une de ses mains s'était retrouvée derrière le cou de Caroline, qu'il tenait tout contre lui. Son autre main reposait au creux de son dos. S'ils avaient été debout ou allongés, il aurait plaqué son bassin contre le sien. Wolf inspira profondément, mais ne déplaça pas ses mains.

Caroline ouvrit lentement les yeux. Seigneur. Matthew était délicieux. On l'avait déjà embrassée, mais pas de la sorte... comme s'il avait besoin d'elle pour respirer, comme si elle était choyée. Elle n'aurait pas su dire ce que ce baiser avait de différent de ceux qu'elle avait reçus dans sa vie, mais au fond, elle savait que c'était autre chose.

Caroline aimait sentir les mains de Matthew sur

son corps. Celle derrière sa nuque la maintenait immobile et elle sentait la chaleur de son autre main sur son dos. Elle posa le front contre l'épaule de Matthew, qui ne lui lâchait pas la tête, se contentant de suivre le mouvement et de la serrer contre lui.

— Ouah, murmura-t-il.

— Ouah, tu peux le dire, répondit la voix étouffée de Caroline.

Il partit d'un petit rire. Il se sentait bien. Mieux qu'il ne s'était senti depuis longtemps. Étrangement, savoir qu'elle était aussi affectée que lui l'apaisait.

— Que dirais-tu de prendre la journée pour visiter les lieux ?

Caroline décolla la tête de la poitrine de Matthew et le dévisagea.

— Visiter les lieux ?

— Oui, faire du tourisme. Tu sais, ce que font les gens quand ils ne travaillent pas et sont en vacances ?

Caroline ricana.

— Oui, d'accord.

Tant qu'il ne commençait pas à parler de leur baiser, elle était partante.

— Qu'est-ce qu'il y a à faire par ici ?

Wolf voyait qu'elle était soulagée qu'il ne revienne pas sur leur baiser. Il lui donnerait le temps de le digérer et de composer avec ce qu'il venait de se passer, mais il savait qu'il faudrait qu'ils en discutent un jour ou l'autre. Il avait envie de tellement plus.

— Eh bien, je pourrais te proposer le tour de la station navale et nous pourrions aller au zoo de Norfolk ou bien aux jardins botaniques. Si tu aimes les musées, il y en a plusieurs dans le coin. Qu'as-tu envie de faire et de quoi es-tu capable physiquement ? Je ne veux pas te faire souffrir davantage.

Caroline voulut redresser le dos et ne put retenir une grimace quand le mouvement lui étira les côtes, tirant sur ses points de suture.

Ce qui n'échappa pas à Wolf, bien entendu.

— Très bien, avant de partir, je veux jeter un œil à tes côtes. Après, je pensais te montrer la base, puis nous pourrions manger quelque chose. Ensuite, on reviendrait ici et on regarderait un film. Comme ça, je n'aurai pas à te demander constamment comment tu te sens, et tu ne ressentiras pas le besoin de me mentir.

Caroline éclata de rire. Flûte. Comment avait-il appris à la connaître aussi vite ?

— Ça me tente bien.

Comme Matthew ne se levait toujours pas, Caroline sourit et lui fit remarquer :

— Tu vas devoir me lâcher si tu veux que nous allions quelque part.

Matthew se pencha et murmura :

— Et si je n'en ai pas envie ?

Caroline ne savait pas quoi lui répondre, mais la chair de poule qui lui remonta le long des bras fut une réponse suffisante. Matthew lui sourit, retira la main de sa nuque et la fit courir le long de son bras, lui donna un baiser profond puis se redressa. Il tendit la main pour aider Caroline à se lever.

Il ne la lâcha pas une fois qu'elle se fut redressée, mais se contenta de se tourner et la conduisit vers la salle de bains. Là, il l'aida à s'asseoir sur le comptoir et retroussa son haut afin de voir ses côtes.

Wolf essaya de se retenir de caresser sa chair laiteuse, mais c'était difficile. Elle n'était pas maigre, mais pas grosse non plus. Elle était... douce, et Matthew adorait cela. Il avait connu toutes sortes de femmes, mais celle-ci lui faisait perdre son contrôle légendaire plus vite que n'importe qui.

Incapable de résister, il fit courir le dos de sa main le long de ses côtes juste sous son sein. Quand il l'entendit reprendre brusquement son souffle, il sourit et laissa ses doigts redescendre vers les points de suture. Ils lui paraissaient bien. Mozart avait dit qu'il n'était pas nécessaire de lui faire un bandage, tant que cela ne la dérangeait pas.

— Ça te fait mal ? Tu veux des pansements ?

Caroline secoua la tête.

— Ça ne me fait pas mal. Parfois, les points s'accrochent dans mon haut, mais ce n'est pas douloureux.

Wolf hocha la tête puis, une dernière fois, il passa un doigt le long de ses côtes. Il aimait le tremblement que cela lui provoquait. À contrecœur, il rabattit son tee-shirt et déclara :

— Allons-y, avant que je ne décide qu'il vaut mieux rester ici et apprendre à mieux nous connaître.

Wolf regarda Caroline rassembler les affaires dont elle avait besoin pour la journée, et ils quittèrent enfin la chambre.

Caroline ne se rappelait pas avoir connu plus belle journée. Le temps était radieux et il faisait beau. Ils avaient passé le début de l'après-midi à faire lentement le tour de la base. Matthew lui avait montré les bâtiments importants et les plaques historiques. Ils avaient pu assister à une visite guidée de l'un des immenses navires. Elle ne se souvenait pas de quel type de vaisseau il s'agissait, mais elle était fascinée par la façon dont tout fonctionnait à bord. Ce navire avait son propre bureau de poste, une cuisine et même une geôle.

Après la visite, Caroline se sentit fatiguée. Elle avait vécu quarante-huit heures difficiles et subissait toujours les effets du sédatif. Matthew s'en était évidemment rendu compte et il avait insisté pour qu'ils s'arrêtent et commandent un repas à emporter au lieu d'aller manger au restaurant.

Comme elle ne se plaignait pas de devoir manger dans la chambre, Wolf comprit qu'elle avait probablement plus mal qu'elle ne voulait le laisser paraître. Plus il passait de temps avec elle, mieux il la connaissait. Elle aurait certainement préféré s'évanouir au lieu d'admettre qu'elle était fatiguée ou qu'elle avait mal.

Ils étaient revenus à l'hôtel et avaient disposé leur dîner sur la table basse. Elle s'était blottie contre Matthew après manger et ils avaient trouvé un film d'action et d'aventure à regarder à la télévision.

Wolf sourit en contemplant la femme dans ses bras. Caroline était parfaitement ajustée à son corps. Il ne se souvenait pas d'avoir passé un meilleur moment en bonne compagnie, surtout sans qu'il soit question de sexe. Il savait qu'il devrait attendre. Physiquement, elle n'était pas prête pour ça et Wolf ne voulait pas la presser. Il aimait rester assis à lui parler et apprendre à la connaître. Peut-être était-ce ce qui avait manqué à ses autres flirts – une connexion ;, des discussions hors de la chambre à coucher.

— Pourquoi le surnom Wolf ? murmura Caroline à ses côtés, avec spontanéité.

Wolf baissa la tête. Il était étrange d'entendre son surnom dans sa bouche. Il avait tellement l'habitude qu'elle l'appelle Matthew que cela lui plaisait davantage.

— J'aimerais te dire que c'est parce que je suis furtif ou que j'ai la patience d'un loup, mais hélas, ce n'est pas aussi viril que cela.

Caroline leva la tête pour mieux le regarder.

— Tu m'intéresses. Vas-y.

— Souvent, dans l'armée, les surnoms viennent du nom du soldat. Par exemple, si mon nom de famille était Wolfgang ou Wolfowitz, les sergents instructeurs et les autres gars auraient commencé à m'appeler Wolf.

— Mais ton nom de famille n'est pas Wolfgang ni Wolfowitz, dit Caroline en pouffant, énonçant l'évidence.

Wolf lui passa l'index sous le menton.

— Eh bien, mon surnom vient du camp d'entraînement. C'était une expérience complètement nouvelle pour moi et je me suis donné plus à fond que je ne l'avais jamais fait de toute ma vie. J'avais toujours faim. Apparemment, chaque fois qu'on allait manger, j'engloutissais ma nourriture si rapidement que j'avais fini bien avant tout le monde. Il m'arrivait aussi de manger ce dont les autres gars ne voulaient pas.

Caroline se redressa entièrement, parfaitement réveillée.

— Oh, mon Dieu. Laisse-moi deviner. *Hungry Like A Wolf* ?

Il rit et attrapa Caroline afin qu'elle se colle à nouveau à lui. Il aimait la façon dont elle se blottissait contre son corps, cherchant sa position jusqu'à ce qu'elle soit à son aise, comme un animal faisant son trou pour y passer la nuit.

— Je n'avais pas songé à cette chanson depuis une éternité. Bon sang. Et, oui, je dévorais toujours ma nourriture comme un loup affamé. Le nom m'est resté.

Il aimait entendre Caroline glousser. Il savait que,

ces derniers temps, elle n'avait pas eu beaucoup de raisons de rire.

Ils recommencèrent tous les deux à regarder le film. Environ vingt minutes plus tard, quand Wolf changea de position, Caroline murmura quelque chose et se pelotonna plus près de lui. Le fait qu'elle se tourne vers lui tout en somnolant lui serra le cœur. Wolf était ébahi qu'elle ait le sommeil aussi lourd. Dans son travail, il était à contre-emploi de dormir aussi profondément qu'elle semblait le faire, alors cela faisait un moment qu'il n'avait pas assisté à une chose pareille.

Pour la seconde nuit d'affilée, Wolf prit Caroline dans ses bras et la porta jusqu'au lit. Il l'allongea et remonta les couvertures jusqu'à ses épaules. Il n'osa pas lui retirer ses vêtements. C'était déjà assez gênant d'en avoir vu autant ce matin-là quand il avait jeté un œil à ses points de suture, ainsi que la veille. Il n'avait pas voulu qu'elle soit mal à son aise en dormant en pantalon, alors il avait passé la main sous son haut et l'avait déboutonné. La chaleur de sa peau était divine sous ses doigts. À présent, il songea à lui retirer son haut et son pantalon pour l'aider à enfiler une tenue plus confortable, mais il savait que s'il commençait, il serait incapable de s'arrêter, et il ne voulait pas abuser.

Il faudrait qu'elle dorme en jean pour cette nuit. Il n'était pas assez fort pour le lui retirer à nouveau et la laisser seule dans le lit.

Wolf s'assit sur le rebord et se contenta de regarder Caroline dormir. Il l'étudia, essayant de comprendre ce qui la rendait différente de toutes les autres femmes qu'il avait connues avant elle. Au bout d'un moment, il abandonna. La situation était ce qu'elle était et il n'allait pas continuer à l'analyser. Il souhaitait simplement en profiter.

Il lui restait toujours beaucoup de temps avant leur prochaine mission. Et s'il voulait rendre visite à son ami Tex, il tenait également à passer la plupart de son temps libre avec Caroline. Ses priorités avaient changé en un clin d'œil. Wolf l'acceptait volontiers.

Il se pencha et déposa un baiser sur le front de Caroline. Il referma doucement la porte et descendit le couloir en direction de l'ascenseur. Il retrouverait Mozart et Abe chez Tex, puis il reviendrait tôt le lendemain matin. Il avait hâte de passer une autre journée avec elle.

11

Le lendemain matin, Caroline roula sur le côté et poussa un grognement. Bon sang. Elle l'avait encore fait. Elle s'était endormie et Matthew l'avait mise au lit. Elle bâilla et s'étira. Décidément, elle était nulle pour les rencards.

Elle sortit du lit et au lieu de se diriger directement vers la salle de bains, elle jeta un œil à la cafetière... elle sourit. Tout était prêt. Manifestement, Matthew avait tout préparé avant de la quitter la nuit dernière. Caroline aimait se dire qu'il pensait à son confort. Cela faisait tellement longtemps que quelqu'un n'avait pas fait une chose aussi simple pour elle. Elle aimait qu'on s'occupe d'elle. Elle enclencha le bouton et retourna vers la chambre afin de se préparer pour la journée.

Après s'être douchée et avoir vérifié ses points de

suture – qui guérissaient convenablement –, Caroline se versa une tasse de café et s'installa sur le canapé pour regarder la télévision. Elle profitait de son temps libre pour se prélasser et ne pas avoir à se précipiter au travail. Cela reviendrait vite, alors pour le moment, elle était contente de ne rien faire.

Regardant autour d'elle, elle se dit qu'elle devrait quand même songer à quitter l'hôtel. Matthew avait dû payer la chambre, puisqu'elle n'avait pas fourni sa carte de crédit à la réception. Elle demanderait à l'hôtel de faire passer la note sur sa carte à son départ ; il n'était pas juste que Matthew paye sa note.

Elle avait loué un appartement avant de quitter la Californie et elle avait prévu de passer quelques nuits à l'hôtel, de toute façon, avant que ses affaires n'arrivent. Cet hôtel était tout aussi bien qu'un autre. Consciente qu'elle avait encore quelques jours avant que ses meubles arrivent de Californie, elle se détendit à nouveau dans le canapé. Ah, c'était tellement bon de pouvoir se prélasser à ne rien faire. Cela ne lui arrivait pas souvent et c'était un luxe à présent.

La sonnerie soudaine du téléphone la fit sursauter si fort qu'elle en renversa son café. Zut. Elle frotta le liquide qui avait éclaboussé son jean tout en se penchant pour répondre. Ce devait être Matthew. Elle ne connaissait personne d'autre dans le coin.

— Allô ?

— Bonjour, Caroline. Comment te sens-tu aujourd'hui ?

Dieu, si Caroline trouvait sa voix sexy en personne, alors au téléphone, quand elle résonnait à son oreille ? Cela la faisait fondre.

— Je vais bien. Désolée de m'être endormie sur toi hier soir. C'est toujours toi qui me mets au lit.

Elle rougit dès qu'elle eut prononcé ces paroles. Cela sonnait bien plus salace que dans sa tête.

Wolf éclata de rire.

— Crois-moi, Ice, j'aime te mettre au lit. J'espère que dans le futur, je pourrai t'y rejoindre.

Caroline en resta bouche bée. Bon sang, elle aussi mourait d'envie qu'il la rejoigne au lit, mais elle n'avait pas pensé qu'il puisse le dire aussi franchement. Elle ne sut pas quoi répondre.

— Caroline ? Tu es toujours là ? C'est trop tôt ?

— Oui... euh... non...

Merde. Elle était tellement troublée. Elle entendit Matthew ricaner et essaya de clarifier.

— Oui, je suis toujours là et... oui, un peu... mais je crois que j'en ai envie aussi.

Elle n'en revenait toujours pas que Matthew qui était grand, beau et ténébreux, un homme qui pouvait coucher avec n'importe quelle femme, la désire *elle*.

Elle avait dû l'exprimer à haute voix, car Matthew rétorqua :

— Oui, je te désire, Ice. Tu es intelligente, raisonnable, et j'ai eu envie de toi depuis qu'on s'est serré la main dans ce maudit avion.

— Euh...

Caroline ne parvint pas à dire autre chose. Elle n'y croyait pas.

Matthew poursuivit comme s'il ne venait pas de lui couper la chique.

— Bon, je viens te chercher dans une heure. J'ai pensé que je pourrais t'emmener rencontrer mon ami Tex, celui dont je t'ai parlé dans l'avion. Il organise une petite fête avec nous, Abe, Mozart et quelques amis en ville. J'ai envie que tu le rencontres. C'est informel, alors tu n'as pas besoin de t'habiller. D'accord ?

Devinant qu'une telle rencontre était importante, elle répondit simplement :

— D'accord.

— Je monterai te chercher. À tout à l'heure, Caroline.

Elle raccrocha. Une heure. Elle avait hâte de le revoir.

* * *

Caroline rejeta la tête en arrière et rit de bon cœur devant l'ami de Matthew, Tex. En réalité, son prénom était John, mais puisqu'il venait du Texas avant de rejoindre les Forces Spéciales, son surnom était Tex, naturellement. Il avait gardé un accent texan marqué et était toujours aussi costaud que les autres hommes autour de lui.

Lors d'une mission, Tex s'était trouvé dans un bâtiment frappé par un engin explosif. Les hommes avaient minimisé l'incident, mais Caroline devinait que l'histoire était beaucoup plus compliquée qu'ils ne le laissaient paraître.

Tex avait perdu sa jambe après plusieurs opérations pour essayer de la guérir. Il lui avait raconté que le lendemain de son admission à l'hôpital à cause d'une infection sévère, il avait prié les médecins de l'amputer. Cela valait mieux que de subir la douleur des infections et les nombreuses opérations pour tenter de la conserver, alors qu'il ne serait probablement pas capable de marcher de nouveau, de toute façon.

Tex était tordant et il enchaînait les blagues choquantes pour la faire rire. Caroline n'avait jamais ri aussi fort de toute sa vie. Elle appréciait aussi tous les amis de Tex, et elle avait aimé passer du temps avec Christopher et Sam. Ils lui avaient demandé de les appeler Abe et Mozart, mais comme elle le leur avait dit plus tôt, elle trouvait cela bizarre de les appeler par leurs surnoms alors qu'elle ne faisait pas partie de leur unité. Ils avaient essayé de la convaincre, affirmant qu'elle faisait bel et bien partie de l'équipe, mais elle s'était entêtée et avait croisé les bras, leur faisant bien comprendre qu'elle les appellerait comme elle le souhaitait et qu'ils devraient s'en contenter. Abe et Mozart éclatèrent de rire et lui dirent qu'elle pouvait faire ce qui lui chantait, mais que pour eux, elle serait toujours « Ice ».

Personne ne parla de ce que faisait Tex à présent qu'il était retraité de la Marine pour raisons médicales. Caroline avait posé la question une seule fois et avait remarqué que le sujet était subtilement écarté. Elle s'était contentée de hausser les épaules, se disant que c'était un secret de la Marine ou bien qu'il était gêné. Dans tous les cas, peu importe, puisqu'elle ne le rencontrerait probablement plus jamais.

Elle essaya de ne pas se sentir trop empotée durant la fête. Il y avait d'autres femmes, mais elle resta collée à Matthew. Elle avait du mal à s'ouvrir et elle se sentait plus à l'aise auprès de lui. Il ne s'en plaignait pas et la touchait constamment. Il avait passé la main autour de sa taille pour la retenir, lui avait apporté une assiette une fois le buffet ouvert et avait frôlé sa main de la sienne. Une fois, il l'avait même embrassée sur le sommet du crâne quand l'histoire de Tex l'avait attristée. Cela lui plaisait, mais elle restait prudente. Elle ne comprendrait jamais ce que Matthew lui trouvait.

Après avoir quitté Tex, il l'avait emmenée aux jardins botaniques. C'était magnifique. Bon nombre de ces fleurs lui étaient inconnues, mais elle aimait l'art avec lequel elles étaient disposées ou avaient poussé sur les parterres. Matthew lui offrit un bouquet de fleurs exotiques et ils revinrent à l'hôtel.

Matthew la rejoignit dans sa chambre et ils s'installèrent sur le canapé. Ils avaient commandé un service en chambre et dînèrent, profitant de leur compagnie mutuelle et de leur conversation détendue sur toutes sortes de sujets.

À la tombée de la nuit, la nervosité de Caroline s'accrut. Elle ne pouvait s'empêcher de songer à ce que Matthew lui avait dit ce matin-là, à propos de l'emmener au lit. Dévergondée, une partie d'elle-même en avait envie. L'autre partie, plus pratique, savait qu'il était trop tôt.

— À quoi penses-tu si fort ? demanda Wolf en faisant courir un doigt sous son menton, le soulevant pour qu'elle soit forcée de le regarder dans les yeux.

— Je... j'ai juste... envie de toi.

Caroline ne parvenait pas à croire qu'elle le lui avait dit de but en blanc.

— J'ai envie de toi aussi, répondit Wolf sans la moindre hésitation.

— C'est simplement que...

— C'est trop tôt, acheva Wolf à sa place.

Caroline hocha la tête.

— Je t'aime bien, Matthew, mais je ne sais pas... pour toute cette histoire, pour nous. Tu es... toi, et je suis moi... et tu habites en Californie alors que je viens de déménager ici.

Wolf attira Caroline contre lui. Elle y était tellement à sa place. Il était stupéfait de le sentir aussi vivement. Pourtant, elle avançait des arguments valides. Beaucoup de choses jouaient contre eux, parmi lesquelles vivre chacun d'un côté du pays était encore la moins insurmontable.

— Chut, Ice. Je sais que c'est fou. Nous venons de nous rencontrer, mais je vais te dire une chose. Je n'ai jamais, de toute ma vie, ressenti pour quelqu'un ce que je ressens pour toi. Il y a quelque chose en toi auquel j'ai vraiment du mal à résister.

Il la sentit hocher la tête contre sa poitrine et sourire.

— J'aimerais passer ma permission avec toi et j'aimerais voir si cette relation peut fonctionner. Je ne te promets pas que nous n'allons pas faire l'amour, parce que j'en ai plus envie que je ne saurais le dire, mais j'essayerai de ne pas rendre les choses trop difficiles pour le moment. D'accord ?

En l'entendant acquiescer à voix basse, il recommença à respirer. Wolf ne savait pas ce qu'il aurait fait si elle n'avait pas été d'accord.

— Mais cela ne signifie pas que je ne veuille pas t'embrasser, te prendre dans mes bras et te toucher autant que tu m'en donnes le droit, même si on y va doucement. Je veux être certain que ça ne te dérange pas.

Caroline leva la tête de sa poitrine et le regarda dans les yeux.

— Ça ne me dérange absolument pas, Matthew.

Il sourit et se tourna, l'étendant sous son corps, sur le canapé. Collés l'un à l'autre, des orteils à la poitrine, Wolf sentait le cœur de Caroline battre rapidement sous le sien. Il la vit respirer plus frénétiquement et sentit ses mains agripper son tee-shirt autour sa taille.

Wolf se pencha, abaissant les lèvres jusqu'à se retrouver à un soupir au-dessus d'elle, et il attendit. Elle ne le déçut pas. Elle tendit le cou pour atteindre sa bouche. Il poussa un soupir de contentement. Caroline voulait la même chose que lui. Dieu merci. Il était important qu'elle vienne à lui. Même s'il n'était pas timide et ne craignait pas d'outrepasser les limites, avec Caroline, il voulait être certain. Il voulait qu'elle le désire autant qu'il la désirait.

Pendant qu'il caressait ses lèvres avec sa bouche, ses mains parcouraient doucement le corps de Caroline. Il restait au-dessus de ses vêtements, sachant qu'il ne serait pas capable de s'arrêter s'il sentait sa peau laiteuse sous ses mains. Wolf prit soin de ne pas toucher ses côtes blessées, mais hormis cela, il laissait ses mains vagabonder librement.

Il caressa ses seins, sentant ses mamelons darder à son contact. Il continua son exploration, ravi qu'elle se cambre sous lui et la serrant fort afin de lui montrer l'ampleur de son excitation. Wolf ne voulait pas qu'elle se croie seule dans ses sentiments, seule dans son attirance.

Enfin, l'approchant de lui d'une main posée sur sa hanche et plaçant l'autre sur son cœur, il détacha ses lèvres avec réticence.

— Seigneur, Caroline. Tu es parfaite. Parfaite pour moi.

Comme il s'y était attendu, elle rosit.

— Tu n'es pas mal non plus, Matthew.

Il sourit et l'aida à se redresser. Les cheveux de Caroline étaient décoiffés et ses lèvres étaient enflées après leurs baisers passionnés. Elle était magnifique. Wolf la plaqua contre lui et l'embrassa au sommet du crâne.

— Cale-toi bien, Ice. Je ne veux pas te quitter si tôt, mais il faut qu'on arrête... ça... On peut regarder un film. Ça te convient ?

Caroline sourit. Oh oui, cela lui convenait.

Wolf s'éveilla en sursaut. En qualité de SEAL, il pouvait se réveiller et être immédiatement opérationnel à cent pour cent. Il ne comprit pas ce qui l'avait tiré de son sommeil jusqu'à ce qu'il entende un gémissement. Caroline tressaillait dans ses bras. Il était évident qu'elle faisait un cauchemar.

— Réveille-toi, Ice.

Wolf essaya de lui parler pour la tirer de son rêve, mais Caroline gémit plus fort à ses paroles.

— Caroline, reprit Wolf d'une voix forte et ferme. Réveille-toi. Tu es en train de rêver.

Wolf n'était pas préparé à sa réaction. Elle se battait contre lui comme si elle était de retour dans l'avion, à combattre le terroriste.

Caroline s'agitait de toutes ses forces. Le terroriste allait faire du mal à Matthew ; elle devait s'assurer qu'il ne l'atteigne pas. C'était à elle de le sauver. Elle se démenait contre les mains qui essayaient de l'attraper, ignorant ses paroles. Elle devait se battre ; sans quoi, il la tuerait.

Ses efforts les firent tomber du canapé. Heureusement, il atterrit avant elle et empêcha Caroline de se faire mal au dos. Le cœur de Wolf se serra quand il vit l'expression sur son visage. Son étreinte attisait d'autant plus sa terreur.

— Caroline ! cria Wolf.

Elle se raidit ; il était parvenu à l'atteindre. Il la retourna pour qu'elle se retrouve allongée par terre, sur le dos. Il se tint sur elle, prenant soin de ne pas l'écraser sous son poids, mais assez près pour sentir la chaleur de son corps.

— Réveille-toi ! Tu es en sécurité ; tout va bien. Tu

es ici, en Virginie, pas dans l'avion. Reviens avec moi. C'est Matthew.

— Matthew ?

La voix de Caroline était douce et incrédule.

— Oui. Ouvre les yeux.

Elle se força à ouvrir les paupières et constata que c'était bien lui. Il était à califourchon sur elle, penché pour la regarder attentivement dans les yeux.

— Oh, merde, murmura Caroline.

— Viens, relevons-nous.

Wolf l'aida à s'asseoir et à remonter sur le canapé. Dès qu'elle fut installée, il s'assit à côté d'elle et la serra contre sa poitrine.

— Tout va bien. C'était juste un rêve.

Elle tremblait sous l'effet secondaire des images qui lui avaient traversé l'esprit. Cela avait semblé si réel.

— Tu veux en parler ?

Elle secoua la tête contre sa poitrine sans lever les yeux.

— Très bien. Je devine que c'est à propos de ce qui s'est passé dans l'avion ?

Quand elle acquiesça, il poursuivit :

— Tu as besoin d'en parler à quelqu'un, Caroline. Sans quoi, les rêves ne s'arrêteront pas. Crois-moi, je suis bien placé pour le savoir.

À ces mots, Caroline leva les yeux vers Matthew.

— Ah bon ?

Il prit un air sombre, mais soutint son regard.

— Oui. Dans mon métier, il est impossible de tout garder à l'intérieur. C'est vrai que la plupart des militaires n'aiment pas admettre leurs faiblesses en ce qui concerne les cauchemars et le syndrome de stress post-traumatique, mais nous sommes tenus d'être débriefés après chaque mission difficile. D'ailleurs, Abe, Mozart et moi sommes contraints d'aller voir quelqu'un ici pour parler de ce qui s'est passé dans l'avion.

Caroline le dévisagea, ébahie.

— Vraiment ?

Wolf lâcha un petit rire et l'attira à nouveau contre sa poitrine. Elle cala sa tête contre son menton et lui enroula les bras autour de la taille. Il changea de position jusqu'à ce qu'il se retrouve allongé, la tête sur l'accoudoir du canapé, faisant pivoter Caroline pour l'étendre, les seins contre ses côtes. Le bras de Caroline vint se caler sur son torse, où elle dessina machinalement des formes sur son cœur.

— Oui. Je ne peux pas dire que j'apprécie tous les psychiatres qu'ils nous font voir, mais honnêtement, ça marche. On a beau s'en plaindre, si cela nous permet de conserver notre santé mentale et d'être parés pour notre prochaine mission, alors banco.

— Je me battais contre cet homme. Je savais que s'il me dominait ou si je le laissais partir, il te tuerait. Je ne voulais pas que tu meures, souffla Caroline d'une voix sincère.

— Oh, ma chérie.

Wolf la serra dans ses bras.

— Tu as eu tellement de courage. Je suis si fier de toi. Mais...

Il attendit qu'elle lève les yeux. Quand elle le regarda, il poursuivit :

— Je peux me débrouiller seul. Ne te mets plus jamais en danger à cause de moi. Promets-le.

— Mais Matthew, c'est juste que... Je ne...

Nom de Dieu, elle n'avait jamais eu du mal à s'exprimer auparavant. Mais les mots justes refusaient de lui venir.

Il secoua la tête.

— Pas de *mais*. Promets-moi simplement, Caroline, que tu veilleras à prendre d'abord soin de toi. Toujours.

Elle hocha sobrement la tête. L'expression de Matthew était intense. Elle détourna les yeux et reposa la tête. Elle le serra plus fort, faisant remonter la main qui reposait contre sa poitrine pour la refermer sur sa nuque, à laquelle elle s'accrocha.

— Dors, maintenant. Je vais m'assurer qu'il ne t'arrivera rien.

— Merci. Je me sens en sécurité ici avec toi.

Caroline s'endormit, toujours cramponnée à lui. Wolf ne s'était jamais senti plus comblé de toute sa vie. Généralement, il était nerveux à l'idée de coucher avec une femme ; il ne laissait jamais personne se blottir contre lui et partait dès que la politesse le lui autorisait. Mais avec Caroline, rien n'avait plus cours.

Longtemps après que le soleil se fut couché, Wolf s'extirpa de ses bras. Une fois de plus, il la porta jusqu'au lit en riant dans sa barbe. Cela devenait une habitude – et elle lui plaisait.

Alors qu'il étendait la couverture sur Caroline, il entendit la sonnerie stridente du téléphone dans l'autre pièce de la suite. Merde. On ne l'appelait que pour le travail. Non ! Il leur restait toujours une semaine avant d'être censés partir. Cela concernait peut-être l'incident avec le terroriste ? Jetant un dernier regard à Caroline, il lui déposa un petit baiser sur le front et referma doucement la porte de la chambre pour aller répondre au téléphone, espérant contre toute raison que ce n'était rien d'important.

Quand elle s'éveilla, Caroline s'étira prudemment, émerveillée par la vitesse à laquelle ses côtes guérissaient, puis elle regarda autour d'elle. Mince. Vraiment ? Trois fois d'affilée ? Une fois encore, elle ne se rappelait pas comment elle s'était retrouvée au lit. Mais elle se souvenait parfaitement de son cauchemar et de la séance de pelotage avec Matthew.

Souriant à ce souvenir, elle regarda l'oreiller près d'elle et aperçut une feuille de papier pliée.

Son cœur se mit à battre la chamade. Elle avait hâte de lire ce qu'il avait à dire. Caroline tendit le bras, prit le modeste petit mot et le déplia.

Caroline, je veux que tu saches que je déteste être forcé de t'écrire un autre mot. J'espère qu'un jour, je serai capable d'être près de toi quand tu te réveilleras... À présent que tu rougis...

Dieu, cet homme la connaissait trop bien. Caroline poursuivit sa lecture.

... Tu sais que Mozart, Abe et moi sommes venus ici à Norfolk pour les vacances avant que notre mission ne commence. Malheureusement, la mission doit débuter plus tôt que prévu. J'ai adoré passer du temps avec toi au cours des derniers jours. Si tu es d'accord, j'aimerais reprendre contact avec toi à mon retour. J'ai envie d'apprendre à mieux te connaître. Je sais que nous aurons des choses à surmonter – principalement la distance entre nos lieux de résidence –, mais je veux quand même explorer ce qu'il se passe entre nous. Je ne sais pas dans combien de temps nous rentrerons à Norfolk. Parfois, les missions sont courtes, mais elles peuvent se prolonger plus longtemps que nous l'aimerions. Je te laisse mon numéro de portable afin que tu puisses m'appe-

ler. Si tu veux qu'on se retrouve à mon retour (et j'espère que c'est le cas !), appelle-moi et laisse-moi un numéro où te joindre. Je t'appelle dès que je rentre. Bonne chance pour ton nouveau travail. Tu vas tout défoncer ! Matthew. P.S. Abe et Mozart te saluent et ils sont désolés de ne pas avoir pu rester avec nous hier soir. Je ne leur ai pas dit que ça m'arrangeait...

Caroline lut la lettre deux fois et la serra contre sa poitrine. Elle ne savait pas quoi faire avec Matthew. C'était une sensation entêtante dont elle n'avait jamais fait l'expérience. Personne ne souhaitait mieux la connaître. C'était presque trop beau pour être vrai.

Caroline plaça délicatement la lettre dans son sac et inspira profondément. Il était temps de revenir à la vie réelle. Elle n'était pas un SEAL et elle devait contacter son employeur pour l'informer de la situation. Elle pourrait même commencer à travailler en avance s'il le désirait et elle espérait presque que ce soit le cas. Elle avait besoin de quelque chose qui détournerait ses pensées de Matthew et de tout ce qui s'était passé récemment.

Caroline boucla ses bagages et jeta un dernier coup d'œil à la chambre d'hôtel avant de sortir. Elle se dirigeait vers l'appartement qu'elle avait loué avant de venir en Virginie. Avant de partir, elle sortit les deux lettres que Matthew lui avait écrites et les relut. Spontanément, elle ajouta son numéro à la liste de contacts sur son portable. Elle ne pensait pas l'appeler... Cela ne fonctionnerait certainement pas entre eux, il était mieux de mettre un terme à cette histoire sur-le-champ, avant qu'elle tombe amoureuse de lui... N'est-ce pas ?

12

______

Deux semaines plus tard.

Dans l'ensemble, Caroline aimait son travail. C'était à peu près la même chose qu'à San Diego. La plupart des gens ne trouveraient pas le travail d'une chimiste très palpitant, mais il lui plaisait. Il lui était difficile d'expliquer quelles étaient ses fonctions. Elle était fascinée par les mélanges de produits chimiques, capables de créer quelque chose d'utile et salvateur, ou bien destructeur et mortel. Elle se remémora l'intérêt que lui avait porté Matthew quand elle avait essayé de lui expliquer ce qu'elle faisait.

Elle avait d'ailleurs composé son numéro plusieurs fois au cours des derniers jours. Chaque fois, elle avait eu l'intention de lui laisser un message, lui disant qu'elle acceptait de le voir à son retour, mais systématiquement elle s'était dégonflée. Et puis, elle ne savait même pas s'il était déjà rentré. Et s'il avait changé d'avis et avait décidé qu'une relation lui causerait trop de problèmes ? Voulait-il vraiment d'une relation ? Elle se sentait devenir chèvre.

Elle décida de lui laisser le bénéfice du doute et de se convaincre qu'il était toujours hors du pays. Alors, elle l'appela. Entendre sa voix sur son répondeur suffit à lui faire reprendre ses esprits. Qu'était-elle en train de faire ? Ils avaient passé un bon moment durant les quelques jours qu'ils avaient vécus ensemble, mais il était peut-être reconnaissant qu'elle ait contribué à lui sauver la vie, tout simplement, ou bien il tenait à elle comme à une sœur.

Bien entendu, les baisers qu'ils avaient échangés ne lui avaient pas *paru* très fraternels. Elle soupira. En règle générale, elle n'était pas aussi indécise. Quand elle voulait quelque chose, elle fonçait. Cela étant, c'était la première fois que quelqu'un comme Matthew lui témoignait de l'affection.

Caroline avait souvent pensé aux trois SEAL au cours des deux dernières semaines. On ne vivait pas ce qu'ils avaient vécu sans ressentir une sorte de connexion, sans doute. Elle voulait savoir si Matthew, Sam et Christopher allaient bien et s'ils étaient revenus sains et saufs de l'endroit où ils s'étaient rendus, mais elle était trop embarrassée pour lui laisser un message. Matthew était le genre d'homme dont les femmes ne pouvaient que rêver. Le genre d'homme avec qui sortaient des créatures grandes et superbes, pas quelqu'un comme elle, une scientifique sans saveur.

La presse avait fait ses choux gras de la tentative de détournement. Chaque fois qu'elle allumait la télévision, on en parlait dans un reportage. Elle avait vu Brandy partout, sur toutes les chaînes d'informations. L'ex-otage ne savait absolument pas de quoi elle parlait, puisqu'elle était restée cachée à l'arrière de l'avion pendant l'action, mais les chaînes d'actualités insistaient toujours pour l'interviewer.

On parlait beaucoup de ces hommes « mystérieux » qui les avaient sauvés, mais d'après ce que Caroline en avait vu, jusque-là, personne ne savait qui ils étaient. Et son nom n'avait visiblement pas été mentionné non plus, Dieu merci.

Une chose que Caroline avait entendue quand elle avait regardé l'un de ces reportages et qui l'avait rendue extrêmement nerveuse était le fait que le détournement était considéré comme une « répétition générale » pour une plus grande opération censée se produire plus tard. Cette supposition avait assurément terrifié le pays tout entier. La sécurité aérienne avait été accrue et tout le monde semblait redouter de prendre l'avion. Mais ce qui rendait Caroline fébrile, c'était de savoir qu'il ne s'agissait pas simplement de quatre malfrats isolés. Quelqu'un, quelque part – ou plusieurs personnes vraisemblablement – avait l'intention de recommencer et de blesser ou tuer plus d'innocents encore. Caroline ne souhaitait à personne ce qu'elle venait de subir.

Après avoir vu les actualités, elle avait essayé de ne plus regarder la moindre information concernant le détournement. Elle l'avait vécu et connaissait la vérité. Honnêtement, elle était inquiète d'entendre toutes les raisons politiques qui l'avaient probablement motivé. Au lieu d'allumer la télévision, elle avait commencé à écouter des stations de radio en bruit de fond.

Le nouvel appartement de Caroline n'était pas loin de son travail, aussi n'avait-elle pas besoin de sa voiture. Quand elle voulait se rendre quelque part, elle prenait le bus, mais elle conduisait pour se rendre à la plage ou sur la côte. Elle aimait le paysage de la Virginie. Cela apaisait ses nerfs à vif.

Quant à se rendre au travail, Caroline variait l'heure de son départ et le trajet, comme toute femme célibataire avait l'intelligence de le faire, mais elle se sentait toujours extraordinairement nerveuse. Plusieurs fois, elle avait eu l'impression d'être suivie, mais quand elle avait essayé stoke découvrir par qui, elle n'avait pas pu repérer de suspect. Elle avait aussi reçu des appels anonymes au travail : quand elle répondait au téléphone, il n'y avait personne, ou du moins un silence.

Caroline ne s'était pas attardée sur ces épisodes avant de voir les reportages sur la tentative de détournement dans laquelle elle avait été impliquée. Avec la menace d'autres actes terroristes en prévision, elle ne pouvait *pas* ne pas y penser ! Et si le groupe avait appris qui elle était et quel rôle elle avait joué dans le détournement manqué ? S'ils la faisaient suivre ?

Quelques jours après avoir appris l'existence des menaces éventuelles, Caroline quitta le travail plus tard – elle travaillait sur un projet et venait de faire une découverte. Ses collègues étaient restés, eux aussi, mais à présent ils rentraient chez eux en voiture. Caroline les vit se diriger vers leurs véhicules, la laissant sur le seuil de leur entreprise. Elle secoua mentalement la tête. Elle était la seule qui prenait les transports en commun et personne ne lui avait demandé si elle voulait se faire déposer quelque part. Parfois trop indépendante, Caroline savait qu'elle aurait dû leur demander ce service. À présent, il était trop tard.

Elle songea à Matthew avec mélancolie. Il n'était pas le type d'homme à laisser une femme prendre les transports en commun seule et si tard dans la nuit. Il l'aurait au moins accompagnée jusque chez elle. Elle soupira. Caroline n'avait jamais eu ce genre de pensée avant de rencontrer Matthew et son unité. Elle avait simplement tenu les choses pour acquises et avait vécu sa vie.

Elle sortit son portable et se dirigea d'un pas assuré

vers l'arrêt de bus. Elle n'avait que trois pâtés de maisons à parcourir, mais il faisait noir à l'extérieur. Heureusement, le bus arriva peu de temps après, ce qui la réjouit. Elle ne voulait pas rester dans l'obscurité à l'attendre. Elle flippait trop.

La sensation d'être observée ne diminua pas une fois qu'elle fut grimpée dans le véhicule. À nouveau, elle ne vit aucun passager qui lui semblait déplacé, mais cette impression bizarre lui collait à la peau.

Elle se dépêcha de descendre à son arrêt et regagna son immeuble d'un pas rapide. Elle ne se détendit que lorsqu'elle fut parvenue à l'intérieur et eut verrouillé la porte derrière elle. Gardant son portable à la main, comme pour pouvoir se torturer en hésitant à appeler Matthew plus tard dans la soirée, elle posa son porte-monnaie et son sac et se dirigea vers la salle de bains. Elle voulait s'asperger le visage d'eau froide et retirer ses vêtements de travail. L'anxiété de sa relation incertaine avec le soldat, la sensation d'être épiée ainsi que le stress lié au détournement la perturbaient énormément. Elle ne dormait pas bien et elle était épuisée.

Quand elle atteignit la salle de bains, elle entendit un bruit derrière elle. Un coup d'œil lui révéla que la poignée de son appartement tournait lentement. La porte était verrouillée, mais quelqu'un était dehors. Merde. Elle ne perdait pas la tête. On l'avait bel et bien suivie. Si c'était quelqu'un qui voulait lui parler en tout bien tout honneur, on aurait frappé à la porte.

Personne ;n'essayait d'ouvrir sans y avoir été invité, on frappait et on se présentait... à moins que l'on ait de mauvaises intentions.

Caroline n'attendit pas de savoir qui se trouvait là ni s'ils allaient parvenir à entrer. Elle se précipita dans la chambre à coucher et ouvrit la fenêtre donnant sur l'issue de secours. Elle ne savait pas si cela parviendrait à convaincre les intrus qu'elle était sortie par là, mais peut-être – seulement peut-être – ils penseraient qu'elle s'était échappée et ils ne prendraient pas le temps de fouiller le reste de l'appartement.

Elle fila de nouveau vers la salle de bains quand elle entendit la porte d'entrée grincer, l'informant que quelqu'un venait de l'ouvrir. On avait manifestement crocheté la serrure ; sans quoi elle aurait entendu que l'on cassait la porte. On essayait d'entrer en douce pour la surprendre. L'intrus ne voulait pas faire de vacarme pour éviter d'éveiller les soupçons dans l'immeuble.

Le cœur battant, Caroline entra dans la salle de bains et laissa la porte ouverte, priant pour que la fenêtre de la chambre fasse croire qu'il n'y avait personne. Elle grimpa dans la baignoire et tira le rideau aux trois quarts. Elle ne le ferma pas complètement, espérant une fois encore que cela donnerait l'impression que personne ne se trouvait dans la douche.

Caroline remarqua le portable dans sa main. Dieu merci. Elle faillit pleurer de soulagement. Elle composa rapidement le numéro d'urgence et attendit que quelqu'un lui réponde.

— Bonjour, police secours. Quelle est la nature de votre problème ?

Caroline entendit la voix à l'autre bout du fil et s'écroula de soulagement. Elle ignorait tout de l'identité et de l'apparence de la personne, mais cela ne lui faisait rien. Tout ce qui comptait, c'était que quelqu'un soit là pour l'aider.

Murmurant d'une voix si basse qu'elle ne savait pas si la femme à l'autre bout du fil pouvait l'entendre, elle dit :

— Je suis dans mon appartement, quelqu'un vient d'entrer de force. Je me cache dans la douche. Je vous en prie, dépêchez-vous !

— Très bien. J'ai votre adresse. La police est en route. Ne bougez pas, ne faites pas de bruit ; ils seront là le plus vite possible.

Caroline poussa un soupir. La voix de l'opératrice était calme et apaisante, exactement ce dont elle avait besoin pour le moment. Toujours à mi-voix, Caroline dit :

— Merci.

Puis elle mit fin à l'appel. Elle était probablement censée rester en ligne jusqu'à ce que les policiers soient là, mais elle ne le pouvait pas. Elle avait envie d'entendre la voix de Matthew.

Caroline trouva son nom dans le répertoire et elle

appela son portable, presque automatiquement. Elle ne savait pas qui se trouvait dans son appartement, mais si c'était lié à l'incident terroriste, l'intrus n'allait pas la laisser en vie. Elle le savait.

Caroline ne voulait pas que Matthew se figure qu'elle ne voulait plus le revoir. S'il revenait de sa mission sans avoir de ses nouvelles, c'était exactement ce qu'il croirait. Il ne saurait probablement jamais qu'elle avait pensé à lui et combien elle avait aimé le temps qu'ils avaient passé ensemble. Il était temps de lui laisser ce message.

Elle écouta son répondeur, les larmes aux yeux quand elle entendit sa voix basse et rocailleuse. Après le bip, elle murmura :

— *Bonjour, Matthew, c'est moi, Caroline... euh... Ice. Je voulais que tu saches que j'aurais aimé te revoir à ton retour. Je ne voulais pas que tu penses que je n'en avais pas envie... mais je ne sais pas si je serai là... Je suis dans mon appartement et quelqu'un vient d'entrer par effraction. Je suis cachée dans la salle de bains. J'ai appelé les secours, mais s'ils n'arrivent pas à temps... je voulais que tu saches que j'ai désespérément envie de te revoir...*

Caroline appuya sur le bouton pour mettre fin à l'appel et éteignit complètement son téléphone. Elle ne voulait pas que l'opératrice, qui avait paru inquiète, la rappelle et que le portable sonne au mauvais moment. Même sur vibreur, on aurait quand même pu l'entendre.

Elle essaya de ralentir sa respiration et de faire le moins de bruit possible. C'était plus difficile qu'elle ne l'avait cru. Aussi effrayant que ce soit, elle espérait qu'il s'agissait d'un bête cambriolage ou, Dieu l'en garde, d'une agression, mais au plus profond d'elle-même, elle savait que cette personne la tuerait si elle la trouvait. Elle entendit l'intrus aller dans sa chambre et fermer la fenêtre. Caroline crut l'entendre jurer, puis fouiller dans les tiroirs. Elle n'en fut même pas embarrassée. Il pouvait regarder ses culottes autant qu'il le souhaitait, tant qu'il *partait*.

À un moment donné, il entra même dans la salle de bains, fouilla son armoire à pharmacie et alla jusqu'à utiliser les toilettes. Caroline avait peur de respirer. Elle était plus terrorisée que dans l'avion. Il aurait suffi d'un souffle, d'un geste malheureux, d'une toux, d'un éternuement, pour l'alerter de sa présence. Matthew et son unité n'étaient pas là pour l'aider. Caroline était seule et elle se rendit soudain compte qu'elle était hors de son élément. Elle croyait qu'elle avait du courage, mais confrontée à la réalité, elle réalisait qu'elle n'était pas téméraire du tout. Elle ne s'était jamais sentie aussi seule de toute sa vie.

Enfin, l'inconnu quitta la salle de bains. Au loin, Caroline entendit des sirènes, des pas précipités, et sa porte qui se refermait doucement. Bon sang, il n'avait même pas claqué la porte. Cela en disait long sur son niveau de contrôle et son professionnalisme. Elle ne bougea pas. Et s'ils étaient deux dans l'appartement ? Si la personne n'était pas réellement partie et voulait lui faire *croire* qu'elle avait quitté l'appartement afin de la pousser à sortir de sa cachette ?

Caroline resta silencieuse et immobile alors que la police frappait à la porte d'entrée. Elle était glacée de peur, mais elle voulait désespérément se précipiter au-dehors et se jeter dans les bras des agents. Or plus elle y songeait, plus elle prenait conscience qu'elle ne pouvait même pas leur faire confiance. Et si ce n'était pas réellement la police ? Elle ne bougea pas avant d'avoir entendu les agents dans son petit appartement. Sachant qu'elle ne pouvait pas rester cachée dans la douche éternellement, elle écarta lentement le rideau et attira l'attention des policiers.

13

———————

Wolf avait hâte que le navire sur lequel il se trouvait se rapproche du rivage. Il voulait vérifier ses messages, mais il savait qu'il devrait attendre qu'ils se trouvent à portée d'un émetteur téléphonique situé sur le sol américain. Pour la millième fois, il se dit qu'il aurait aimé avoir un téléphone satellite, mais bien entendu, ce n'était pas pratique au jour le jour. Il secoua la tête et rit de lui-même. Il était pire qu'un lycéen confronté à son premier béguin.

Mozart et Abe l'avaient bien chambré, mais il savait qu'ils avaient tout aussi hâte que lui d'avoir des nouvelles de Caroline, de s'assurer qu'elle allait bien. Ils s'étaient vraiment attachés à elle et avaient dit à Wolf qu'il avait bien de la chance.

Cookie, Benny et Dude ne l'avaient pas encore rencontrée, mais ils savaient absolument tout d'elle à travers le reste de l'unité. Ils avaient été épatés par ses actions à bord de l'avion et avaient posé un million de questions sur son boulot de chimiste. Wolf savait qu'ils la trouveraient tout aussi extraordinaire que lui. Tant qu'ils gardaient leurs mains pour eux, ça se passerait bien.

Wolf aurait dû s'étonner d'être aussi possessif envers Caroline. Toutefois, il se sentait bien. Cela ne pouvait pas l'inquiéter, puisqu'il la considérait comme *sienne*.

En abandonnant Caroline dans ce lit d'hôtel sans avoir pu lui parler, il était allé à l'encontre de tous ses principes, mais on ne lui avait pas laissé le choix. Il avait su dès qu'il avait décroché son téléphone qu'il devait s'en aller. Son chef avait informé Wolf que la situation avait changé et qu'il fallait partir sur-le-champ. Personne n'avait protesté – c'était la vie d'un SEAL de la Marine –, mais cela n'avait pas plu à Wolf. Pour la première fois de sa vie, il y avait quelqu'un dans sa vie qui passait avant son travail.

Son poste de soldat était toujours passé avant toute chose. Toujours. Il n'avait jamais permis à une femme de lui dicter sa conduite. C'était étrange, car par le passé, quand une femme avait essayé de le retenir, il avait paniqué et avait rompu. À présent, il *voulait* que Caroline le retienne. Il ne savait pas s'il l'aimait, mais il se disait qu'avec ce qu'il ressentait pour elle après le court laps de temps qu'il avait passé à ses côtés, c'était bien parti.

Quand il était arrivé au navire, Mozart et Abe avaient voulu savoir comment se portait Caroline. Comment allaient ses côtes ? Les points de suture guérissaient-ils ? Wolf avait répondu à leurs questions et leur avait raconté les moments passés avec elle. S'il s'attendait à ce que ses camarades se moquent de lui, il avait été agréablement surpris de les voir sourire et de les entendre dire qu'il était temps qu'il se trouve une femme assez bien pour lui.

Même Tex l'avait pris à part pour lui confier à quel point Caroline lui plaisait. Tex avait toujours été cool et n'avait jamais, au grand jamais, émis le moindre commentaire sur les choix de Wolf en matière de femmes... jusqu'à Caroline. L'approbation de son unité comptait beaucoup pour lui. Cela ne voulait pas dire que Wolf les aurait écoutés si elle ne leur avait pas plu, mais il était content que ce soit le cas. Ils espéraient la revoir dans le futur.

Enfin, le téléphone qu'il tenait à la main vibra. Ils étaient arrivés assez près des États-Unis pour pouvoir capter un signal. Dieu merci, il avait un message ! Il s'empressa de coller l'appareil à son oreille, espérant entendre la voix de Caroline qui lui disait qu'elle avait envie de le revoir.

« Bonjour, Matthew, c'est moi, Caroline... euh... Ice... ». D'abord, Wolf fut enchanté d'entendre sa voix, puis il

se demanda pourquoi elle murmurait. Soudain, son sang se glaça. *Que se passait-il ? Merde.* Sa Caroline était en danger et appelait pour le rassurer *lui*. Seigneur Dieu. Elle savait qu'il ne pouvait pas l'aider, mais elle l'appelait quand même. Wolf ne parvenait pas à l'intégrer. Lui, le SEAL de la Marine, ne savait absolument pas comment réagir.

Il fit volte-face, dévala les escaliers quatre à quatre et fit irruption dans la salle commune. Les cinq membres de son unité levèrent brusquement la tête, immédiatement sur le qui-vive. Ils n'avaient jamais vu Wolf aussi bouleversé et cela les mit en état d'alerte maximum.

— Caroline, parvint-il à articuler.

Il respirait fort, visiblement en panique.

Mozart et Abe vinrent le rejoindre et Wolf se contenta de tendre le téléphone. Abe s'en empara et repassa le message sur haut-parleur afin qu'ils puissent tous l'entendre.

Personne ne dit rien jusqu'à ce que Mozart marmonne :

— Putain.

Apparemment, cela faisait à peu près vingt-quatre heures qu'elle avait appelé. Vingt-quatre heures, Bon Dieu ! Il n'y avait pas d'autre message d'elle. Personne ne voulait s'avancer, mais tous savaient que cela ne présageait rien de bon.

Ils ne pourraient pas débarquer avant *au moins*

quatre heures encore. Ils devaient être mis à quai puis obtenir une autorisation. Benny, Cookie et Dude n'avaient pas encore rencontré Caroline, mais ce que les autres leur avaient raconté suffisait à les rendre tout aussi inquiets que l'étaient Mozart, Abe et Wolf – enfin, peut-être pas Wolf.

Celui-ci composa immédiatement le numéro d'où l'avait appelé Caroline. Il entendit sonner, encore et encore. Quand il tomba sur la messagerie, il ne prit pas la peine de l'écouter. Même s'il avait envie d'entendre à nouveau sa voix, il voulait le faire en personne, pas sur un répondeur. Il raccrocha et la rappela. Il ne savait pas combien de temps il faudrait qu'il la rappelle, probablement jusqu'à ce que l'un de ses coéquipiers lui confisque son téléphone, mais heureusement, la troisième fois qu'il composa son numéro, elle répondit enfin.

— Allô ? demanda-t-elle d'une voix hésitante.

— Caroline ? fit Wolf avec urgence, espérant de tout cœur que c'était elle.

Il était sidéré qu'elle soit devenue aussi importante pour lui en un temps aussi court, mais c'était le cas. Au moment où il avait entendu son murmure et avait réalisé qu'il n'était pas là et ne pouvait pas l'aider, il avait su qu'elle était à lui. Tout simplement. À lui.

— Oui, c'est moi, dit Caroline d'une voix tremblante.

Elle ne s'était pas remise de l'effraction dans son appartement et ne reconnaissait pas la voix au bout du fil.

— C'est moi, Wolf... euh... Matthew. Tu vas bien ? Seigneur, Caroline. Parle-moi.

— Matthew !

Caroline poussa un soupir. Elle était tellement soulagée d'entendre sa voix qu'elle dut s'asseoir. Elle se laissa tomber sur une chaise toute proche, puis se souvint du message qu'elle lui avait laissé.

— Tu es rentré ? Tu m'appelles pour savoir quand on peut se revoir ?

Caroline essaya de jouer l'innocente et de faire mine que Matthew l'appelait pour fixer un rendez-vous. Il n'avait peut-être pas encore vérifié sa message-rie. Elle n'avait pas les idées claires, parce qu'il n'aurait pas eu son numéro s'il n'avait pas consulté ses messages. Au ton de sa voix quand il lui avait demandé s'il allait bien, elle était forcée de conclure qu'il avait entendu le message paniqué qu'elle lui avait laissé.

— Mais merde, Caroline ? manqua-t-il de lui crier. Comment vas-tu, ma belle ? Qu'est-ce qui se passe ?

Caroline grimaça. Bon sang. Elle n'aurait pas dû l'appeler de son appartement, après tout. Il avait l'air en colère, mécontent d'avoir de ses nouvelles. Elle se pencha en avant sur sa chaise en se tenant le ventre. Sa lèvre inférieure trembla et elle ferma les yeux.

Abe arracha le téléphone des mains de Wolf en lui

jetant un regard noir tandis qu'il le portait à son oreille. Il savait que Wolf paniquait, mais enfin, il risquait d'énerver Ice ou de lui faire peur s'il ne se reprenait pas.

— C'est Abe. Ce que Wolf a voulu dire, c'est qu'il a eu ton message et qu'il voulait s'assurer que tu allais bien, dit-il doucement en faisant signe à Wolf de se calmer, tout en le fusillant du regard.

Caroline soupira et ravala un sanglot.

— Je vais bien, Christopher. Merci. Peux-tu me passer Matthew, s'il te plaît ?

Caroline était impressionnée d'avoir réussi à se souvenir de son vrai prénom. Elle avait eu peur de les oublier, alors elle s'était répété leurs noms à plusieurs reprises au cours des semaines précédentes, s'assurant de les maîtriser sur le bout des doigts.

Abe jeta un œil à son chef d'unité. Wolf était assis sur une chaise, la tête posée sur ses poings serrés. Il voyait que ses jointures blanchissaient et il devina qu'il n'était pas encore en état de s'exprimer de façon rationnelle.

— Euh, non, désolé, pas tout de suite. Raconte-moi ce qui s'est passé ?.

Caroline soupira. Christopher venait de lui demander de lui raconter les événements, mais elle savait que ce n'était pas réellement une question. C'était un ordre.

— Je n'avais pas l'intention de le faire flipper,

Christopher. Est-ce que tu peux le lui dire ? En fait... Je craignais qu'il m'arrive quelque chose et je ne voulais pas que Matthew croie que je n'avais plus jamais envie de le voir. C'est tout. Cet homme est la meilleure chose qui soit arrivée dans ma vie.

Elle marqua un temps d'arrêt et inspira profondément avant de poursuivre.

— Puis je... j'ai été occupée... et j'ai oublié de le rappeler.

C'était un mensonge, mais elle se dit qu'il était plus sûr pour le moment de maquiller la vérité. Elle n'avait pas envie de déballer que Matthew lui avait terriblement manqué et qu'elle aurait voulu l'appeler tous les jours, constamment. Elle serait passée pour une obsédée.

Abe répéta sa question.

— Que se passe-t-il ? Je vois que tu ne me dis pas tout. Tu *sais* que je déteste lorsque les gens mentent. Dis-moi, Ice. Dis-moi tout.

La rudesse dans la voix de Christopher déplut à Caroline, mais elle savait qu'elle ne serait pas capable de tourner autour du pot plus longtemps. Elle lui relata une version édulcorée de ce qui s'était déroulé à son appartement.

— Je suis rentrée du travail et quelqu'un a essayé d'entrer par effraction. Je me suis dissimulée dans la salle de bains jusqu'à ce que les policiers arrivent et que la personne s'en aille.

Abe savait que l'incident était plus compliqué que ce qu'elle venait de lui dire. Bon sang, elle avait essayé de minimiser sa lutte avec un terroriste ; il était impossible que cette explication de deux phrases ne soit même qu'une esquisse de ce qui s'était réellement passé. Décidant de ne plus aborder le sujet avant de la voir en personne, il l'informa :

— Il nous faudra un peu de temps avant d'arriver, ; cinq heures environ, mais ne bouge pas de ton appartement. C'est d'accord ?

Caroline hésita.

— C'est d'accord, Ice ? répéta Abe avec impatience en constatant qu'elle n'acquiesçait pas immédiatement.

— Je ne suis pas chez moi, Christopher, lui dit Caroline d'une petite voix.

— Où es-tu, alors ? s'exclama-t-il.

À l'autre bout du fil, Caroline eut un sursaut de recul en se redressant. Elle en avait mal au ventre. C'était horrible. Elle voulait que Matthew et son unité viennent, mais elle souhaitait davantage les savoir en sécurité. Pourquoi lui criaient-ils dessus ? Merde. Elle leva les pieds et les cala sur la chaise. Elle s'entoura les genoux d'une main, tenant le téléphone contre son oreille de l'autre. Elle ne pouvait pas gérer cela en plus de tout le reste. Une nouvelle voix lui parvint au même instant.

Dude venait de prendre le combiné des mains d'Abe.

— Ice ? Je m'appelle Dude et je fais partie de l'unité de Wolf. J'en déduis que tu n'es pas à la maison ? Si tu me disais où tu es, je pourrais m'assurer en personne que tu te portes bien ?...

Caroline secoua la tête.

— Désolée, Faulkner. C'est bien Faulkner, n'est-ce pas ? J'essaye d'associer vos prénoms à vos surnoms. Matthew m'a tout raconté sur vous et je crois que j'ai compris, mais je peux me tromper.

Consciente qu'elle faisait traîner les choses, elle poursuivit :

— L'ennui, c'est que je ne te connais pas vraiment. Je ne veux pas dire à une personne que je ne connais pas où je me trouve, même si tu es dans la même pièce que Matthew et Christopher.

Un silence suivit cette annonce, mais une autre voix lui parvint à l'autre bout de l'appareil.

— Ice, c'est Mozart. Tu te souviens de moi, n'est-ce pas ?

Caroline émit un reniflement entre le rire et le sanglot. Manifestement, ils allaient se transmettre le téléphone jusqu'à ce que tous les membres de l'unité lui aient parlé.

— Allons. Bien sûr que oui. Tu as fait un joli travail de broderie sur mes côtes, Sam.

Elle essayait de garder un ton léger.

— C'est vrai. Bon, où es-tu ?

Mozart allait droit au but, content d'entendre sa voix et de savoir qu'elle semblait bien portante, mais contrarié qu'elle tergiverse de la sorte.

— Pourquoi n'es-tu pas à ton appartement ?

— C'est une longue histoire, Sam, mais je ne peux pas te la raconter tout de suite.

— Pourquoi pas, Ice ? Je t'en prie, tu sais que tu peux nous faire confiance ; nous t'aiderons.

— Je sais, mais je n'ai pas le dro... Je ne peux pas, c'est tout. D'accord ?

— Le droit ? Tu n'as pas le droit de nous parler ? Qu'est-ce que tu veux dire, bon sang, Ice ? bafouilla Mozart, sentant grandir son agacement et son inquiétude.

Wolf avait fini par se reprendre et lui fit signe de lui rendre son téléphone. Constatant qu'il semblait s'être ressaisi, il lui tendit le téléphone en lui murmurant d'un ton urgent :

— Découvre vite ce qu'il se passe. Quelque chose ne tourne pas rond.

— Caroline ? C'est Matthew.

— Je sais, lui dit-elle à voix basse. Je reconnais ta voix, maintenant.

— J'ai besoin de savoir où tu es, ma belle, l'implora Wolf d'une voix pleine d'émotion. S'il te plaît.

— Matthew, je n'ai pas le droit d'en parler à

quiconque. Je ne suis même pas censée être au téléphone.

Sans relever ce commentaire, Wolf essaya de lui donner un peu d'espace. Elle y viendrait ; il devait simplement faire en sorte qu'elle se sente à nouveau en sécurité avec lui. D'une voix tendre, il la pria :

— Dis-moi ce qui s'est passé, Caroline. Je t'en prie. Je vais te mettre sur haut-parleur afin que nous puissions tous t'entendre et que tu n'aies pas à te répéter.

Caroline soupira. Quand Matthew lui parlait de cette voix basse et empressée, elle ne pouvait rien lui refuser. Cela ne lui plaisait pas d'être sur haut-parleur, et que l'unité tout entière entende son récit, mais Matthew avait raison. Elle n'avait pas non plus envie de répéter son histoire un million de fois.

— Il faisait nuit et je rentrais à la maison après le travail, et pendant tout le trajet, j'ai eu l'impression que quelqu'un me regardait. D'ailleurs, j'ai eu cette impression-là toute la semaine.

Avant qu'elle puisse poursuivre, Wolf l'interrompit :

— Pourquoi as-tu quitté le travail aussi tard ? Pourquoi personne ne s'est assuré que tu rentres chez toi en sécurité ?

Caroline hésita ; elle ne voulait pas que Faulkner, Hunter ou Kason soient obligés d'entendre parler de son caractère.

— Matthew, je t'ai déjà tout *dit* de moi. Tu *sais*.

Wolf serra les dents. Bon sang.

Abe lui coupa la parole sans le laisser en placer une.

— Caroline, c'est Abe. On ne t'a peut-être pas remarquée à l'aéroport avant de te connaître, mais un homme digne de ce nom se serait assuré que tu parviennes chez toi saine et sauve.

Caroline secoua la tête. Ils ne comprenaient pas. Ils étaient *là*. Ils avaient vu les hommes de l'avion partir avec les jolies femmes et l'ignorer quand elle avait décidé de rester à l'aéroport. D'ailleurs, eux aussi l'y avaient laissée. Elle se força à ravaler ses larmes. Ce n'était pas le moment. Elle devait poursuivre son histoire.

— Quoi qu'il en soit, j'ai eu l'impression qu'on me suivait, mais je n'ai vu personne. Quand je suis rentrée, j'ai entendu quelqu'un à ma porte qui essayait d'entrer. J'ai ouvert la fenêtre de la chambre qui menait à la sortie de secours, dans l'espoir que cet intrus pense que je l'avais entendu et que j'étais sortie par là. Puis je me suis cachée dans la douche et j'ai appelé les secours. La dame qui m'a répondu était gentille. Elle est restée calme et a essayé de s'assurer que *je* le reste également.

Sa voix chevrotait alors qu'elle racontait sa mésaventure.

— Tu m'as appelé aussi, murmura Wolf à voix basse.

Oubliant qu'elle était sur haut-parleur et que toute son unité pouvait l'entendre, elle admit :

— Oui. Je me disais simplement que si tu étais là, je me serais sentie bien plus en sécurité et tu m'aurais protégée.

Seigneur. Wolf essaya de la rassurer. Il pouvait entendre au son de sa voix à quel point elle avait eu peur.

— Je suis désolé de ne pas avoir été là. Tu as raison. Je t'aurais protégée.

Après lui avoir laissé un instant pour digérer la chose, il la pria de continuer.

— Continue, raconte-nous le reste.

— Eh bien, la police est arrivée et je leur ai raconté ce qui s'était passé. Et soudain, le FBI est venu me parler, ils m'ont dit que je devais me rendre dans un lieu sûr.

Elle baissa la tête.

— Je ne comprends pas ce qu'il se passe, Matthew. Le FBI n'a pas vraiment voulu me dire pourquoi il fallait que je sois placée ici. Je ne sais pas à qui faire confiance et je ne sais pas ce qu'il se passe. Je ne pense pas que cela ait quelque chose à voir avec l'avion, mais même si c'était le cas, je n'ai rien dit au FBI. Je te jure que je n'ai rien dit, Matthew.

— Chut, je sais que tu n'as rien dit, ma belle. Je te promets qu'on va trouver une solution. Tu nous fais confiance, n'est-ce pas ? Tu me fais confiance ?

— Oui, Matthew. De toutes les personnes impliquées, je vous fais confiance à Christopher, Sam et toi.

— Caroline, tu peux aussi faire confiance à Benny, Cookie et Dude. Ne fais confiance à personne d'autre qu'à mon unité. Personne. Tu comprends ?

Caroline hocha la tête avant de se rappeler qu'il ne pouvait pas la voir. :

— Oui, je comprends. Mais je n'ai jamais rencontré tes coéquipiers, alors je ne sais pas à quoi ils ressemblent. Comment puis-je leur faire confiance si je ne suis pas capable de les reconnaître dans la rue ?

Wolf n'y avait pas songé. Abe prit la parole.

— Ice, tu te souviens du code que tu as utilisé dans l'avion pour m'informer que quelque chose n'allait pas ?

Caroline avait oublié que Christopher et les autres pouvaient entendre sa conversation avec Matthew.

— Oui, lui dit-elle lentement.

— Quand tu rencontreras un des membres de notre unité, nous utiliserons ce signal en te serrant la main. Si quelqu'un se fait passer pour Dude, Cookie ou Benny sans te faire le signal, tu sauras que ce n'est pas vraiment l'un de nous. Tu as compris ?

— D'accord, mais est-ce vraiment nécessaire ? Tu me fais peur, dit-elle à voix basse. Je suis juste une chimiste. Pourquoi moi ? Je ne suis pas faite pour ce genre de choses.

Cookie l'interrompit.

— Ice, c'est Cookie. D'abord, merci d'avoir sauvé mon unité dans l'avion ce jour-là. Et je comprends pourquoi tu as des problèmes de confiance. Ça va pour le moment, mais sache que pendant que tu décides si tu peux nous faire confiance, nous allons découvrir le fin mot de l'histoire et nous te protégerons. D'accord ?

Caroline inspira profondément.

— D'accord, mais vous devez faire attention. Je ne sais pas ce qu'il se passe, mais vous feriez mieux de ne pas vous faire blesser ni de vous laisser entraîner dans cette histoire. Je suis certaine que le FBI a les choses en main... Oh... quelqu'un vient. Je dois y aller.

Avant qu'elle raccroche, Wolf lui dit doucement :

— On vient te chercher, Ice. Reste forte.

La communication s'interrompit.

L'unité de Wolf resta un moment à s'échanger des regards.

Enfin, Cookie prit la parole :

— On va trouver une solution, Wolf. On va protéger ta compagne. Au prix de notre vie.

— J'y compte bien, Cookie. J'y compte bien, répondit Wolf doucement, comprenant soudain ce que son unité savait déjà.

Caroline lui appartenait. Et il devait protéger les siens. Son unité la protégerait aussi. Juste parce qu'elle était avec lui.

14

Caroline était assise dans la chambre du petit chalet, en proie au doute. Elle avait parlé à l'un des agents du FBI qui veillaient sur elle. Il ne lui avait presque rien dit, mais elle en avait déduit quelques petites choses.

Apparemment, la tentative de détournement faisait bel et bien partie d'un plan de terrorisme à grande échelle. Le fait qu'il ait échoué et que la sécurité aérienne s'en trouve renforcée avait contrarié les terroristes. À présent, ils en avaient après elle. Elle ne savait pas comment ils avaient appris qu'elle se trouvait dans l'avion, et encore moins ce qui s'était passé, puisque les quatre terroristes étaient tous morts. C'était ce qui l'effrayait le plus. Quelqu'un savait, et cette personne avait donné son nom aux terroristes. Des *terroristes*, bon sang.

Elle avait l'impression d'être dans un film. Ces

choses-là n'arrivaient jamais à des gens comme elle. Elle était terriblement ordinaire. Elle n'était pas courageuse, pas une héroïne, pas faite pour cela.

Elle s'inquiétait pour son travail. Elle venait tout juste de commencer, et à présent, on lui disait qu'elle ne pourrait pas y retourner tant que l'on n'aurait pas arrêté les responsables des menaces. Enfin, cela pourrait être n'importe qui. Caroline ne voulait pas envisager d'avoir à quitter sa profession et son travail pour rejoindre le programme de protection des témoins. Elle ne savait pas ce que pensait son nouveau patron. Il se disait probablement qu'elle ne reviendrait pas et cherchait à employer quelqu'un d'autre.

Le pire dans le programme de protection des témoins, c'était de perdre Matthew. Elle venait à peine d'apprendre à le connaître. Elle n'était pas naïve au point de croire qu'ils allaient se marier. Ils commençaient à peine à se fréquenter, mais la perspective de partir était déprimante. Alors qu'elle venait à peine de rencontrer l'homme le plus sexy qu'elle ait jamais vu, et qu'il semblait intéressé par elle, il lui faudrait disparaître pour toujours ?

Elle soupira. Elle ne pouvait même pas *parler* à Matthew, car l'agent du FBI l'avait surprise alors qu'elle raccrochait après sa conversation et il lui avait pris son téléphone. L'homme s'était mis en colère, et elle aussi. Ce n'était pas juste. Qu'était-elle censée *faire* dans ce chalet absurde ? Pourquoi ne pouvait-elle pas téléphoner ? Et si quelqu'un s'infiltrait dans le chalet où elle était censée être en sécurité ? Elle ne savait pas si elle se sentirait mieux dans un appartement en ville, mais là, elle avait l'impression d'être à découvert.

Elle entendit le téléphone sonner plusieurs fois pendant qu'elle était dans sa chambre, mais elle l'ignora. C'était celui de l'agent du FBI. Elle resta sur son lit. Elle ne dormait pas, mais elle était épuisée. Elle aurait tellement voulu tomber dans un sommeil sans rêves, or chaque fois qu'elle fermait les yeux, elle revivait le détournement et faisait d'autres rêves où des ennemis sans visage lui tiraient dessus et essayaient de la tuer. Elle n'avait pas fait de cauchemars depuis qu'elle avait dormi à l'hôtel avec Matthew, mais après l'effraction, ils étaient revenus au centuple.

Plusieurs jours s'étaient écoulés depuis qu'elle avait parlé à Matthew et son unité. Il avait dit qu'ils mettraient environ cinq heures avant de la rejoindre à son appartement, mais elle ne leur avait pas précisé où elle se trouvait à présent. Et elle s'en serait abstenue même si elle l'avait su. S'il leur arrivait quelque chose à cause d'elle, elle ne se le pardonnerait jamais. Caroline ne savait pas ce qu'il se passait, mais elle ne voulait assurément pas y mêler quelqu'un d'autre. D'ailleurs, essaya-t-elle de se convaincre, ils venaient à peine de revenir d'une mission et eux aussi avaient besoin de se reposer. Elle était seule, comme toujours.

Elle ignorait depuis combien de temps elle était

assise sur son lit, perdue dans ses pensées, quand elle entendit des voix dans l'autre pièce. Elle resta immobile. Ce n'étaient que les agents qui se passaient le relais. Elle attendit que la personne frappe à la porte, se présente et vérifie qu'elle aille bien. C'était ce qui s'était passé toutes les autres fois où quelqu'un de nouveau était venu. Comme les voix persistaient, elle se rendit à la porte et l'ouvrit. Elle eut un choc. Matthew ! Que faisait-il là ? Comment l'avait-il retrouvée ? Que se passait-il ?

Wolf sourit à Caroline. Elle paraissait aller bien... enfin, pas vraiment. Elle semblait fatiguée et stressée, mais il était tellement content de la voir. Il se retourna vers l'agent. Son unité avait mis du temps à localiser Caroline, même avec l'aide de Tex, et aucun d'eux n'avait apprécié ce qu'ils avaient découvert dans le processus.

Wolf avait parlé à leur commandant de San Diego et l'avait convaincu qu'il se tramait quelque chose d'important et que son unité devait agir. Leur chef aussi était persuadé qu'il y avait une fuite quelque part, probablement au sein du FBI, et il avait promis de creuser discrètement la question.

Il avait dit à Wolf que ses actes ne seraient pas sanctionnés par la Marine, qu'il ferait tout ce qui était en son pouvoir pour qu'ils n'en subissent pas les conséquences. Il leur avait également permis de rester en Virginie pour enquêter (officieusement) sur l'affaire. Il avait graissé la patte des gens qu'il connaissait, tant au FBI que dans la Marine, et ils travaillaient officiellement ensemble.

Il y avait un agent double au sein du FBI. C'était la seule réponse plausible. Quelqu'un avait communiqué à l'organisation terroriste ce qui s'était passé dans cet avion et leur avait dit que Caroline avait joué un rôle dans l'échec de la mission. De ce fait, la tête de la jeune femme était mise à prix. Les terroristes voulaient la voir morte. S'ils ne pouvaient pas atteindre les SEAL responsables, ils tueraient Caroline. Wolf était furieux. Sans le savoir, c'était à cause de lui qu'elle était dans cette satanée planque et se retrouvait en danger.

Wolf avait peur. C'était une sensation nouvelle pour lui. Il n'avait pas peur pour lui-même, jamais. Il connaissait ce dont il était capable et il savait qu'il pourrait gérer tout ce que les terroristes lui feraient subir. C'était pour Caroline qu'il avait peur. C'était la toute première fois qu'il ressentait cela pour une autre personne. Il avait toujours été capable de prendre les femmes et de les laisser tomber, mais pas Caroline. Durant le bref laps de temps qu'il avait passé à la connaître, il avait été impressionné par sa vision de la vie et sa réaction dans cet avion.

Wolf savait que peu de gens étaient capables de faire ce qu'elle avait fait.

Désormais, avec ses coéquipiers, grâce à leur commandant qui avait tiré les ficelles depuis San Diego, il faisait partie de l'unité qui protégeait Caroline. Il ne savait absolument pas qui était cet agent double, mais au moins, de cette façon, ils pouvaient garder un œil sur Caroline tout en recherchant ce salopard.

Abe, Benny, Dude, Mozart et Cookie patrouillaient le terrain autour du chalet dans lequel le FBI l'avait mise en planque. Ils posaient des capteurs sur le périmètre et s'assuraient que rien ne puisse accéder au chalet sans les alerter immédiatement. Les hommes se relaieraient pour monter la garde. Quant à celui qui occuperait le chalet avec Caroline, c'était évident. Il s'agissait de la compagne de Wolf, et ils protégeraient tous leur chef d'unité et sa femme.

C'était à n'y rien comprendre : Caroline avait pensé à Matthew et soudain... il était là. Il était magnifique. Fort, efficace... trop bien pour elle. Elle lui rendit machinalement son sourire, puis elle rentra dans sa chambre et ferma la porte. Ce revirement de situation allait la tuer. Elle n'était pas certaine de ce qu'il faisait là, mais manifestement, l'agent du FBI l'attendait.

Au bout d'un certain temps, Wolf toqua doucement à la porte.

— Puis-je entrer, Ice ?

Sans réponse, il tourna la poignée et ouvrit.

Caroline était assise sur le lit, dos au mur, les genoux repliés contre sa poitrine. Elle semblait terriblement vulnérable.

Il laissa la porte ouverte et s'approcha d'elle. Il s'assit prudemment au bout du lit. Il dut se faire violence pour ne pas la prendre dans ses bras et la serrer très fort. Elle lui avait fait peur avec son message téléphonique, et maintenant qu'il la voyait en bonne santé, il pouvait légèrement se détendre.

— Que fais-tu ici, Matthew ? demanda-t-elle doucement.

— Je suis ici à cause de toi, répondit-il honnêtement.

Caroline se contenta de secouer la tête.

— Je ne comprends pas. Tu ne me connais pas vraiment. Tu ne peux pas être là.

Matthew savait qu'elle était déboussolée. D'ailleurs, il l'était également.

— Il y a quelque chose entre nous, Caroline, dit-il avec sincérité. Comme toi, je ne peux pas l'expliquer. Les baisers que nous avons échangés étaient les plus francs et les plus excitants que j'aie jamais connus de ma vie. Tu *sais* à quel point j'avais envie de t'allonger et de te faire l'amour toute la nuit durant. Tu n'as pas idée comme tu as mis ma volonté à l'épreuve chaque soir, quand je te mettais au lit. Je voulais t'y rejoindre et te montrer à quel point tu me plaisais, combien je voulais être avec toi.

Caroline prit une inspiration frémissante, incrédule.

— Oui, tu m'as bien entendu. J'ai été plus excité en t'embrassant que je ne l'avais jamais été avec une autre femme. Mais ce n'est pas seulement sexuel. Tu me plais. Tu es intelligente, amusante, j'ai envie de tout connaître. Quand j'ai appris que tu étais en danger, le seul endroit où j'ai eu envie de me trouver, c'était ici avec toi. À te protéger, à m'assurer que tu ailles bien.

Comme elle ne répondait rien, mais continuait de le regarder de ses grands yeux bruns, il demanda :

— Pourquoi m'as-tu réellement appelé ce jour-là, dans ton appartement, Caroline ? Sois honnête.

Elle soupira. Il avait raison. Matthew méritait la vérité. Elle ne savait pas ce qu'il se passait entre eux, mais au moins, il semblait le ressentir lui aussi.

D'une voix tremblante d'émotion, qui dépassait à peine le murmure, elle lui dit :

— Je t'ai appelé parce que tu es la première personne à laquelle j'ai pensé quand j'ai eu peur. Je t'ai appelé parce que si je n'avais pas survécu, je voulais que tu saches que je pensais à toi, que je voulais te revoir. Je ne voulais pas que tu reviennes à Norfolk en croyant que je ne voulais plus te revoir. Je le voulais plus que tu ne le penses et j'ai pensé que je n'aurais pas l'occasion...

Sa voix s'éteignit.

Wolf ne dit rien et se contenta de faire ce qu'il avait désiré depuis qu'il l'avait vue dans la pièce. Il tendit la main et la prit dans ses bras. Elle se raidit dans un premier temps, puis elle se fondit contre lui. Elle dégageait un parfum floral. C'était peut-être son shampoing ou la lotion qu'elle utilisait, mais cela monta directement à la tête de Wolf. Il la serra dans ses bras et Caroline se laissa aller. Elle pleura – à cause de sa peur dans l'avion, de sa douleur, du souvenir de s'être sentie seule et effrayée dans son appartement, alors que seul un rideau de plastique empêchait un meurtrier de savoir qu'elle se trouvait dans la salle de bains, mais surtout, elle pleura de soulagement que Matthew soit revenu de sa mission. Il la berça en l'étreignant. Il n'était pas habitué aux larmes d'une femme, mais il était impossible de la lâcher.

Enfin, ses larmes se tarirent et elle renifla par intermittence. Wolf recula légèrement et regarda son visage. Elle n'était pas jolie quand elle pleurait – son visage était rouge et enflé. Elle refusa de lever les yeux. Il lui frotta les joues avec les pouces puis lui inclina le menton pour qu'elle le regarde. Il ne dit rien, se contentant de se pencher en avant et de poser ses lèvres sur les siennes. Ce n'était pas un baiser passionné, mais il sonnait juste. C'était un baiser réconfortant, exactement ce qu'elle attendait de lui en cet instant.

Il s'écarta et la regarda dans les yeux.

— Tu es en sécurité, à présent. Je ferai tout ce qui est en mon pouvoir pour m'assurer que ça ne change pas.

Caroline le croyait. C'était un véritable héros. Et pour le moment, il était *son* héros. Elle pointa le menton, ses lèvres cherchant encore une fois les siennes.

Dès qu'il la vit bouger, il réagit. Avec elle, Wolf avait essayé de se retenir. Elle se sentait vulnérable et il ne voulait pas en tirer profit. Mais après ce premier contact de sa bouche, impossible de résister.

Il la dévora, caressant sa langue de la sienne alors qu'elle lui répondait du même mouvement. Wolf tomba en arrière sur le lit, l'entraînant avec lui. Il sentait le moindre centimètre de son corps délectable contre le sien. Caroline était douce, tout en courbe, et il sentit ses tétons durcir contre sa poitrine.

Il lui passa la main dans les cheveux pour lui positionner la tête à son gré. Prenant le contrôle du baiser, il les fit rouler jusqu'à ce qu'elle se retrouve sous son corps. Wolf la sentit plier la jambe et elle s'ouvrit à lui encore davantage. Il s'installa dans l'espace entre ses jambes, son érection lovée contre la chaleur de son ventre. Ouah, il fallait qu'il arrête. Sur-le-champ. Ou bien il ne pourrait plus le faire. Ce fut en songeant à l'agent du FBI dans la pièce attenante qu'il y parvint. Bon Dieu, il n'avait même pas refermé la porte derrière lui. Quand il prendrait Caroline, ce ne serait pas dans un foutu chalet avec un possible traître à côté d'eux pour les entendre.

Wolf recula, mais il ne pouvait pas supporter de rompre le contact. Il enfouit sa tête dans son cou et lui suçota le lobe de l'oreille. Le gémissement qui monta de sa gorge le fit durcir encore davantage. Elle se cambra contre lui, essayant de se rapprocher. C'était terriblement excitant.

— Franchement, ma belle, je donnerais n'importe quoi pour faire ce qu'on a tous les deux envie de faire, mais je ne peux pas, pas maintenant, pas alors que tu es en danger.

Il espérait que Caroline ne s'offusquerait pas de ses propos.

Celle-ci serra fort les paupières. Dieu, c'était tellement bon d'avoir Matthew contre elle. Elle était moite. Elle ne se souvenait pas d'avoir ressenti une excitation aussi rapide avec un autre homme avant lui. Rien que Matthew. Quand elle le sentit changer de position au-dessus de son corps, elle ouvrit lentement les yeux. Il était tellement sexy, et il était là, avec elle. Rien que ça, c'était un miracle. Elle vit sa mâchoire affirmée et ses lèvres enflées par le baiser. Elle aurait tellement voulu qu'il la déleste de ses vêtements, mais malheureusement, elle savait qu'il avait raison.

—Je... je sais. Tu vas rester ? Ici ? Avec moi ?

Caroline était embarrassée de devoir le lui demander, mais elle avait besoin de lui. Elle avait besoin de le sentir près d'elle ;, de la sécurité que promettait son étreinte.

— Bien entendu, mon cœur.

Sans la lâcher, il s'étendit sur le lit, sur le côté. Wolf cala Caroline contre son immense carrure. Elle lui tournait le dos et ils restèrent allongés en silence pendant plusieurs minutes. Wolf avait un bras sous la tête de Caroline et l'autre autour d'elle. Son avant-bras reposait entre ses seins et sa main était sur son épaule. Elle était blottie dans ses bras. C'était une sensation divine.

— Que se passe-t-il, Matthew ? demanda Caroline, à demi endormie.

— Chut. Je te raconterai tout demain, lui dit-elle. Dors, maintenant. Je veille sur toi.

Caroline s'endormit presque immédiatement. Elle se sentait en sécurité pour la première fois depuis longtemps. Matthew était là, il ne lui arriverait rien. Même alors qu'elle était inconsciente, dans les profondeurs du sommeil, son corps savait qu'elle était en sécurité. Elle n'eut pas un seul cauchemar cette nuit-là.

15

Les journées suivantes se déroulèrent sans qu'il se passe d'événement intéressant. Matthew venait tous les soirs au chalet, mais il partait tôt le matin. Il lui avait dit que son unité était là pour monter la garde, mais elle n'avait pas vu d'autre personne que Matthew. Elle aurait aimé parler à Christopher et à Sam, mais elle se sentait hors de son élément. Elle ne posa pas de questions, à part celles qui étaient évidentes. Elle ne lui demanda pas où se trouvait son unité, persuadée qu'il assurerait sa sécurité.

Matthew dormait avec elle toutes les nuits. Ils avaient partagé plusieurs autres de ces baisers profonds, mais il n'avait rien tenté de plus. D'un côté, il la rendait folle, mais en même temps, elle comprenait qu'il travaillait. Ils devraient attendre. Pour le moment, il lui suffisait d'être capable de s'endormir, blottie dans ses bras, en sécurité. Elle n'était pas convaincue que Matthew puisse *réellement* désirer quelqu'un comme elle, mais elle gardait espoir. Il la convainquait au fil des nuits. Elle espérait qu'ils pourraient vite se retrouver au calme pour déterminer où ils en étaient.

Parfois, Caroline se disait que tout ceci était trop ridicule. Elle vivait à Norfolk à présent, et Matthew à San Diego... quand il était au pays. Elle ne lui reprochait pas son travail, mais savait qu'il était difficile d'entretenir une relation avec un militaire, et particulièrement un SEAL. Or à ce stade de leur relation, Caroline voulait honnêtement leur donner une chance. Matthew était la meilleure chose qui lui soit arrivée depuis longtemps et elle ne voulait pas tirer un trait dessus.

Ce n'était pas simplement à cause de son regard sur elle. Bien sûr, cela en faisait partie, mais c'était surtout le type d'homme qu'il était : loyal, intelligent et attentionné. Matthew lui prêtait attention comme si elle était la chose la plus importante dans sa vie. Elle savait que s'ils restaient ensemble, elle passerait en premier, avant ses amis et même avant l'armée... si tant est que ce soit possible. Elle serait bête de le laisser filer. Si Matthew voulait voir comment se développerait leur relation après toute cette histoire, elle serait très contente.

Caroline ne savait pas ce qui l'avait réveillée, mais quand elle voulut rouler sur le ventre, elle sentit la grande main de Matthew lui couvrir la bouche. Elle se raidit. Elle savait que c'était lui, derrière elle, parce qu'elle reconnaissait son odeur unique, mais il se tenait aussi immobile qu'une statue, plus tendu que jamais. Il se pencha en avant vers sa tête.

— Ne fais pas de bruit, d'accord ? murmura-t-il d'une voix atone, directement dans son oreille.

Caroline hocha la tête et porta la main à sa bouche. Il se laissa rouler en silence et un pistolet apparut dans sa main. Caroline ne savait pas d'où le pistolet était sorti, mais elle était contente de voir qu'il était armé. Il prit le temps d'enfiler une paire de rangers.

Elle craignait de bouger, mais elle se força à s'asseoir et à se laisser glisser jusqu'au bord du lit. Si elle devait partir rapidement, elle voulait être prête. Elle aussi se pencha et enfila ses chaussures placées à côté du lit. Elle n'entendait rien du tout, mais Matthew avait manifestement perçu quelque chose qui sortait de l'ordinaire.

Wolf écouta à la porte de la chambre. Il l'entrouvrit, mais n'entendit et ne vit toujours rien. Il regarda Caroline assise sur le lit. Ces derniers jours avaient été un enfer, à l'étreindre, l'embrasser sans lui faire l'amour. Il aurait voulu s'enfoncer en elle si profondément qu'elle aurait compris qu'elle lui appartenait, mais il s'était retenu. Ce n'était ni le lieu ni l'heure, pourtant il espérait que cela arriverait bientôt. Ils faisaient des progrès. Tous les jours, lui et son unité se retrouvaient pour parcourir des documents et il sentait que l'étau se refermait autour de l'agent double.

Wolf plaça un index sur ses lèvres et fit signe à Caroline de rester où elle était. Il la vit hocher la tête et il sortit de la pièce. Il était très fier d'elle. Elle n'avait pas paniqué ni posé de questions. Elle comprenait ce qui était en jeu et savait qu'il ferait son travail. Cette confiance lui donnait l'impression d'être un géant. Il ne la décevrait pas.

Wolf chassa Caroline de ses pensées et s'efforça de comprendre ce qui n'allait pas. Il avait un travail à faire et il savait qu'il ne pourrait pas l'accomplir s'il pensait à elle. La sensation instinctive que quelque chose clochait l'avait réveillé. Il avait cru entendre un bruit, mais il n'en était pas sûr. Il ne pouvait pas laisser passer cela si la sécurité de Caroline était en jeu.

Il entra dans la petite pièce extérieure, essayant de comprendre ce qui n'allait pas. Il regarda à droite et à gauche, puis il s'arrêta net. Merde. Ça sentait le gaz. Alors même qu'il faisait un pas vers la porte de la chambre, l'avant du chalet s'embrasa dans un souffle éclatant.

Wolf fut projeté en arrière par la vague de chaleur. Il resta à terre un instant, le temps de reprendre ses marques. Avant qu'il puisse se redresser, le mur de l'autre côté du chalet partit en fumée. Matthew ne parvint pas à reprendre sa respiration. Les flammes avaient aspiré tout l'oxygène de la pièce en une seconde. Il essaya de retourner dans le couloir en rampant, en direction de Caroline. Il devait la rejoindre. Où était son unité ? Il ne comprenait pas tout, mais il était évident qu'il leur était arrivé quelque chose. Sinon, personne n'aurait pu échapper à leur vigilance et venir mettre le feu au chalet.

Les terroristes avaient bien fait leur travail en bloquant les deux issues ; ils étaient prisonniers. Sa dernière pensée avant de s'évanouir à cause de l'air toxique surchauffé qu'il avait inhalé fut pour Caroline. Il se sentait dégoûté de lui avoir fait défaut.

Elle n'avait pas quitté le lit avant d'entendre la première explosion. Elle en descendit d'un bond et courut vers la porte de la chambre. Que se passait-il ? La chaleur qui émanait de la pièce principale faillit la faire reculer. Elle se mit à quatre pattes et, sans réfléchir à ce qu'elle faisait, rampa dans la pièce en feu.

Elle vit Matthew à terre, puis l'autre mur partit en fumée. Caroline se baissa et se couvrit la tête. Merde. Merde. Merde. Elle se retenait de crier comme une petite fille, mais un grognement terrifié lui échappa sans qu'elle puisse le contenir.

Elle leva les yeux et vit Matthew qui essayait de ramper vers elle avant de s'écrouler, inanimé. Sans prendre le temps de réfléchir, elle le rejoignit au ras du sol, le saisit par les aisselles, comme elle l'avait fait avec le terroriste dans l'avion, et elle le traîna jusqu'à la chambre. Ce fut laborieux, car Matthew était lourd. L'effort la ralentissait.

Le chalet se remplissait rapidement de fumée. Ce ne fut pas avant d'avoir ramené Matthew dans la pièce et fermé la porte qu'elle prit conscience qu'ils étaient prisonniers. Elle courut vers la salle de bains attenante et attrapa une serviette, l'imbiba d'eau sous le robinet et la plaqua le long de la rainure, au bas de la porte de la chambre. Cela empêcha un peu la fumée d'entrer, mais pas entièrement. L'air de la chambre allait devenir toxique en moins de temps qu'il ne lui en fallait pour le dire, et très vite, les flammes auraient consumé le mur entier.

Caroline sortit d'un tiroir deux de ses tee-shirts. Elle courut jusqu'à la salle de bains, consciente du temps qui s'écoulait, et les trempa d'eau dans le lavabo. Elle en noua un autour de son nez et de sa bouche et courut rejoindre Matthew. Il était toujours étendu là où elle l'avait laissé par terre. Elle lui enroula maladroitement l'autre tee-shirt autour de la tête. Elle devait le protéger de la fumée qui s'infiltrait dans la pièce. Caroline opérait à présent en pilotage automatique.

Elle courut vers la seule fenêtre de la pièce. Tirant précautionneusement le rideau, elle jeta un œil à l'extérieur.

Boum.

Caroline fit un bond en arrière et s'accroupit quand la vitre éclata. Cette fois, elle ne put s'empêcher de pousser un cri de terreur et elle se couvrit la tête alors que des morceaux de vitre dégringolaient. Elle se laissa rouler vers l'endroit où Matthew était étendu à terre.

— Ce serait vraiment le moment idéal pour te réveiller, Matthew, fit-elle d'une voix tremblante alors qu'elle lui retirait le pistolet des mains.

Elle le secoua une fois, de toutes ses forces. Il ne réagit pas et Caroline laissa un sanglot désespéré lui échapper avant de le ravaler. Si elle se mettait à pleurer maintenant, elle ne serait pas capable de s'arrêter.

Manifestement, les terroristes l'avaient trouvée. Ils avaient mis le feu à l'avant et au côté du chalet afin de la forcer à se retrancher dans cette pièce, et la seule issue était la fenêtre... Sauf qu'il y avait assurément des hommes qui s'attendaient à ce qu'elle sorte par là. Elle allait mourir. Elle ne voulait pas mourir et ne voulait pas que Matthew meure. Elle n'abandonnerait pas avant qu'il soit trop tard. Elle ne lâcherait rien jusqu'au dernier moment. Elle n'était pas une SEAL, mais n'y avait-il rien qu'elle puisse faire ?

Elle essaya de penser comme un soldat : que ferait Matthew s'il était conscient ? Quand elle revint vers la fenêtre, ne voyant toujours aucun attaquant, elle se découragea un peu. Comment était-elle censée se défendre avec le pistolet qu'elle tenait à la main si elle ne pouvait même pas voir sur qui elle devait tirer ?

Caroline laissa quelques larmes couler librement de ses yeux. Quelle était la meilleure façon de mourir ? Se faire carboniser ? Inhaler de la fumée ? Se laisser tirer dessus ? Merde. Aucun de ces choix n'était agréable. Elle devait se reprendre. Matthew n'aurait pas baissé les bras. Si c'était elle qui était allongée, inconsciente à terre, il aurait fait tout ce qui était en son pouvoir pour la protéger. Elle ferait la même chose.

Elle essaya de réfléchir. Caroline devait se raccrocher à l'idée que l'unité de Matthew viendrait la chercher. Il avait dit qu'ils patrouillaient autour du chalet. Ils seraient bientôt là ; elle devait se comporter comme s'ils étaient déjà arrivés, comme s'ils cherchaient comment les faire sortir, Matthew et elle. Elle osa jeter un nouveau regard par la fenêtre. Là ! Elle aperçut enfin quelqu'un, un homme sur la droite. Elle sortit le pistolet par la fenêtre et pressa la détente. Elle n'était pas préparée au recul de l'arme et se retrouva projetée en arrière. Elle entendit des cris à l'extérieur, puis à nouveau le silence. L'avait-elle touché ? Elle en doutait. Elle osa un autre coup d'œil. Non, ils étaient toujours là.

Dans la pièce, la fumée s'épaississait. Elle revint vers Matthew et le tira plus près de la fenêtre, essayant d'éviter les débris de verre répandus à terre. Elle ne savait pas comment ils allaient s'en sortir, mais elle n'abandonnerait pas Matthew. N'y avait-il pas une règle des SEAL pour ça ? Elle piocha dans ses souvenirs. Oui, Christopher lui avait parlé à l'aéroport quand ils étaient venus la chercher.

Certes, elle n'était pas des leurs, mais elle n'allait pas laisser Matthew mourir dans ce stupide chalet. La seule raison pour laquelle il se trouvait là était à cause d'*elle*. Elle ne serait plus capable de se regarder dans la glace s'il se faisait tuer par sa faute. Bon sang, elle devait cesser de songer à cette possibilité.

Alors qu'elle commençait à se redresser pour jeter un nouveau regard par la fenêtre, elle entendit d'autres tirs. Elle espérait que c'était bon signe. Puisqu'aucune balle ne transperçait les murs de son refuge, c'était forcément positif. Elle croisa les doigts, priant pour que ce soit la cavalerie qui vienne à sa rescousse. Après un court laps de temps, elle entendit une voix qui l'appelait depuis l'extérieur avec une certaine urgence.

— Wolf ? Ice ?

Caroline se risqua à nouveau par la fenêtre. C'était Sam. Elle se redressa en balbutiant :

— Par ici !

En découvrant Ice, Mozart ressentit un soulagement sans pareil. Quand le chalet était parti en fumée, il n'avait pas été surpris. Quelqu'un – plusieurs personnes peut-être – s'était infiltré dans leur périmètre de reconnaissance. Il s'était immédiatement lancé à la recherche des coupables et à la rescousse de Wolf et de sa compagne.

— Où est Wolf ? demanda-t-il.

— Il est là, mais il a perdu connaissance.

Caroline se baissa pour tousser. Elle n'aurait jamais deviné que respirer dans un bâtiment en feu puisse être aussi douloureux. Une fois encore, c'était bête, mais comment était-elle censée le savoir ?

— On va te faire sortir, après ce sera à son tour, ordonna Mozart.

Il avait rangé son pistolet et lui tendait les bras. La fenêtre était au premier étage, mais puisque le terrain était en pente descendante de ce côté-là du chalet, elle était à un bon mètre cinquante de hauteur. Caroline secoua la tête.

— Non. Matthew d'abord.

Mozart voulut contester, mais Caroline disparut de l'encadrement de la fenêtre. Bon sang. Il n'avait pas le temps de protester. Il ignorait s'il y avait d'autres terroristes dans les parages, mais il savait qu'Ice et Wolf n'avaient plus beaucoup de temps. Le toit était en feu et les flammes engloutiraient bientôt le chalet tout entier. Il vit Ice qui peinait à approcher le corps inerte de Wolf de la fenêtre. Il saisit le rebord pour se hisser et venir l'aider, mais il le lâcha rapidement. Le métal autour de la fenêtre était brûlant.

— Fais attention, Ice, la pressa Mozart. C'est très chaud.

Caroline hocha la tête. Elle l'avait entendu, mais elle ne détachait pas ses yeux de Matthew. Il avait grogné à plusieurs reprises, alors elle espérait qu'il se réveille. Elle le tira rapidement aussi près de la fenêtre qu'elle le put et détacha le tee-shirt autour de son propre visage pour l'étendre sur le rebord. Elle l'entendit crépiter lorsque le tissu mouillé rencontra le métal chauffé à blanc. Elle poussa le corps inerte du soldat aussi fort qu'elle le put, jusqu'à ce que Matthew se retrouve allongé sous la fenêtre.

Caroline l'empoigna à bras le corps et le hissa vers l'ouverture. Elle fit passer ses bras au-dehors et cria à Sam de l'attraper. Avec l'aide de l'autre agent, elle fit glisser Matthew hors de la maison. Enfin, elle jeta un œil rapide à l'extérieur. Sam l'avait installé sur le sol et retiré le tee-shirt de son visage.

— Bon, Ice, viens. Je te rattrape.

Mozart leva les bras pour l'aider à sortir du chalet en feu, mais Caroline secoua la tête.

— Non, prends Matthew et vas-y, je te suis. Je n'ai pas besoin d'aide. Emmène-le loin d'ici en sécurité.

Mozart était frustré, mais elle avait raison. Il devait extraire Wolf. Il se pencha et plaça son camarade sur son épaule, le tenant fermement.

— D'accord, je ;m'en charge. Sors de là. *Tout de suite* ! cria Mozart.

Caroline ignora la colère dans sa voix. Elle savait qu'il était stressé et qu'il ne lui en voulait pas véritablement. Elle prit un coussin sur le lit, qu'elle posa sur le rebord brûlant de la fenêtre. Immédiatement, il se mit à fumer. C'était maintenant ou jamais. Elle n'avait pas de temps à perdre. Elle sortit une jambe, puis l'autre, et s'assit sur le coussin posé sur le rebord. Jetant un dernier regard en arrière, elle vit que le mur de la chambre s'écroulait. Elle poussa un petit cri et sauta. Ce n'était pas trop éloigné du sol, mais elle fit un roulé-boulé à l'atterrissage. Elle se redressa immédiatement et partit rejoindre Sam.

Ce dernier prit le temps de se retourner et de lui jeter un œil, alors qu'ils s'éloignaient en courant du bâtiment en flammes. Elle était parvenue à sa hauteur. La vitre brisée lui avait laissé des coupures sur les bras et les jambes, son visage était couvert de suie, elle toussait comme si elle venait de s'enfiler un paquet de cigarettes, mais elle était en mesure de courir et de se déplacer. Il faudrait s'en contenter pour le moment.

— Pourquoi tu ne t'es pas enfuie, Ice ? demanda Mozart, qui n'était même pas essoufflé.

Il était en forme. Pour lui, ce n'était qu'une promenade de santé.

— Les SEAL n'abandonnent pas les SEAL, haleta Caroline avant d'ajouter entre deux quintes de toux : Je n'ai pas pu le laisser. Je n'ai pas pu.

Au moment où ils atteignaient la lisière des bois toute proche, un homme émergea derrière un arbre, braquant un pistolet sur eux.

— On s'arrête là, dit-il d'un air menaçant.

Mozart savait qu'il était capable de lui régler son compte sans problème. Mais alors qu'il se penchait pour déposer Wolf à terre, il vit d'autres hommes sortir de la forêt, armés de fusils et de pistolets. Merde. Il était fort, mais pas à ce point. Où était l'unité ?

— Je parie que vous vous demandez où est votre unité, n'est-ce pas ? railla l'homme qui sembla lire dans son esprit. Ils ne viendront pas. Ils sont *indisposés*.

Il rejeta la tête en arrière et partit du rire le plus diabolique que Caroline ait jamais entendu.

— Ça fait un moment que tu es une épine dans mon pied, enfoiré, mais maintenant, c'est moi qui vous ai devancés. Les SEAL, vous vous pensez indestructibles, mais vous ne l'êtes pas.

Avant que l'un ou l'autre ne puisse faire quoi que ce soit, l'homme leva le pistolet et tira sur Mozart. Celui-ci sentit la balle frôler sa tête et il s'écroula lourdement. Quelle douleur ! Il entendit Ice pousser un cri. Mon Dieu, Ice. Le corps de Wolf pesait lourdement sur son dos. Il essaya de ne pas s'évanouir. Il devait rester conscient et faire sortir Caroline de là. Il devait la protéger et s'assurer que Wolf aille bien.

Caroline cria quand elle vit Sam tomber à terre sans lâcher Matthew. Deux hommes sortirent des arbres, s'avançant dans sa direction, et ils se saisirent d'elle avant qu'elle ne puisse songer à courir ou à se défendre. Elle se débattit, essayant de leur flanquer des coups de pied, mais avant qu'elle puisse faire quoi que ce soit, ils lui avaient ligoté les bras derrière le dos.

Les liens en plastique qu'ils avaient utilisés lui mordirent immédiatement la chair. Ils les avaient serrés au point de lui couper la circulation. Ils ne se préoccupaient manifestement pas de son confort. Cela la terrifiait plus que tout.

— Non, arrêtez. Qu'est-ce que vous faites ? dit-elle, luttant toujours entre les griffes des deux hommes, se débattant tant bien que mal.

Ils l'emmenèrent vers l'homme qui avait tiré sur Sam.

— Tu viens avec nous, salope, dit-il avec un sourire mauvais en lui décochant une gifle du revers de la main.

Caroline serait tombée à terre si les deux autres ne l'avaient pas retenue. Bon sang, c'était douloureux. La tête lui tourna. Elle toussa. Décidément, elle n'était pas au bout de ses peines.

À terre, Mozart luttait. Il avait entendu ce que l'homme avait dit. Merde, il devait parvenir auprès d'Ice ; il ne pouvait pas laisser cet homme l'emporter. La tête lui tournait et il ne parvenait pas à contrôler ses bras. Il allait perdre connaissance ;. Il ne serait pas capable de l'aider.

L'homme reporta son attention sur Sam et Matthew, allongés à terre. Il braqua le pistolet vers eux.

— Non. Non. *Non* ! s'écria Caroline, se débattant encore davantage, ignorant la douleur lancinante dans ses bras. Laissez-les tranquilles. Que voulez-vous ? Moi ? Vous m'avez ;. Laissez-les !

L'homme se retourna vers elle avec une lueur dans les yeux.

— Vous ne voulez pas que je les tue ? demanda-t-il, du venin dans la voix.

Caroline secoua énergiquement la tête.

L'homme partit d'un rire démoniaque.

— Que ferez-vous pour moi si je les laisse en vie ?

Caroline était absolument terrifiée. Elle ne savait pas ce que cet homme avait prévu de lui infliger, mais elle savait qu'il ne lui demandait pas vraiment sa permission. Il les aurait tués en un clin d'œil s'il en avait eu envie.

— Ce que vous voulez. Je ferai ce que vous voulez. Mais ne les tuez pas. Ils sont seulement ici à cause de moi.

Elle se serait mise à genoux si elle avait pensé que cela servirait à quelque chose, mais l'homme ne lui en donna même pas l'occasion.

Il lui tourna le dos et se dirigea vers Sam et Matthew. Tirant un couteau de sa poche, il se pencha vers Sam. Avant que Caroline puisse le prier de ne pas lui faire de mal, il lui avait tailladé la joue. Il riait tout en s'acharnant. Se redressant à nouveau, il abaissa sa botte et la pressa contre la joue de Sam comme s'il écrasait un insecte sous son talon.

Se tournant vers Caroline, qui le considérait d'un air horrifié, il lança d'un ton narquois :

— Très bien, je ne vais pas les tuer, mais une fois que mes hommes en auront terminé avec eux, ils préféreront être morts. Ils connaissent d'autres manières de les faire souffrir.

Il adressa un geste du menton aux deux autres hommes non loin de là, qui se dirigèrent vers Sam et Matthew.

Caroline se débattit de toutes ses forces, ce qui n'eut pour effet que de faire saigner lentement ses poignets. La dernière chose qu'elle vit alors qu'on l'emmenait, c'étaient les deux hommes qui donnaient des coups de pied à Sam et Matthew allongés à terre, inconscients.

Wolf faisait les cent pas dans la pièce. Cela faisait six heures que Caroline avait été kidnappée. Sa gorge lui brûlait toujours d'avoir inhalé de la fumée et il toussait, mais il était en vie. Il était reconnaissant de ne pas se souvenir de la raclée que Mozart et lui avaient subie dans le champ. Le reste de l'unité était arrivé à temps pour empêcher les deux criminels de le tuer.

Les terroristes étaient doués. Ils avaient créé une diversion qui avait envoyé Benny, Dude et Cookie sur une fausse piste. Wolf savait seulement ce que son unité avait vu quand ils étaient tombés sur les terroristes en train de le battre à mort, Mozart et lui. Mais ce n'était pas le pire. Il ne savait pas ce qui était arrivé à Caroline ni comment ils étaient sortis du chalet. Mozart les avait probablement secourus tous les deux et ils s'étaient fait surprendre pendant qu'ils s'échappaient.

Ce dernier n'avait toujours pas repris connaissance. Une balle avait frôlé son crâne en plus des violences physiques, et c'était ce qui l'avait envoyé à l'hôpital. Wolf s'inquiétait aussi pour le visage de son ami. Quelqu'un le lui avait tailladé et il y avait assez de poussière et de débris dans ses plaies pour causer une grave infection. Mozart avait toujours été la « belle gueule » du groupe et Wolf s'inquiétait que ses jours de séducteur soient terminés. Son visage n'était pas beau à voir, mais ce n'était pas ce qui préoccupait les médecins. Il fallait simplement qu'ils attendent et voient combien de temps il mettrait pour s'en sortir. Dude, Abe, Benny, Cookie et lui-même essayaient à présent de découvrir ce qui s'était passé et où se trouvait Caroline.

Wolf avait mal, mais il ignora ses blessures. Il avait connu pire par le passé et il avait toujours continué. Mais cette fois, c'était différent ; il avait sa Caroline. Il ferma les paupières, désespéré, puis les ouvrit rapidement. Il n'avait pas le temps de s'apitoyer sur son sort ni de paniquer. Il devait comprendre ce qui se passait et retrouver Caroline. Il était temps d'appeler Tex. Si quelqu'un pouvait la retrouver, c'était bien lui.

* * *

Caroline ouvrit lentement les yeux. Elle avait mal.

Partout. Elle n'avait aucune idée de l'endroit où elle se trouvait. L'homme qui l'avait kidnappée l'avait fourrée dans un véhicule utilitaire et l'un des autres hommes l'avait endormie en lui plaquant un linge sur le nez et la bouche. Elle savait que c'était du chloroforme et elle avait lutté contre le sommeil. Mais inévitablement, elle avait succombé.

Quand elle avait repris connaissance, elle était attachée à cette maudite chaise. Les liens en plastique se trouvaient toujours à ses poignets, mais à présent, ils étaient attachés aux accoudoirs de la chaise sur laquelle elle était assise. Elle voyait le sang qui se répandait et gouttait à terre. Seigneur, c'était comme un mauvais film. La chaise, les liens en plastique, le chloroforme... Si elle n'était pas directement concernée et si elle n'avait pas eu aussi peur, elle aurait trouvé cela risible.

L'homme qui avait balafré Sam et avait ordonné qu'on les batte, lui et Matthew – elle espérait qu'ils s'en étaient sortis malgré ce qu'il avait dit – entra dans la pièce. Elle se trouvait dans une sorte d'entrepôt. Il se dirigea droit vers elle et lui cracha au visage. Caroline fut tellement surprise qu'elle ne fit rien pour éviter le crachat. Elle le sentit dégouliner le long de son visage tandis que l'homme lui criait dessus.

— Pauvre salope, gronda-t-il. Tu m'as fait *tout* perdre ! J'avais tout prévu. Ça allait fonctionner et tu as tout fait foirer. *Toi*. Tout ça, c'est de *ta* faute ! Ces péquenauds de SEAL n'auraient jamais deviné ce qui se passait si tu n'avais pas été là.

L'homme poursuivit ses invectives.

— Tu vas me raconter tout ce qui s'est passé dans cet avion. Je veux savoir exactement comment tu as deviné pour les glaçons et comment vous avez neutralisé mes hommes !

Caroline ne voulait rien lui dire. C'était déjà bien assez grave qu'il sache qu'elle était impliquée. Elle n'avait jamais eu aussi peur de toute sa vie. Même lorsqu'elle s'était cachée dans la douche, craignant de respirer trop fort, elle n'avait pas eu *aussi* peur. Bon Dieu, les situations dans lesquelles elle se trouvait entraînée malgré elle allaient de mal en pis. Cette fois, elle savait qu'elle allait mourir. Le gouvernement ne passait pas de marché avec les terroristes, et d'ailleurs, personne ne savait où elle était. Matthew et Sam étaient inconscients quand on l'avait kidnappée dans la clairière près du chalet, et il n'y avait pas eu d'autres témoins. Si ses hommes avaient été dans les parages, ils les auraient empêchés de l'emmener… n'est-ce pas ?

Quand elle songea en un éclair qu'ils avaient peut-être laissé les terroristes l'emmener afin de sauver leurs coéquipiers, elle repoussa cette pensée. Elle n'avait pas encore rencontré le reste de l'unité, mais s'ils ressemblaient à Matthew, ou même à Christopher et Sam, ils ne les auraient pas laissé faire. Elle devait reprendre le contrôle. Entretenir des pensées irrationnelles n'allait pas lui sauver la vie. Si elle voulait avoir la moindre chance de sortir de ce merdier, il fallait qu'elle utilise son cerveau.

Malgré sa peur, elle se jura de ne pas révéler à ce maniaque quoi que ce soit susceptible de lui donner envie de détourner un autre avion et de blesser plus de gens. Elle observa la pièce alentour. Pour avoir ne serait-ce qu'une chance, elle devait essayer de déterminer comment sortir de là.

— Tu ne vas pas parler, salope ?

Les yeux de Caroline revinrent vers le fou qui se dressait devant elle. Elle se contenta de le regarder sans mot dire.

Il se pencha. Elle pouvait sentir l'odeur de transpiration dégoûtante qui émanait de lui. On aurait dit qu'il ne s'était pas lavé depuis des jours ; non, des semaines. Il s'avança comme un amant l'aurait fait et lui murmura à l'oreille :

— Dis-moi ce qui s'est passé ou bien je te mènerai la vie tellement dure que tu me supplieras de me raconter tout ce que je veux savoir. Puis tu m'imploreras de te tuer.

D'un long mouvement de la langue, il lui lécha le côté du cou jusqu'à son oreille. Puis il lui mordit le lobe tellement fort que Caroline craignit qu'il le lui déchire. Elle ne put s'empêcher de gémir, essayant de reculer sous la douleur. Elle ne voulait rien lui dire, mais elle n'était pas coriace. Elle était simplement... elle.

L'homme se redressa et la gifla du revers de la main. Il ne lui donna pas le temps de récupérer et la frappa à nouveau, et encore une fois. Puis il lui décocha un coup de pied dans le tibia aussi fort qu'il le put. Il continua de la frapper et de la gifler, la mordant à l'occasion. Il fit tout son possible pour la faire parler, mais Caroline garda le silence.

Elle avait commencé par être stoïque et ne montrait aucune réaction à chacun de ses coups, mais très vite, elle poussa des cris et sentit les larmes qui coulaient le long de ses joues. L'homme savait qu'il lui faisait mal, mais il ne s'arrêta pas. Il riait tout en la battant.

Caroline savait qu'elle allait mourir, mais elle refusait que ce fou utilise ce qu'elle savait pour faire le mal, ou pire, qu'il en tue d'autres. Elle garda courageusement le silence, essayant d'esquiver ses poings et ses coups quand elle le pouvait, à savoir pas souvent.

Enfin, il s'arrêta. Caroline savait que ce n'était pas à cause de quelque chose qu'elle avait fait, mais plutôt parce qu'il était fatigué. Il respirait fort et haletait comme s'il venait de courir sur deux kilomètres. Il suait abondamment et son visage était écarlate.

— Tu es une pauvre conne. Ne t'inquiète pas, je vais partir pour le moment, mais je reviendrai. Et on reprendra où l'on s'est arrêté. Je ramènerai quelques-uns de mes amis. Tu peux rester ici et réfléchir à toutes les façons dont je pourrai te faire souffrir avant de te tuer, lentement. Je laisserai mes hommes faire ce qu'ils veulent de toi. Tu t'es déjà fait prendre à plusieurs ? Non ? Eh bien, reste là et penses-y. Tu pourrais t'éviter bien des souffrances en me disant tout ce que j'ai envie de savoir. Si tu le fais, je te tuerai rapidement. Sinon, tu connaîtras une mort horrible. Je te le promets. Mes hommes s'assureront que tu saignes par tous les trous avant de te tuer. Ils te regarderont saigner et ils riront.

Il lui cracha dessus une fois de plus et quitta la pièce.

Caroline dodelinait de la tête. Elle ferma les paupières et essaya de réfléchir. Elle était toujours ligotée sur la chaise et avait du sang qui lui coulait de la tête. Ses paupières étaient presque trop enflées pour s'ouvrir. Mais elle était toujours vivante... pour le moment. Elle croyait tout à fait cet homme quand il lui avait dit qu'il allait la faire souffrir. Elle avait vu le regard que les autres lui avaient lancé quand ils l'avaient poussée violemment dans le véhicule. Ils ne lui feraient aucun cadeau. Elle était terrifiée. Elle ne voulait pas mourir lentement – ni d'une quelconque autre façon –, mais elle était incapable de trahison et refusait de condamner à mort des innocents.

Caroline essaya de trouver d'autres indices sur l'endroit où elle se trouvait. Si elle voulait avoir la moindre chance de s'en sortir, elle devait faire attention. Elle n'y voyait guère à travers ses yeux enflés et le sang qui embuait sa vision, alors elle essaya de tendre l'oreille.

Il y avait... qu'est-ce que c'était ? Des mouettes. Ces horribles oiseaux émettaient toujours ces sons aigus quand ils volaient. Elle devait être près de la mer. Elle se sentit fière d'elle pendant un moment, puis elle réalisa que la majeure partie de la ville de Norfolk se situait près de l'océan. Cela n'aiderait personne. Elle entendit comme des sirènes de bateau. Elle s'évertua à se concentrer davantage, mais elle finit par fermer les yeux. Elle était tellement lasse...

Quelques minutes ou quelques heures plus tard, elle entendit la porte s'ouvrir dans la pièce caverneuse. Un homme entra. Ce n'était pas celui qui l'avait frappée plus tôt. Elle ne l'avait jamais vu auparavant, mais il portait un costume trois-pièces noir. Ses cheveux étaient plaqués en arrière sans qu'un seul n'en dépasse. Il semblait aussi incongru dans la pièce crasseuse semblable au cachot d'une oubliette qu'il l'aurait été dans un rodéo au cœur du Texas. Il était suivi de trois autres hommes, y compris celui qui l'avait passée à tabac. *Oh, merde. Qu'est-ce que c'est ?* Caroline retint un sanglot. Elle regrettait de toutes les fibres de son être de ne pas avoir fait l'amour à Matthew. Elle aurait tant aimé surmonter sa peur de la précipitation et se lancer avec lui.

L'homme en costume ne la regarda pas, ne dit rien. Il s'affaira à disposer ce qui ressemblait à un trépied.

Oh, mon Dieu. Allait-il *filmer* les hommes en train de la violer ? Il fixa le caméscope sur le trépied et le tourna vers elle. Il se plaça derrière et adressa un signe du menton aux trois autres. Caroline vit la lumière rouge qui clignotait sur la caméra et elle frémit en voyant les hommes s'avancer tout en faisant craquer leurs jointures. Non, non, non, elle ne pouvait pas subir cela. Elle poussa un cri aigu quand ils tendirent les mains vers elle.

Wolf était assis à table, les mains crispées sur ses genoux. Il était un agent des Forces Spéciales. Il était censé pouvoir sauver le monde, mais il se sentait impuissant parce qu'il ne pouvait pas sauver la seule personne qui en était rapidement venue à occuper tout son cœur. Lui et son unité avaient discuté pendant ce qui lui avait semblé durer des heures à propos de ce qu'ils prévoyaient de faire. Tex travaillait fébrilement avec ses amis hackers pour essayer de débusquer les hommes qui avaient enlevé Caroline. Ils avaient des indices, mais pas d'emplacement ; pas encore. Le téléphone de Cookie sonna et il décrocha rapidement.

— Oui, Monsieur. J'ai compris. Je le lui dis.

Il raccrocha.

— Vérifie ta boîte mail, Wolf, dit Cookie. C'était le

commandant. Il vient de recevoir une vidéo. Il m'a dit de te dire qu'ils sont en train d'en chercher l'origine.

Cookie appela Tex pour le mettre au courant et lui demander d'essayer de remonter à sa source. Ils savaient que le commandant était aussi sur le coup, mais bien souvent, Tex parvenait à obtenir des résultats plus facilement que n'importe qui. Wolf ouvrit rapidement sa boîte mail sur son ordinateur portable et l'unité se rassembla autour de lui pour voir l'écran.

Les cinq hommes regardèrent, horrifiés et révoltés. Il n'y avait rien dans cette vidéo qu'ils aient déjà vu ou dont ils n'aient jamais fait l'expérience par le passé. Mais c'était de Caroline qu'il s'agissait. Ice. La compagne de Wolf. Cela faisait toute la différence.

La vidéo montrait Caroline ligotée à une chaise. Elle avait manifestement été passée à tabac. Ses poignets saignaient là où les liens en plastique avaient mordu sa chair et elle avait du sang qui lui coulait sur la tête. Mais son visage... Seigneur ! On l'avait terriblement battue. Ses yeux enflés étaient presque fermés et son visage était déjà couvert de bleus. Le tee-shirt qu'elle portait était déchiré et pendait sur une épaule. Ils voyaient la bretelle du soutien-gorge blanc qui se détachait contre sa peau. Elle respirait rapidement, de façon erratique.

Il y avait un homme qui parlait, mais Wolf l'entendit à peine. *Sa* compagne était blessée. Nom de Dieu. Il ne pouvait pas le tolérer. Il mit la vidéo sur pause et croisa les mains derrière sa tête. Il arpenta rapidement la pièce, inspirant profondément. Il *fallait* qu'il le tolère. Il ne pouvait pas faire défaut à Caroline. Il devait se concentrer.

Ses coéquipiers lui donnèrent de l'espace. Personne n'essaya de lui parler. Personne ne lui donna de faux espoirs. Ils ne savaient pas ce qu'ils allaient voir sur le reste de la vidéo. C'était à Wolf de décider quand et *s'il* voulait regarder le reste de la vidéo.

Wolf fit les cent pas, essayant d'invoquer le courage nécessaire pour regarder le reste de l'enregistrement. Si sa compagne se faisait tuer devant ses yeux, il ne savait pas comment il allait réagir. Il devait tout refouler, revenir en pensée à la nuit précédente, alors qu'il tenait le doux corps de Caroline entre ses bras. Il inspira profondément.

— *Putain.*

Toute son angoisse et sa terreur se trouvaient dans ce simple mot. La pièce était silencieuse. Personne ne disait rien ; ils devinaient tous l'angoisse de leur compagnon.

Wolf se tourna enfin vers l'ordinateur et cliqua sur la souris qui relancerait cette terrible vidéo.

— « Dis-moi ce qui s'est passé ! criait l'homme qui la battait, avant de poursuivre devant son silence :. Comment as-tu deviné que les glaçons étaient drogués ? Je *sais* que c'était toi. Ces abrutis de SEAL n'ont pas assez de cervelle pour y voir plus loin que le bout de leur nez. Je sais que ce n'était pas eux. Qu'est-ce qui t'a mise sur la voie ? Comment ont-ils surpris mes hommes ? »

L'homme s'agitait de plus en plus tout en bombardant Caroline de questions auxquelles elle refusait de répondre. À un moment donné, Wolf entendit Cookie marmonner :

— Bon sang, dis-lui, ma belle. Dis-lui ce qu'il souhaite savoir.

Elle se taisait toujours.

Derrière eux, Abe faisait les cent pas. Il ne pouvait plus regarder. Ces saligauds. Comment pouvaient-ils faire ça à une femme ? À leur Ice ? Pourquoi ne pouvait-elle pas simplement tout dire et s'épargner ces souffrances ?

L'homme qui criait sur Caroline cessa de lui demander ce qu'elle avait fait et leva les yeux vers la caméra. Puis il explosa de colère, se lançant dans une diatribe contre ces SEAL qui se prenaient pour des dieux sur Terre et se pensaient invincibles.

L'homme continua d'insulter Caroline, mais soudain ils entendirent une voix désincarnée, derrière la caméra. Ils n'avaient pas pris conscience que quelqu'un d'autre se trouvait dans la pièce. Ils ne voyaient que les trois hommes qui se relayaient pour frapper Caroline.

— « Quel effet ça vous fait de voir mon interrogatoire ? Je trouve cela très... amusant. »

Le ricanement qui suivit cette déclaration directe était terrifiant. Soudain, tout devint clair.

— C'est le traître, souffla Benny d'une voix suintante de haine. C'est le fumier qui est derrière toutes ces manigances.

Avant que les autres ne puissent ajouter quoi que ce soit, la caméra oscilla et ils réalisèrent que le mystérieux traître l'avait décrochée.

Les SEAL virent l'homme mystérieux approcher la caméra de Caroline. Il zooma sur son visage sans cesser de s'adresser directement aux militaires.

— « Qu'est-ce que ça vous fait de les voir en train de la tabasser ? Qu'est-ce que ça fait de voir le sang couler de son crâne, tout en sachant que c'est moi qui en ai donné l'ordre ? »

Il fit un gros plan sur ses poignets.

— « Regardez comme elle s'est débattue en essayant de s'éloigner de moi. Les liens lui coupent la circulation. Voyez comme ses doigts deviennent bleus. »

Il éclata de rire, un rire si mauvais et malveillant qu'il glaça Wolf et son unité.

L'homme recula, leur donnant une vision plus élargie de Caroline sur sa chaise. Ses sbires vinrent se positionner de part et d'autre de la pauvre femme.

— Mon Dieu, non, gémit Wolf.

Il ne pouvait plus le supporter. Il se détourna de l'écran. Ils allaient la tuer et il ne pouvait pas voir cela.

Il voulut arrêter à nouveau la vidéo, préférant qu'on le damne plutôt que de regarder mourir son amour. Puis changeant d'avis, il se tourna abruptement vers l'écran. Non, il voulait voir. Il avait besoin de cette motivation pour le soutenir une fois qu'elle ne serait plus là. Il avait besoin d'une raison de retrouver chacun de ces hommes, ainsi que tous les terroristes de leur organisation, et de les faire payer.

L'un d'eux la frappa et la fit basculer, toujours ligotée sur la chaise. Elle tomba lourdement sur le côté. Ils l'entendirent tous pousser un grognement quand sa tête rebondit sur le sol en béton.

Leur chef se contenta de rire en bruit de fond.

— « C'était super. Je suis surpris que sa tête n'ait pas explosé. »

La caméra se rapprocha à nouveau du visage de Caroline. La voix désincarnée se fit à nouveau entendre.

— « Tu vas finir par me dire ce que je veux savoir, ma belle ? railla-t-il.

— Je vais te le dire, marmonna Caroline tandis que de la salive sanglante s'écoulait de ses lèvres malmenées et fendues. »

Abe gémit, incapable de se retenir.

— Non....

Aucun d'eux ne savait s'il valait mieux qu'elle se taise ou bien qu'elle dise à ce forcené ce qu'il croyait avoir besoin de savoir. Qui savait ce qu'il lui ferait s'il apprenait comment elle avait deviné qu'il y avait de la drogue dans les glaçons ?

Wolf se pencha vers l'écran comme s'il possédait le pouvoir de forcer l'homme qui tenait la caméra à commettre un impair, à venir se placer devant la caméra juste une fois. Tout ce dont il avait besoin, c'était une fraction de seconde. Si cela se produisait, Tex se mettrait à l'œuvre et ils obtiendraient une photo en un rien de temps. Il vit Caroline cracher du sang et essayer de décoller sa tête du sol. Elle était toujours sur le flanc, suspendue à la chaise à laquelle elle était attachée.

Elle avait l'air mal en point. Sa voix était lente et elle articulait mal.

— « Tu veux savoir ce qui s'est passé, connard ? »

En entendant le grognement affirmatif de l'homme, elle poursuivit :

— « Eh bien, allez vous faire foutre. Toi et ton armée de terroristes braillards comme des mouettes, vous pouvez remonter sur le même bateau de plaisance qui vous a amenés ici et aller vous faire voir ! »

Elle regarda directement la caméra en prononçant ces mots, non pas vers l'homme qui se tenait à côté d'elle, non pas dans les yeux de celui qui tenait l'appareil. C'était comme si elle prenait à témoin les membres de l'unité. La pièce resta silencieuse un instant, puis l'homme derrière la caméra commenta d'une voix nonchalante :

— « Allons, allons. Ta chienne n'est pas très intelligente, Wolf. On en reparlera. »

L'écran devint noir.

Wolf essaya de se contenir. Il perdait les pédales. Ils n'avaient rien. Rien. Il grogna et frappa un tabouret qui vola en travers de la pièce.

Dans le silence, Abe demanda soudain :

— Remets la dernière partie.

Wolf se tourna vers lui, incrédule.

— Tu veux revoir cette merde ? Putain, Abe !

Abe ne l'écoutait pas. Il tendit la main vers Wolf, ignorant sa question incrédule et s'emparant de la souris sans attendre qu'il fasse ce qu'il lui avait demandé. Ils virent à nouveau Caroline se faire frapper et regarder étrangement dans la caméra avant d'entendre sa voix enregistrée qui disait : « Toi et ton armée de terroristes braillards comme des mouettes, vous pouvez remonter sur le même bateau de plaisance qui vous a amenés ici et aller vous faire voir ! »

Abe rejoua ce passage à plusieurs reprises. Wolf était à deux doigts de tabasser son coéquipier. Il se sentait incapable de regarder une fois de plus sans exploser. Il n'en pouvait plus d'entendre ses marmonnements vibrants de douleur. Il avait l'impression que son cœur se brisait.

Abe se tourna vers ses coéquipiers.

— Vous avez entendu ?

— Oui, dit Dude d'une voix empressée. Ce n'est pas grand-chose, mais c'est un début.

Wolf secoua la tête et dévisagea ses camarades. Qu'est-ce qui lui avait échappé ? Qu'avaient vu Dude et Abe qu'il avait raté ? Même s'il n'avait pas envie de voir le visage battu et couvert d'hématomes de Caroline ni d'entendre une fois de plus sa voix torturée, il devait comprendre par lui-même.

« Toi et ton armée de terroristes braillards comme des mouettes, vous pouvez remonter sur le même bateau de plaisance qui vous a amenés ici et aller vous faire voir ! »

Soudain, il comprit. Caroline leur donnait des indices. Des mouettes et des bateaux... elle devait se trouver quelque part près de l'océan. Elle les avait regardés en face pour qu'ils comprennent. Ce n'était pas grand-chose, puisque Norfolk était un port sur l'océan, mais la remarque sur les bateaux de plaisance devait avoir son importance. Caroline connaissait la différence entre les navires de la Marine, les cargos et les bateaux de plaisance. Ils avaient même eu une conversation lorsqu'ils avaient fait le tour de la base à propos de la différence entre un navire et un bateau. Elle l'avait taquiné en lui disant qu'il ne voulait pas qu'on prenne son navire de SEAL viril pour une embarcation insignifiante. Sa formulation n'était certainement pas une coïncidence.

Les hommes quittèrent tous la table. Cookie était

déjà au téléphone avec leur commandant tandis qu'Abe appelait Tex. Ils la trouveraient ; ils n'avaient pas le choix.

Wolf songea à cette femme. Il l'aimait. Caroline était tout pour lui. Elle était géniale et s'il la perdait, il ne savait pas ce qu'il ferait. Il se pouvait qu'elle soit morte, qu'ils l'aient tuée après avoir mis fin à la vidéo, mais il ne le pensait pas.

Wolf repensa au type qui tenait la caméra et qui l'avait appelé par son nom. Cela voulait dire qu'il le connaissait, ou du moins qu'il avait entendu parler de lui. Ils devaient trouver qui c'était, et vite. Pour l'instant, Caroline était sa principale préoccupation, mais Wolf savait qu'ils devaient mettre un terme aux fuites, c'était une question de sécurité nationale. L'homme voudrait garder Caroline en vie pour le narguer. Wolf ignorait comment il en avait la conviction, mais s'ils ne l'avaient pas tuée sur la vidéo, elle était toujours en vie. Ils allaient se servir d'elle, d'une façon ou d'une autre ; il faudrait simplement qu'ils la retrouvent avant que cela n'arrive.

— Tiens bon, Ice. On va venir te chercher.

Wolf espérait que ses paroles ferventes aient traversé le cosmos pour atteindre le cœur de Caroline.

17

———

Caroline n'ouvrit pas les yeux quand elle entendit les hommes revenir dans la pièce. Ils n'avaient pas pris la peine de la redresser après avoir éteint la caméra et elle était restée à terre, à se concentrer sur sa respiration.

Elle ne pensait pas pouvoir tolérer plus de brutalités bien longtemps. Elle avait du mal à respirer et se disait que la dernière raclée qu'elle avait reçue lui avait brisé ou fendu une côte ou deux. Elle se demandait si Matthew et les autres avaient compris son message. Elle ne le pensait pas si intelligent ni utile que cela, mais ils comprendraient peut-être.

Alors qu'elle avait attendu que les hommes reviennent et recommencent à la battre, elle avait pris conscience que les sons qu'elle entendait à l'extérieur n'étaient pas ceux qu'elle avait entendus sur les docks de la Marine lorsque Matthew l'y avait emmenée. Elle n'avait pas non plus perçu quoi que ce soit qui lui rappelle son passage aux entrepôts. Alors, elle ne pouvait qu'en conclure qu'elle se trouvait sur un dock plus petit. Voilà pourquoi elle avait dit « bateau » et pas « navire ». Elle savait que Matthew comprendrait ; elle avait plaisanté sur le fait qu'il vivait sur un bateau et il s'était assuré de corriger son vocabulaire. C'était un navire, pas un bateau. Certes, c'était tarabiscoté, mais il fallait bien qu'elle essaye de leur fournir quelque chose.

Elle n'avait plus les idées claires. Ils ne lui avaient donné ni à manger ni à boire. Sa bouche était complètement desséchée et elle aurait tué pour un verre d'eau. C'était sans doute superflu de nourrir les gens qu'on s'apprêtait à tuer, mais elle se disait que si Matthew et son unité ne la retrouvaient pas *très vite*, cela n'aurait plus aucune importance de toute façon.

Elle sentit deux hommes se saisir de la chaise sur laquelle elle était ligotée et la remettre droite. Caroline se laissa retomber contre les cordes qui l'y maintenaient accrochée. Aïe. Elle sentit qu'on les détachait et elle faillit retomber à terre. Ses poignets étaient toujours liés aux accoudoirs par des attaches en plastique pour éviter qu'elle ne s'échappe. Elle n'essaya pas de se débattre, elle n'en avait plus la force. Elle n'avait plus la volonté de lutter. Elle se força à ouvrir ses paupières enflées et regarda l'homme accroupi devant elle. Sale et puant, c'était lui qui l'avait d'abord menacée de viol. L'homme bien habillé dans son costume trois-pièces n'était pas là.

— On n'est plus aussi arrogante, salope ? cracha-t-il avant de poursuivre sur le ton de la conversation : C'est vraiment dommage, tu sais. Mes hommes voulaient te prendre chacun à leur tour, mais ils ne sont plus inté-ressés. Ils voulaient voir si tu avais autant de gueule quand ils t'auraient prise par-derrière que lorsqu'ils t'auraient violée allongée sur le dos.

Caroline ne bougea pas. Rien de ce que cet homme pourrait dire ne pouvait plus l'impressionner. Elle savait qu'il ne plaisantait pas, mais l'instrument de sa mort était la seule question qui l'obnubilait pour le moment. Elle savait que ce serait désagréable et elle essayait de se préparer à toutes les éventualités. Elle tenta de ne pas y penser, se demandant si c'était douloureux de se faire trancher la gorge.

L'homme poursuivit sa tirade tandis que l'un de ses sbires fourrait une paire de ciseaux sous l'un des liens à son poignet afin de le trancher. La douleur qui traversa Caroline lui tira un petit hoquet, mais elle refusa de pousser un cri. Elle savait qu'ils se montraient particu-lièrement brutaux pour la pousser à les implorer. Elle essaya de reporter son attention sur l'homme infect tandis que l'autre lien était tranché avec cruauté.

— C'est dommage que tu n'aies pas voulu coopérer avec nous. Nous réussirons quand même sans toi. Je trouverai ce qui t'a mis la puce à l'oreille. J'en ai marre de tout ça. Je m'assurerai de rapporter à ton copain à quel point tu étais pathétique. Nous allons faire un petit tour en bateau... je te donnerai une autre chance...

Quand elle détourna les yeux, refusant de lui dire quoi que ce soit, il grogna et se redressa. Il fit signe à l'un de ses hommes, qui s'avança, se baissa et la hissa par-dessus son épaule. Caroline poussa un cri. La douleur parcourut son corps. Les côtes qu'elle avait *cru* brisées l'étaient bel et bien. La douleur qui remonta le long de son corps était presque insoutenable. Elle ;n'avait jamais eu aussi mal de toute sa vie. Elle aurait voulu s'évanouir.

Elle avait regardé la télévision dans le passé et s'était sentie désolée pour les femmes battues par leurs petits amis ou leurs maris, or elle n'avait jamais vraiment songé à la douleur qu'elles enduraient. Elle avait vu leurs yeux au beurre noir et les avait entendues dire à quel point c'était douloureux, mais avant d'en faire soi-même l'expérience, impossible de décrire cette sensation.

Caroline aurait souhaité de tout son cœur que son militaire soit là. Elle savait que c'était irrationnel et impossible, mais elle voulait Matthew. Elle n'avait jamais été du genre à dépendre d'un homme, mais Dieu, elle aurait tout fait pour qu'il la prenne dans ses bras et lui dise que tout irait bien. Il aurait su quoi faire.

Elle aurait pleuré si elle en avait eu la force, mais elle ne put que s'accrocher en haletant à celui qui la portait, le souffle court. Avec la chance qu'elle avait, il allait la laisser tomber juste pour voir sa réaction. Elle ferma les yeux. Bon Dieu, cela ne prendrait-il jamais fin ?

Wolf observa attentivement l'entrepôt. Leur chance avait tourné. Tex avait donné l'ordre à son vaste réseau de militaires, d'enquêteurs privés, de policiers et de hackers de rester attentifs à toute activité suspecte. Au bout d'une demi-heure seulement, l'un de ses contacts avait mentionné qu'il y avait eu de l'activité dans un entrepôt près de l'endroit où son bateau était amarré dans une vieille section de Norfolk. Il y avait une grande marina toute proche, où des bateaux qui coûtaient jusqu'à un million de dollars étaient à l'ancre à côté de petites embarcations de pêche.

Tex avait reçu cette piste et l'avait suivie en personne, trouvant des signaux de relais téléphoniques et autres activités électroniques provenant de cette zone. Il avait piraté une caméra de sécurité sur le dock, qui avait confirmé qu'au moins l'un des hommes ayant battu Caroline sur la vidéo se trouvait dans les parages.

L'unité de Wolf s'y rendit immédiatement, établit un périmètre et resta en observation un moment. Ils virent deux des hommes de la vidéo entrer dans le bâtiment. C'était là. Wolf voulut bondir à l'intérieur et arracher Caroline à ces fous, mais il savait qu'il ne le pouvait pas. Il devait laisser les choses se dérouler. Il avait désigné Abe comme chef de cette mission, car il savait qu'il lui était impossible de rester objectif. C'était Caroline, *son* Ice, qu'ils allaient secourir.

L'unité avait participé à plusieurs missions de sauvetage ensemble par le passé et il était plus que probable qu'ils en effectuent de nombreuses autres dans le futur, mais ils comprenaient tous instinctivement que cette fois, c'était différent. Ils sauvaient presque un membre de leur unité. Ice appartenait à Wolf ; ils le savaient tous et ils étaient engagés à cent pour cent afin de la ramener en vie. Aucun d'eux n'était resté indifférent devant la bravoure dont elle avait fait preuve sur la vidéo.

Ils étaient formés pour supporter des tactiques d'interrogatoire et pallier les effets de violences physiques. Bon sang, ce qu'ils avaient subi durant leur entraînement de base et leur formation avancée avait représenté plus de torture que la plupart des gens n'en subiraient jamais. Ils avaient des années d'expérience. Caroline n'en avait aucune, et pourtant elle avait résisté à ce qu'ils lui avaient infligé, mieux que tout autre civil. Elle était aussi innocente que n'importe qui. Elle était l'un des leurs. C'était Ice.

Le rôle de chef ne posait pas de problème à Abe. Wolf savait que, parmi tous ses coéquipiers, il comprenait à quel point Caroline comptait pour lui et qu'il tenait aussi à la récupérer, saine et sauve. Abe avait vu son courage en personne. Alors que Cookie, Dude et Benny avaient apprécié sa témérité en regardant la vidéo, et d'après ce qu'ils avaient entendu, mais ils ne la *connaissaient* pas encore. Même si ce n'était pas un simple travail pour eux non plus, c'était particulièrement personnel pour Abe et lui.

Ils savaient qu'ils ne pouvaient pas foncer tête baissée. Ils devaient attendre et trouver le traître qui tenait la caméra. C'était la seule façon de mettre fin à cette histoire et Caroline serait libre de vivre sa vie. Wolf ne voulait pas songer que la jeune femme puisse le quitter, mais il ne voulait pas qu'elle vive dans la peur. Toute cette affaire la ferait peut-être réfléchir à deux fois à l'idée d'avoir une relation avec lui. S'il pensait que c'était dans son intérêt, il la repousserait même. Mais il voulait qu'elle vive. Il avait *besoin* qu'elle vive.

Il n'avait pas songé à grand-chose d'autre qu'à revenir de sa mission et à revoir Caroline, or tout ce qui s'était déroulé durant le court laps de temps depuis son retour aux États-Unis l'avait fait changer d'avis, surtout maintenant qu'il avait passé plusieurs nuits à la tenir dans ses bras. Il ne voulait pas la laisser filer. Si elle lui montrait la moitié de l'intérêt qu'il ressentait pour elle, il ne la quitterait pas.

Alors que le groupe surveillait l'entrepôt, deux hommes sortirent avec Caroline sur les épaules. Elle essaya de se redresser en repoussant le dos de l'homme, mais elle peinait à le faire. Il fallut qu'Abe lui saisisse le bras pour qu'il se rende compte qu'il était à deux doigts de sauter sur ces hommes. Leur permettre de l'emmener de plus en plus loin sans rien faire, cela allait à l'encontre de son instinct de protection. Il *savait* qu'ils devaient retrouver l'homme derrière la tentative de détournement d'avion, mais ce n'était pas suffisant. Ils regardèrent le trio se diriger vers les bateaux alignés le long du quai, de l'autre côté.

Wolf et Abe contournèrent le bâtiment en silence. Wolf savait que Benny était toujours en position. Son instinct lui avait soufflé de l'envoyer en planque. Il espérait que ces enfoirés ne se rappellent pas l'avoir vu au chalet. Personne ne savait si les terroristes avaient aperçu les autres membres de l'unité, mais ils devaient courir ce risque. Même s'ils voyaient Benny, ils ne le reconnaîtraient pas avec son déguisement.

Ce dernier s'était habillé en pêcheur qui nettoyait ses poissons près du dock. Ils voulaient obtenir autant d'informations que possible avant de passer à l'acte. Si les terroristes essayaient d'emmener Caroline, ils voulaient que Benny soit là pour tendre l'oreille et voir ce qu'il pouvait découvrir. S'ils la transportaient par voie maritime, ils avaient besoin de savoir sur quel bateau elle se trouvait. Il y en avait trop pour qu'ils jouent aux devinettes. Ils savaient tous qu'ils n'auraient pas d'autre occasion de la récupérer. Point final.

Ils virent les terroristes s'approcher de l'endroit où se trouvait leur coéquipier.

— Elle est saoule, hein ? fit Benny en riant, se comportant comme s'il avait bu trop de bière pendant sa partie de pêche du jour.

L'homme qui portait Caroline s'assura de dissimuler le visage de la jeune femme à qui il donna une claque sur les fesses en disant :

— Oui, en quelque sorte.

Ils ne s'attardèrent pas pour discuter, mais continuèrent en gardant un œil sur Benny.

Celui-ci se redressa quand ils passèrent devant lui. Il n'essaya pas de s'immiscer dans leurs mouvements, conscient qu'ils étaient en supériorité numérique et qu'il se trouvait en mission de reconnaissance. Une fois qu'ils furent passés, il se rassit et fit mine de se remettre à vider les poissons.

Constatant que le pêcheur ne faisait rien de suspect, les hommes tournèrent les talons et se dirigèrent d'un pas énergique vers les quais.

Caroline leva la tête pour essayer de se faire remarquer du pêcheur éméché. Elle devait faire comprendre à quelqu'un que ce n'était pas normal, qu'elle était blessée ; elle devait transmettre une sorte de message.

Quand elle souleva la tête, elle vit que le pêcheur lui rendait son regard. Elle ne voulait entraîner personne là-dedans, mais elle devait faire quelque chose. Elle ouvrit la bouche pour parler – ; elle ne savait pas quoi dire, mais il le fallait. Or avant qu'elle parvienne à articuler, ils tournèrent à l'angle du dock.

Avant de disparaître derrière un petit bâtiment, elle crut voir le pêcheur lever la main. On aurait dit qu'il essayait de lui dire quelque chose, mais il était trop tard. Ils avaient disparu à l'angle. Caroline était trop lasse pour pleurer. Sa dernière chance venait de lui échapper, elle le savait. Elle laissa retomber sa tête. Elle ne savait pas ce qu'elle pouvait endurer de plus.

Benny vit le groupe disparaître. Merde. Il avait essayé de communiquer à Ice qu'ils étaient là, qu'ils allaient venir la chercher, mais il avait attendu trop longtemps et ne savait pas si elle avait compris ce qu'il avait tenté de lui dire. Il avait fait le signe « les secours sont en route », mais il n'avait vu aucune lueur de compréhension dans son regard et elle ne lui avait pas rendu son signal.

Benny ramassa les poissons et le panier qu'il avait fait semblant de nettoyer, puis il se dirigea d'un pas faussement nonchalant vers l'entrepôt. Il devait retrouver son unité et préparer leur hors-bord. Il avait vu le bateau vers lequel ils l'emmenaient. Au fond, il était content que le sauvetage se déroule finalement sur l'eau. Les SEAL étaient généralement préparés à tous types de combats, mais il n'y avait rien de mieux qu'une bataille en mer. C'était ce à quoi ils étaient entraînés.

* * *

Caroline grimaça à peine quand on la jeta sur un siège dans un petit bateau à moteur. À ce stade, elle avait dépassé la douleur. Oh, elle avait toujours mal, mais sa mort toute proche prenait le pas sur ce qu'elle pouvait bien ressentir.

S'affairant à préparer le bateau au départ, les hommes ne lui jetèrent pas un regard. Elle songea à sauter par-dessus bord, mais cela ne lui serait d'aucune utilité. Elle savait qu'elle était bonne nageuse, mais ils la repêcheraient. En plus, elle n'avait aucune idée de son niveau de natation avec ses blessures. Avec un peu de chance, le sang qui coulait toujours de ses poignets et de sa tête attirerait un requin et elle se ferait croquer.

Elle était certaine que les hommes avaient l'intention de continuer à la torturer. Ils ne voulaient pas qu'elle connaisse une fin paisible et indolore. Elle ferait mieux de ronger son frein et d'attendre de voir ce qu'ils avaient prévu. Si elle en avait l'opportunité, peut-être pourrait-elle se glisser par-dessus bord quand ils regarderaient ailleurs. Une fois qu'ils seraient en mer, elle aurait de meilleures chances. Il faisait sombre et l'obscurité jouerait en sa faveur. Elle devait simplement attendre et essayer d'être patiente.

Elle regarda les hommes s'agiter autour du bateau, se préparant à quitter le dock. Alors qu'ils étaient sur le point de partir, l'homme puant et le type en costume les rejoignirent. Le premier fondit droit vers elle et la frappa violemment au visage avant d'éclater de rire. Le dandy, comme elle l'avait surnommé, l'ignora et se dirigea vers la petite cabine de pilotage. Elle était morte. Elle en avait la certitude.

* * *

Wolf était content que le soleil tombe. Cela jouerait en leur faveur. Il avait la chair de poule. Il était prêt à prendre Caroline dans ses bras et la mettre hors de danger. Il suivait à bonne distance le bateau à moteur. Ce n'était pas comme s'ils pouvaient les perdre au grand large. Ce serait plus difficile de les suivre sans qu'ils s'en rendent compte, mais au bout d'un moment, que les terroristes les aient repérés ou non ne compterait plus. Il faudrait simplement les rattraper avant qu'ils ne tuent Caroline.

Wolf savait que leur bateau était plus puissant que celui dans lequel se trouvaient les terroristes ; cela dit, il voulait attendre et voir ce qu'ils allaient faire. Dans toute opération de sauvetage, le but était de ramener vivante la personne capturée. Tant qu'ils ne connaîtraient pas les intentions des terroristes, ils ne pourraient pas garantir la sécurité de Caroline.

De loin, Wolf et ses hommes virent le traître
embarquer. Ils n'étaient pas assez près pour le
discerner clairement. Wolf restait silencieux et immobile, presque trop. La moindre parcelle de son corps se
concentrait sur le bateau qui fendait les eaux agitées
devant eux. Tous les hommes qui avaient frappé sa
compagne se trouvaient sur ce bateau. Si cela ne tenait
qu'à lui, ce serait leur dernier jour ; une fois qu'il aurait
mis Caroline en sécurité.

Caroline s'accrocha au côté du siège, grimaçant
chaque fois que le bateau frappait une vague. Ses côtes
lui faisaient un mal de chien. Elle essaya de les ignorer
et de se concentrer sur l'endroit où ils se trouvaient. Si
elle devait regagner le rivage à la nage, elle voulait s'assurer qu'elle partait dans la bonne direction. Elle n'aurait vraiment pas de bol si elle réussissait à échapper
aux terroristes pour ensuite nager vers le large.

Après avoir navigué pendant ce qu'il lui parut
plusieurs kilomètres, le bateau s'arrêta enfin. L'homme
en costume sortit de la cabine et regarda en silence
l'un des autres hommes lui saisir les chevilles. Les
idées embrumées, distraite par l'attitude glaciale du
dandy, Caroline n'eut pas l'occasion de se débattre ni

de sauter par-dessus bord. Elle ne remarqua les chaînes lestées de poids qu'ils plaçaient autour de ses chevilles que lorsqu'elles furent fermement attachées. Elle essaya de donner un coup de pied à l'homme le plus proche, mais il était trop tard. Oh, mon Dieu ! Elle allait mourir. Dans un coin de son esprit, elle avait gardé une lueur d'espoir, celui d'être capable de s'échapper, mais ce qu'ils lui réservaient était évident.

Le dandy s'était remis à filmer.

— Dis au revoir à ton SEAL, salope. On aurait pu éviter d'en arriver là. Tu peux toujours me dire ce que je veux savoir.

Il s'interrompit comme pour lui donner l'opportunité de parler, de s'en sortir.

Caroline le fusilla du regard, refusant de dire quoi que ce soit. Elle savait que si elle avouait tout, il la tuerait quand même. Il était fou. Il paraissait sain d'esprit dans son costume impeccable, mais il était évident qu'il était le plus déjanté de la bande. Caroline ne voulait pas mourir, or à ce stade-là, elle ne pensait pas avoir d'autre option.

— C'est bien ce que je pensais. On est courageuse jusqu'au bout, n'est-ce pas ? Eh bien, on va voir si tu le seras autant une fois que tu reposeras au fond de l'eau. Oh, ne t'inquiète pas, je m'assurerai que ton SEAL assiste à tes dernières minutes sur cette Terre. Je suis certain qu'il se le reprochera toute sa vie.

Il ricana à mi-voix, riant de sa plaisanterie. Puis il

adressa un signe du menton à l'homme nauséabond. Celui-ci la saisit sous les bras et l'un des autres lui attrapa les jambes. Le troisième souleva les poids. Ils se dirigèrent tous ensemble vers le côté du bateau.

Caroline se débattit. Désespérée, elle fit glisser ses ongles le long du visage de l'homme le plus proche. Elle retrouva enfin l'usage de la parole et se mit à crier. Elle les implora de ne pas le faire et promit de leur dire tout ce qu'ils voulaient savoir. Quand elle se rendit compte que sa mort était imminente, elle ne songea plus à se montrer noble et courageuse. Les hommes se contentèrent de rire à ses tentatives pathétiques de leur échapper et la jetèrent par-dessus bord comme ils auraient jeté une poubelle.

Caroline poussa un petit cri et se raidit, consciente qu'elle aurait mal en frappant la surface de l'eau... très mal. Elle s'étrangla et but la tasse. Bon sang, c'était *vraiment* douloureux ; elle était tombée du côté de ses blessures. Elle s'enfonçait inexorablement. Comme ils ne lui avaient pas ligoté les mains, elle s'en servit pour essayer de remonter à la surface. Heureusement, elle flottait naturellement. Elle ne regretterait plus jamais ses sept kilos en trop.

Elle inspira une grande goulée d'air avant de se remettre à couler. Elle réessaya et parvint à battre l'eau assez vite pour surnager. Par chance, les poids qu'ils avaient attachés à ses chevilles n'étaient pas trop lourds. Ils l'avaient sous-estimée. Elle savait qu'elle n'aurait pas l'énergie de continuer pendant bien longtemps. Elle se sentait lourde, percluse de douleurs et lasse, et même si elle était bonne nageuse, elle savait qu'elle ne parviendrait pas indéfiniment à se maintenir à la surface. Il lui serait impossible de survivre s'ils la laissaient au milieu de l'océan.

Les vagues se brisaient au-dessus de sa tête alors qu'elle remontait et redescendait sans relâche. Pourquoi avait-elle cru que l'eau serait calme au large ? C'était une bonne chose qu'elle soit chimiste et non océanographe. Elle buvait la tasse chaque fois qu'elle prenait une inspiration haletante, mais tant qu'elle respirait, elle n'était pas en mesure de se plaindre.

Elle entendit le dandy l'appeler depuis le bateau. La coque demeurait près d'elle, mais pas assez pour qu'elle puisse s'accrocher au bastingage. Ils décrivaient des cercles autour d'elle comme pour la railler davantage.

— On te fera remonter si tu me racontes tout sur l'avion. Tout ce que tu as à faire, c'est de me dire comment tu as su pour les glaçons, et tu vivras.

Elle savait qu'il la torturait mentalement. Elle avait promis de leur dire tout ce qu'elle savait avant qu'ils ne la jettent par-dessus bord. S'il voulait vraiment le savoir, il aurait demandé à ses hommes de l'écouter.

— Allez vous faire foutre ! lui cria Caroline d'une voix éraillée.

Elle voyait clignoter la maudite lumière rouge de la

caméra. Ce bâtard la filmait toujours. L'homme près de lui leva le bras. Oh, merde. Vraiment ? Ils allaient lui tirer dessus, maintenant ? Elle ravala un sanglot. Cela aurait été tellement plus facile si elle n'avait pas eu autant envie de survivre.

Caroline inspira profondément et se laissa couler. Hors de question de se faire tirer dessus en plus de tout ce qu'elle avait déjà subi. Elle s'était fait détourner, poignarder, exploser, kidnapper, jeter par-dessus bord, et *maintenant*, tuer par balle ? Non. Certainement pas.

Elle se souvint vaguement d'un programme de télévision où les présentateurs avaient prouvé qu'en étant immergé, on pouvait se protéger des balles, car une fois sous l'eau, elles ralentissaient ou étaient détournées, quelque chose de ce genre. Elle ne se souvenait pas vraiment de l'explication scientifique, mais elle espérait qu'ils n'avaient pas inventé toute cette histoire.

Elle coula rapidement, aidée par les poids autour de ses chevilles. Caroline cessa de penser et se laissa couler. C'était presque comme flotter. Le silence était divin.

Abe produisit une accélération et leur bateau fila vers l'autre embarcation qui ondulait à présent sur l'eau. Horrifiés, ils virent Caroline se faire jeter par-dessus bord, poussant des cris, puis ils furent soulagés de la voir remonter à la surface. C'était maintenant ou jamais. À bord, Wolf et Benny étaient prêts, tandis que Dude et Cookie avaient enfilé leurs combinaisons de plongée. Ils avaient discuté de leur plan et chacun d'eux connaissait son rôle. Ils travaillaient ensemble depuis suffisamment longtemps pour être pratiquement capables de lire dans les pensées les uns des autres. Ils étaient une unité SEAL et ils étaient là pour faire leur boulot. L'échec n'était pas une option. *Certainement* pas alors l'un des leurs était impliqué. Et Ice était des leurs. À cent pour cent.

Ils entendirent les coups de feu quand ils s'arrêtèrent près du bateau des terroristes. Le cœur de Wolf lui remonta dans la gorge. Caroline allait bien ; il n'envisageait pas le contraire.

— Jetez vos armes, Marine américaine, cria Abe dans le haut-parleur du bateau.

Il dirigea la torche vers l'autre bateau, les aveuglant partiellement. Ils virent deux hommes se hâter de regagner la sécurité relative de la cabine. Au moins, leurs actions avaient réussi à arrêter les coups de feu. Parmi les deux hommes qui s'étaient réfugiés dans la cabine, il y avait celui qui avait tiré sur Caroline. L'homme en costume se contenta de rire et tourna sa caméra vers eux. Le quatrième, celui qui avait battu Caroline avec acharnement sur la vidéo, avait l'arrogance de rester planté là.

— Vous pensez pouvoir la sauver ? cria l'homme en

costume. Je ne crois pas. N'avez-vous pas vu les chaînes attachées à ses chevilles ? Vous ne la retrouverez plus. Cette salope est au fond de l'eau.

Continue à le faire parler, se répéta Wolf en son for intérieur, refusant de mordre à l'hameçon. Il devait le distraire. Il devait faire son travail. La vie de Caroline en dépendait.

— Rendez-vous sans attendre et vous serez épargnés, répondit-il d'une voix forte, sachant qu'ils n'en feraient rien, mais tentant le tout pour le tout.

Celui-ci posa enfin son appareil.

— Jamais ! lui cria-t-il en tirant un pistolet de son pantalon pour le braquer vers les SEAL avant de faire feu.

Wolf se baissa juste à temps. Il aurait pu jurer entendre la balle passer au-dessus de sa tête.

— Je vais te donner une dernière chance, enfoiré, cria à nouveau Wolf, s'assurant de rester accroupi dans le bateau.

En l'absence de réponse, Benny fit signe à Abe de s'écarter de l'embarcation des terroristes. Ils allaient devoir s'y prendre autrement. Il existait toujours un plan B. D'ailleurs, la plupart du temps, le plan B était en réalité le plan A. Tout le monde le savait, mais ils essayaient toujours de commencer par la solution la moins fatale.

Wolf savait que le commandant s'en irriterait, mais ils avaient d'autres soucis, à savoir Caroline. Ils avaient donné au traître une occasion de se rendre, or il avait refusé. Ils auraient voulu l'interroger, en découvrir davantage sur ses connexions, savoir à quel point la cellule terroriste était enracinée, mais à présent, ils n'avaient pas le choix. Tous les membres de leur unité espéraient que c'était un agent fédéral qui travaillait indépendamment, mais à moins de retourner vers la base et d'analyser la vidéo de ce qui venait de se passer, ils ne le sauraient jamais.

C'était une procédure opérationnelle standard de filmer leurs missions lorsque c'était possible. Benny avait installé la caméra avant qu'ils ne quittent le dock. Tex serait capable de tout passer au crible et il découvrirait jusqu'où s'étendait l'influence du traître. Qui sait ? Tex connaissait probablement déjà son identité en analysant les bandes de sécurité à la marina. Il était terriblement doué pour son travail.

Il n'y avait pas beaucoup de temps pour sauver Caroline et s'occuper de ces ordures. C'étaient eux ou elle, le choix n'était pas permis. Il était temps de passer à l'action.

Laissant croire à leurs ennemis qu'ils allaient abandonner, les SEAL se retirèrent. Sur le bateau des terroristes, l'un des hommes mit le moteur en route et s'apprêta à partir. Wolf et Abe eurent à peine le temps d'entendre son éclat de rire sinistre avant que le bateau n'accélère à fond. Comptant jusqu'à trois, Wolf tourna la tête pour se protéger les yeux quand une explosion dévasta l'embarcation.

Des débris du bateau s'abattirent dans l'eau autour d'eux. Wolf et Abe savaient que les terroristes ne leur poseraient plus aucun problème.

Wolf ne songea plus aux quatre hommes qui venaient d'exploser sous leurs yeux. Il s'en préoccupait comme d'une guigne. Tout ce qui comptait était Caroline. Avaient-ils mis trop de temps ? Était-elle toujours en vie ?

Caroline se sentait couler de plus en plus profond. Ses tympans vibrèrent, la tirant de sa torpeur. Merde, elle s'était trop enfoncée. Elle ne pensait pas être capable de remonter à la surface avant de manquer d'air... ou d'énergie.

Elle avait mal partout, mais elle devait essayer. Elle commençait à se servir de ses bras pour remonter à la surface quand quelqu'un l'attrapa par-derrière. Caroline paniqua. Elle battit l'eau de ses pieds attachés, essayant de bouger les bras pour frapper cette personne, mais ils étaient plaqués contre ses flancs. Oh, Seigneur, elle allait mourir. Elle allait mourir là, après tout ce qu'elle avait traversé, après toutes ces luttes et ces difficultés. Ce n'était pas juste. Elle ferait tout aussi bien d'inspirer l'eau qu'elle pouvait et de prier pour que tout cela se termine rapidement.

Caroline sentit qu'on lui mettait quelque chose sur le visage et elle essaya de se dégager de son adversaire, mais elle ne put combattre la réaction naturelle de son corps privé d'oxygène. Cette fois, c'était la bonne, elle était morte... et pourtant, pas du tout.

Elle inspira à nouveau. De l'air. C'était un masque de plongée qu'elle avait sur le visage. Elle inspira avidement. Elle était toujours terrifiée, mais au moins pour le moment, elle avait de l'oxygène. Elle essaya de tourner la tête, or la main qui maintenait le masque sur son visage était trop puissante et elle céda à la panique. Était-elle encore entre les griffes des terroristes ? L'avaient-ils laissé mijoter dans l'eau, lui faisant croire qu'elle allait mourir, avant de la repêcher ? Était-ce une nouvelle forme de torture ?

Juste avant qu'elle se laisse complètement aller à la panique, Caroline sentit la personne derrière elle prendre l'une de ses mains dans la sienne et y enfoncer fort son index et son annulaire. Caroline faillit sangloter de soulagement. Matthew... Non, ce n'était pas lui, mais quelqu'un de son unité. Elle saisit la main de l'homme et la pressa aussi fort qu'elle le put – bien peu, dans sa condition – afin de lui faire savoir qu'elle avait compris qu'il était l'ami de Matthew. Elle était tellement contente qu'ils l'aient retrouvée. Elle avait envie de pleurer, mais elle devait se concentrer sur sa respiration.

Elle ne savait pas comment cet homme s'était retrouvé dans l'eau juste au moment où elle avait tant besoin d'aide, mais elle n'avait pas le temps d'y songer. Elle apprécierait sa chance plus tard. Elle essaya de se détendre. Elle s'abandonna dans les bras de cet homme afin qu'il sache vraiment qu'elle avait compris qu'il était là pour l'aider.

Il lui fit lever une main vers le masque plaqué sur son visage et pressa fort. Elle hocha la tête. Elle ;devait le maintenir en place. C'était dans ses cordes.

Cookie se détendit légèrement. Elle avait compris. Il avait eu peur que Caroline n'ait été trop paniquée pour se souvenir du signal de reconnaissance dont Wolf lui avait parlé. Après tout ce qu'il avait entendu dire par ceux qui la connaissaient, il avait deviné qu'elle garderait la tête froide et lui ferait confiance pour s'assurer qu'ils s'en sortent tous les deux.

Il était prêt à la mettre K.O. si cela s'était avéré nécessaire, mais c'était tellement plus facile qu'elle coopère. Il était doublement reconnaissant de l'avoir retrouvée avant qu'elle ne perde connaissance. La secourir aurait été autrement plus difficile s'il avait dû prendre le temps de la réanimer sous l'eau. C'était quelque chose qu'aucun d'eux n'avait envie de faire, mais ils avaient été formés à des techniques de sauvetage. Cookie ignorait ce qu'il se passait au-dessus de leurs têtes, mais il savait que le temps leur était compté.

Il ne pouvait rien faire pour le moment avec les lests autour des chevilles de Caroline, mais le poids supplémentaire, couplé au fait qu'elle ne puisse pas se servir de ses jambes, ne le ralentirait pas. Il battit des jambes pour s'éloigner du bateau des terroristes. Il devait parcourir une bonne distance avant que Dude ne le fasse exploser. Le choc sous-marin les tuerait aussi facilement que l'aurait fait une balle ou l'inhalation d'eau.

Il battait puissamment des jambes, vérifiant de temps en temps qu'Ice plaque toujours le masque sur son visage et inspire l'oxygène salvateur.

Chaque fois qu'il baissait les yeux, elle respirait toujours. Il savait qu'elle était passée bien près. Il voyait d'ailleurs qu'elle utilisait le peu d'énergie qu'il lui restait pour tenir le masque sur son visage. Elle n'essayait pas de l'aider à nager. Elle était un poids mort entre ses bras.

Wolf regarda autour de lui. Il était difficile d'y voir quoi que ce soit avec les débris du bateau qui flottaient. Où était Dude ? Et Cookie ? Et puis Caroline ? Merde. Il ne s'était encore jamais autant inquiété de l'issue d'une mission. Benny le rejoignit à côté du bateau tandis qu'Abe manœuvrait doucement autour du site de l'explosion. Ils avaient observé la surface, tentant d'apercevoir leurs coéquipiers. Abe perçut le signal en premier. C'était Dude. Il avança le bateau vers lui et Wolf et Benny le hissèrent à bord.

Dude retira son masque.

— Vous les avez déjà récupérés ? demanda-t-il, aussi inquiet que Wolf.

Celui-ci secoua la tête, sachant qu'il parlait d'Ice et de Cookie, puis il recula pour se remettre à balayer du regard la surface de l'eau. Dude se redressa et le rejoignit.

— Cookie et moi nous sommes séparés à deux cents mètres du bateau. Il est parti à la recherche d'Ice quand elle s'est laissé couler avant que ce fumier ne lui tire dessus. Je suis passé à l'avant du bateau. Comme nous l'avions prévu, pendant que vous faisiez diversion, j'ai placé les explosifs à la proue et je me suis éloigné quand ils ont enclenché le moteur pour repartir. Vous connaissez la suite.

Wolf hocha la tête d'un air distrait. Il connaissait le plan et reconnaissait que le rôle qu'y avait joué Dude s'était déroulé exactement comme prévu. Même avec sa main abîmée et ses doigts manquants, Dude était le meilleur spécialiste en démolition qu'il ait jamais vu. Il n'existait pas de bombe qu'il soit incapable de désamorcer ni de type d'explosif qu'il n'aurait su utiliser à son avantage. Pourtant, même s'il se réjouissait que Dude ait mis un terme à la confrontation, il se demandait où se trouvaient Cookie et Caroline. Il avait désespérément besoin de la savoir saine et sauve.

Alors que Cookie entraînait Ice loin du bateau dont on l'avait jetée, il sentit l'explosion. Elle était proche, mais pas trop. Ils s'en étaient sortis. Il continua de nager sous l'eau pour s'assurer qu'ils se trouvent à l'abri de tous débris volants. Après ce qu'elle avait traversé, Cookie ne voulait pas qu'ils soient frappés, sous l'eau ou à la surface. Par prudence, il nagea un peu plus loin que nécessaire afin de s'assurer qu'ils étaient à couvert et dissimulés par l'obscurité. Il ne savait pas précisément ce qui s'était déroulé au-dessus de leurs têtes... il savait ce qui était *censé* s'être passé, mais tout ne fonctionnait pas toujours comme prévu.

Après avoir jugé qu'ils étaient allés suffisamment loin, Cookie les laissa remonter lentement vers la surface. Il faisait nuit noire à présent. Il aperçut le bateau des SEAL à environ quatre cent cinquante mètres sur leur gauche, ses lumières oscillant au gré des vagues, mais il ne signala pas immédiatement leur position. Il devait s'assurer que le champ était réellement sûr et qu'Ice allait bien. Il savait que ce retard mettrait Wolf en rogne, or il n'allait pas risquer la vie de la jeune femme après tout ce qu'elle avait subi.

Il la tenait toujours fermement d'une main. Elle était alourdie par la chaîne passée autour de ses chevilles, mais elle ne risquait pas de couler. Cookie était le meilleur nageur de l'unité. C'était l'une des raisons pour lesquelles il avait été choisi pour être dans l'eau. Wolf s'était porté volontaire, mais ils savaient tous que sa place était sur le bateau. L'homme de la vidéo savait qui il était et c'était mieux s'il faisait semblant d'être là pour essayer de négocier avec lui.

Cookie savait que cela avait déchiré Wolf de se contenir et d'accepter. Quoi qu'il en soit, si Caroline n'avait pas survécu à ce que les terroristes lui avaient fait, Wolf serait devenu fou. Il valait mieux envoyer Cookie dans l'eau au cas où.

Ce dernier plaqua le dos de la jeune femme contre son torse d'un bras tout en essayant de lui faire lâcher le masque de l'autre. Elle le maintenait toujours en place avec une poigne de fer.

Caroline se répétait : « ne lâche pas, ne lâche pas, ne lâche pas ». C'était son mantra. Elle était tellement fatiguée et elle avait tellement mal, mais elle savait qu'elle devait continuer à tenir ce masque contre son visage, sans quoi elle allait mourir. Caroline entendit quelque chose... elle essaya de se concentrer, mais elle était tellement fatiguée... Elle comprit enfin que quelqu'un lui parlait.

— C'est bon, Ice, tu es en sécurité. Tu peux lâcher le masque à présent, tu es en sécurité. Tu t'en es sortie. Je te tiens. Nous ne sommes plus sous l'eau... Tu es en sécurité...

Cookie continuait de lui parler d'une voix apaisante. Il le ferait aussi longtemps qu'il le faudrait pour la sortir de sa torpeur.

Caroline ouvrit ses paupières gonflées tant bien que mal. Elle n'y voyait pas grand-chose et il faisait nuit, mais elle apercevait une lumière qui vacillait au loin. Elle sentait qu'elle se balançait au creux des vagues. Elle essaya de détendre ses bras, mais ils refusèrent de bouger. Enfin, elle força ses muscles douloureux à lâcher le masque. Cookie le récupéra et Caroline prit une petite inspiration. Respirer plus profondément lui aurait vraiment fait mal aux côtes. Elle agrippa le bras qu'il conservait en travers de sa poitrine pour la retenir. Elle ne pouvait pas voir l'homme derrière elle, mais elle savait que c'était l'un des gentils ; c'était l'un des coéquipiers de Matthew.

— M... Merci, parvint-elle à articuler dans un murmure éraillé.

Cookie réagit en lui pressant doucement la poitrine.

— Tu as fait tout le travail, Ice. Je suis arrivé à la fin, quand tu as eu besoin d'un peu d'aide. Et si on te faisait sortir de là ?

Il la sentit hocher la tête et il sourit. L'instant d'après, il activa le signal lumineux et attendit.

* * *

— Regardez ! dit Benny en désignant quelque chose au loin.

Ils repérèrent une lumière qui se balançait dans l'eau, à moins de cinq cents mètres de là.

— Dieu merci, marmonna Wolf, sachant que Cookie avait forcément trouvé Caroline.

Il refusait d'envisager le contraire. Il se tourna pour s'assurer qu'Abe avait vu Cookie, mais celui-ci faisait déjà tourner le bateau et se dirigeait dans leur direction. Wolf regarda la lumière se rapprocher de plus en plus. Enfin, il vit que Caroline était en sécurité dans les bras de Cookie. Il avait cru l'avoir perdue pour de bon. Seigneur. En voyant qu'ils n'arrivaient toujours pas, Cookie et elle, Wolf avait commencé à croire au pire. Il aurait dû savoir qu'elle était trop entêtée pour mourir. Abe arrêta le bateau à leur hauteur.

— Fais attention, Wolf, dit Cookie à voix basse. Elle est blessée partout. Elle a aussi des chaînes autour des pieds.

Wolf serra les poings. Il voulait revenir en arrière et tuer ces hommes à nouveau. Il hocha sèchement la tête, indiquant qu'il avait entendu les paroles de son camarade.

— Ice, il faut que tu me lâches le bras. Wolf est là... il va t'aider à monter sur le bateau... d'accord ?

Caroline hocha la tête et rouvrit ses paupières enflées, les refermant rapidement. La lumière du bateau lui faisait mal aux yeux. Elle dégagea prudemment ses doigts enroulés autour du bras de Cookie et patienta.

Elle ne pouvait pas s'en empêcher. Elle attendait simplement que quelqu'un la hisse sur le bateau. Enfin, elle sentit Matthew lui passer les bras autour de la taille, puis Cookie la lâcha. Elle se sentait vraiment lourde... ah, oui, elle avait toujours les poids autour des chevilles.

Wolf saisit prudemment Caroline par la taille et la serra contre lui. Elle était lourde, et il vit que c'était à cause de la chaîne et des poids autour de ses chevilles. Il la hissa par-dessus le bastingage. Une fois qu'elle fut passée par-dessus, il s'allongea sur le dos à même le pont, maintenant Caroline au-dessus de lui. Ses vêtements mouillés le détrempèrent rapidement, mais il ne le remarqua même pas. Elle n'avait pas tendu les bras, toujours serrés devant elle contre leurs poitrines. Il entendit sa respiration sifflante.

— Mon Dieu, Caroline, lui murmura-t-il. Dieu merci. Dieu merci. Je te tiens. Tu es en sécurité.

Il divaguait sans pouvoir s'arrêter. Il se disait simplement que sa Caroline était dans ses bras, battue et blessée, mais en sécurité.

Caroline entendit Matthew à travers le brouillard de son cerveau. Elle parvint à trouver la force d'entrouvrir légèrement les paupières. Elle était incapable d'écarter la tête du creux de son cou, mais elle réussit à ouvrir un poing qu'elle aplatit sur sa poitrine. Elle pouvait sentir le cœur de Matthew battre sous sa paume et cela la calmait. Elle était enfin en sécurité.

— Je te trempe, dit-elle doucement avant de s'évanouir.

Benny et Dude tranchèrent la chaîne à ses chevilles tandis qu'ils regagnaient le rivage. Wolf était immobile. Il passa les bras autour de sa compagne et l'étreignit avec force. Il avisa ses yeux enflés et vit qu'elle saignait toujours sur le crâne. Elle avait connu l'enfer, mais elle était là, bien vivante.

Cookie les enveloppa dans une couverture. Celui-ci remercia son coéquipier d'un geste du menton. Il serra Caroline contre sa poitrine et pria pour qu'elle s'en sorte. Il compta ses inspirations, se réconfortant du fait qu'elle respire toujours après tout ce qu'elle avait traversé. Il la sentait si fragile entre ses bras. Il avait peur de la bouger. Il savait qu'elle était blessée. Ce qui lui était arrivé était sa faute. Elle ne serait pas d'accord, mais il connaissait la vérité. Il devait prendre une décision.

18

———

Caroline grogna. Elle avait mal. Elle essaya de se rappeler ce qu'elle avait fait pour être aussi endolorie. Tout lui revint en un éclair. Le chalet, Matthew, l'entrepôt, le bateau... Elle ouvrit les yeux, ou du moins essaya de le faire. Bon sang, son visage lui faisait mal. Elle leva la main pour tâter à quel point il était enflé. Oh, non. Enfin, elle entrouvrit les paupières et regarda autour d'elle. Une chambre d'hôpital. Elle était à l'hôpital. Elle *détestait* les hôpitaux. Elle observa la pièce. À part elle, il n'y avait personne. Elle essaya de repousser la déception qu'elle ressentit. Matthew n'avait aucune raison de se trouver là à son réveil, mais elle l'avait quand même espéré. Où étaient-ils tous ? Elle voulait sortir de là... elle voulait... bon sang. Elle ferma les yeux et ne mit pas deux secondes à se rendormir.

* * *

Après avoir déposé Caroline à l'hôpital de la Marine, Wolf et son unité appelèrent leur commandant. Ils lui expliquèrent ce qui s'était passé durant la nuit. Tex avait analysé les vidéos et les avait agrandies. Étonnamment, l'homme en costume fut facile à identifier. Quand Tex envoya la photo à Wolf, il le reconnut immédiatement.

C'était un agent du FBI avec lequel ils s'étaient entretenus au Nebraska après avoir fait atterrir l'avion. Pas étonnant qu'il se soit trouvé assez proche pour être en mesure de venir leur parler. Il avait prévu de provoquer un crash. Il s'était manifestement porté volontaire pour venir au Nebraska afin de les interviewer. Wolf, Abe et Mozart avaient eu l'impression que quelque chose clochait chez cet agent quand ils avaient été interrogés. Leurs instincts ne leur avaient pas fait défaut.

Ils ignoraient les réelles motivations de son stratagème, mais cela n'avait plus vraiment d'importance. Tout ce qui comptait pour Wolf était d'avoir secouru Caroline. C'était au reste des Fédéraux de découvrir les raisons de cette traîtrise. Pour le bien du pays, Wolf espérait qu'il travaillait seul. Dieu savait que leur boulot était déjà assez difficile sans avoir besoin de lutter constamment contre des terroristes sur leur territoire en plus des étrangers.

Wolf était soulagé qu'ils aient tenu secret ce qui s'était passé. La seule personne à qui ils avaient raconté les détails du vol et le rôle qu'avait joué Caroline était leur commandant. Ils étaient tenus de faire un rapport sur tout ce qui s'était passé en Virginie, et les répercussions seraient probablement durables, tant pour le FBI que pour l'unité des Forces Spéciales, mais Wolf ne le regrettait pas. Pas tant que Caroline était saine et sauve.

Wolf essaya d'ignorer ses coéquipiers. Ils n'étaient pas très contents de lui. Et encore, c'était un euphémisme ;. Ils étaient en rage. Ils s'étaient disputés pendant la majeure partie de la nuit et il n'avait toujours pas changé d'avis. Il ne convenait pas à Caroline. Il n'y avait qu'à voir ce qui était arrivé à la jeune femme après leur rencontre. Une série de catastrophes. Elle avait failli mourir dans un détournement d'avion, son appartement avait été visité, elle avait intégré le programme de protection des témoins, elle avait été kidnappée et battue, on lui avait tiré dessus pour finir par essayer de la noyer. Il n'était pas sûr pour un SEAL d'avoir une relation. Pourquoi ses coéquipiers ne le voyaient-ils pas ?

Ils avaient voulu attendre qu'Ice se réveille quand ils l'avaient amenée à l'hôpital. Cookie, Benny et Dude avaient besoin de la rencontrer alors qu'elle était consciente, pas à moitié groggy au fond d'un bateau. Cookie plus que les autres. Caroline semblait affecter tout le monde de la même façon. Elle avait terriblement impressionné Cookie, ce qui n'était pas chose facile. Il leur avait expliqué que même si elle avait paniqué, elle avait immédiatement reconnu leur signal. Tout comme elle s'était détendue et s'était laissé entraîner en sécurité, puis l'avait remercié alors qu'elle flottait au beau milieu de l'océan.

Ils étaient tristes que Wolf semble renoncer à elle. Ils ne comprenaient pas comment il pouvait laisser Ice se remettre seule à l'hôpital après tout le mal qu'ils avaient eu à la secourir. Ils *savaient* qu'il l'aimait, mais pour une raison quelconque, à présent qu'elle était en sécurité, il faisait sa tête de cochon.

Wolf ruminait tout ce qu'avait subi Caroline. Elle avait deux côtes cassées et trop de coupures, de bleus et d'égratignures pour les dénombrer. Elle avait plusieurs bandes autour des poignets et on lui avait posé huit points de suture pour sa coupure à la tête. Rester sans boire ni manger l'avait déshydratée. Elle s'était fait battre violemment et avait quand même conservé la tête sur les épaules. Alors qu'elle délirait dans le bateau et sur le chemin de l'hôpital, elle n'avait cessé de répéter : « Je n'ai rien dit, je jure que je ne lui ai rien dit », encore et encore. Wolf avait réussi à la rassurer, mais dès qu'il l'avait lâchée et placée sur sa couchette à l'hôpital, elle avait recommencé à délirer. Cela lui avait brisé le cœur de la laisser là, mais il *savait* que c'était la seule chose à faire, n'en déplaise à son unité.

* * *

Cookie, Benny et Dude se glissèrent dans la chambre d'hôpital à pas de loups – du moins autant que trois hommes costauds pouvaient le faire. Ils se dirigèrent vers la femme allongée dans le lit près de la fenêtre. Elle dormait. Elle faisait peur à voir. Son visage était couvert d'ecchymoses, sans parler de ses bras. Ils ne pouvaient pas voir le reste de sa personne, mais ils savaient qu'elle avait plusieurs côtes cassées et qu'elle était certainement couverte de bleus.

Les trois hommes avaient voulu rester avec elle après l'avoir amenée, mais Wolf avait refusé de les laisser faire. Ils étaient venus ce jour-là sans qu'il le sache. Il fallait qu'ils la rencontrent en personne. Ils avaient tellement entendu parler d'elle par Mozart et Abe, ou même en voyant Wolf à ses côtés dans le bateau.

Ils n'avaient jamais vraiment réfléchi aux femmes par le passé. Ils aimaient les femmes, *coucher* avec elles, mais ils n'y avaient guère songé au-delà. Ils se demandaient en quoi celle-ci était spéciale, ce qui avait poussé leurs coéquipiers à faire des choses qu'ils n'auraient jamais envisagées avant de la rencontrer. Cookie et Benny s'assirent d'un côté du lit, et Dude de l'autre.

Caroline remua, agitée. Qu'est-ce qui l'avait réveillée ? Elle ouvrit les yeux et eut du mal à retenir un hurlement. Trois hommes étaient assis autour de son lit. Ils étaient immenses. Étaient-ils là pour lui faire du mal ? Wolf avait-il bien capturé tous les terroristes ? Elle essaya de réfléchir... Avait-elle des armes ? Avant qu'elle ne cède à la panique la plus totale, l'un des hommes lui tendit la main.

— Ravi de te rencontrer, Ice, je suis Dude.

Caroline dévisagea l'homme et sa main tendue. L'un des hommes de Matthew ? Elle tendit le bras et lui serra prudemment la main. Elle décida de lui accorder le bénéfice du doute.

— Ravie de vous rencontrer, je suis Caroline.

Sa voix était basse et rocailleuse.

Elle attendit et le sentit enfin. Son index et son annulaire pressaient contre sa main plus fort que les autres doigts. Elle sourit.

— Faulkner, c'est ça ? demanda-t-elle au colosse.

Il hocha la tête et sourit, mais répondit :

— Dude.

— Je suis Benny, lui dit l'un des autres à voix basse.

Caroline se tourna vers lui pour lui serrer la main et reçut le même signal. C'étaient les coéquipiers de

Matthew. Dieu merci. Elle ne pensait pas avoir la force d'échapper à un autre terroriste.

— Benny...

Elle réfléchit un moment avant d'ajouter d'une voix hésitante :

— Kason ?

Benny porta sa main à ses lèvres et l'embrassa doucement.

— C'est moi.

Caroline se tourna enfin vers le troisième homme alors que Kason lui lâchait la main.

— Et vous devez être Hunter, dit-elle d'une voix tremblante, ressentant une vive émotion à l'idée de rencontrer celui qui avait tenu sa vie entre ses mains.

Il hocha la tête et au lieu de lui tendre la main, il se leva puis se baissa vers elle. Il la prit précautionneuse-ment dans ses bras et lui donna une étreinte réconfor-tante. Caroline en fut émue. Elle avait encore un peu mal, mais elle ignora la douleur et tenta de montrer combien elle l'appréciait à ce SEAL imposant qui la serrait contre lui.

— Merci, Hunter, lui souffla-t-elle à l'oreille avec sincérité. Merci.

Elle n'eut rien à ajouter. Elle sentit Hunter hocher la tête et l'aider à poser son dos sur le lit avec précaution.

Caroline regarda les trois hommes assis autour d'elle.

— C'est tellement bon de vous rencontrer enfin. Vous allez tous bien ? Je ne sais pas vraiment ce qui s'est passé là dehors. Je sais que Hunter m'a sauvée quand j'étais sous l'eau, mais je n'ai que des flashes décousus de ce qui s'est passé après. Qu'est-il arrivé au dandy ?

Dude comprit de qui elle parlait et il perçut la peur dans sa voix.

— C'est terminé, Ice. Tu n'auras plus jamais à avoir peur de lui. C'était lui qui était derrière tout ça. C'était un renégat du FBI. Apparemment, il travaillait seul et n'avait pas de réseau étendu. Il ne pourra pas envoyer quelqu'un à tes trousses. Tu es en sécurité.

Dude n'était pas entièrement certain que ce soit vrai, mais il n'allait certainement pas dire quelque chose qui aurait pu l'inquiéter. Elle avait déjà traversé assez d'épreuves.

Caroline poussa un soupir de soulagement.

— Dieu merci. Mais vous allez bien ? Tout le monde va bien ?

Benny hocha la tête.

— Nous allons tous bien, Ice. C'est *toi* qui nous préoccupes.

Caroline essaya de ne pas pleurer. C'était bien que quelqu'un s'inquiète pour elle, mais si elle était honnête, ce n'était pas vraiment eux qu'elle souhaitait voir. Elle voulait voir Matthew, pour être certaine qu'il se porte bien... enfin, juste pour être avec lui. Mais il n'était pas passé la voir. Elle ne l'avait pas vu depuis le bateau et elle n'avait guère de souvenirs de ce moment. Il était évident qu'il avait décidé qu'elle n'en valait pas la peine. Cela faisait mal. Elle avait cru qu'elle lui plaisait vraiment. Il était sacrément bon acteur, il fallait bien l'avouer.

— Comment va Sam ? demanda rapidement Caroline, essayant de cacher sa douleur à l'idée que Matthew ne veuille pas la voir.

— Il va bien, lui dit Cookie. Il insiste pour sortir de l'hôpital et reprendre le travail. Il rentrera à San Diego avec nous dans les jours qui viennent.

Il ne mentionna pas les cicatrices sur le visage de Mozart ni leur gravité. Cookie savait que Caroline se sentait déjà assez mal comme ça.

Elle eut un pincement au cœur en entendant les paroles de Hunter. Ainsi, ils s'en allaient. Bientôt. Au cours des jours suivants. Elle savait que c'était prévu, mais elle avait espéré voir Matthew ou du moins lui parler avant son départ. Elle essaya de se reprendre.

— Je me l'imagine, dit-elle avec un rire forcé. Dites-lui bonjour de ma part.

— Bien entendu, Ice. Il serait venu s'il l'avait pu, lui dit Benny.

— Je sais. Je suis contente qu'il aille bien.

Il y eut un moment de silence dans la pièce. Caroline ne voulait pas demander où se trouvait Matthew ni pourquoi il n'était pas passé la voir. Mais elle avait tellement envie de savoir. Comme s'il pouvait lire dans son esprit, Cookie lui dit doucement :

— Il ne sait pas que nous sommes venus.

Elle hocha la tête, même si elle avait l'impression qu'on lui arrachait le cœur. Matthew ne voulait pas la voir et ne voulait pas que ses amis la voient. Cela la blessait plus qu'elle n'aurait voulu l'admettre devant quiconque.

Benny poursuivit, essayant de lui remonter le moral :

— Nous avions envie de te rencontrer… de *vraiment* te rencontrer. C'est étrange de ne pas connaître les membres de sa propre unité.

Il lui sourit.

Caroline essaya de lui rendre son sourire, mais devant la mine sombre de Kason, elle estima avoir lamentablement échoué.

— Merci, les garçons, mais vous savez que je ne fais pas partie de l'unité. Je me suis simplement mise en travers de *votre* unité.

Aucun des trois hommes ne souriait.

Cookie mit la main à sa poche et en tira quelque chose. Il lui prit une main, plaça l'objet dans sa paume et lui referma délicatement les doigts autour avant qu'elle puisse voir ce que c'était. Quand il se rassit sans un mot, Caroline ouvrit la main et baissa les yeux. C'était son insigne de SEAL en forme de trident.

— Tu *fais* partie de cette unité, Ice, lui dit-il. Je ne

vois pas d'autre personne, homme ou femme, qui se serait montré aussi robuste que tu l'as été au cours des dernières semaines. Tu n'as pas craqué, tu n'as pas hésité à faire ce que tu pensais être ton devoir, même quand tu avais peur. Et plus important encore, tu as sauvé la vie de tes coéquipiers... plus d'une fois. Si tu as besoin de nous, tu n'as qu'à nous demander.

Il plaça l'index sous le menton de Caroline et lui fit lever le regard vers lui, plaçant sa main sur la sienne alors qu'elle serrait fort l'insigne.

— Je ne sais pas si tu connais l'insigne *Budweiser* et sa signification.

Quand elle secoua la tête, Cookie poursuivit :

— Tous les SEAL reçoivent leur insigne une fois qu'ils ont achevé leur entraînement de base, passé leur qualification d'entraînement et peuvent officiellement faire partie des Forces Spéciales. Il symbolise que nous sommes des frères d'armes, que nous nous entraînons et que nous nous battons ensemble. C'est l'une des choses dont nous sommes très fiers.

— Mais... essaya de protester Caroline, interrompue par Cookie.

— Tu es l'une d'entre nous. Tu as mérité ton insigne, Ice. Tu l'as *largement* méritée.

Caroline sentit une larme glisser de son œil enflé et sa lèvre trembla. Elle ne parvint qu'à hocher la tête. Le geste de Cookie la touchait tellement. Elle aurait voulu le prendre dans ses bras, mais elle savait que cela aurait été trop douloureux. Elle aurait probablement dû dire quelque chose de profond, mais elle n'avait qu'une seule idée en tête. Elle savait qu'ils l'aideraient.

— Pouvez-vous me faire sortir d'ici ? les implora-t-elle doucement en ravalant un sanglot. Je déteste les hôpitaux.

Abe s'assit à côté de Wolf. Il aurait voulu botter le cul de son ami, mais à la place, il décida d'essayer de le convaincre.

— J'ai parlé à Mozart hier, dit-il à voix basse.

Wolf hocha la tête. Mozart allait bien. Il avait enfin repris connaissance et semblait bien portant. Son visage garderait toujours des cicatrices et il mettrait encore du temps à se rétablir, mais dans l'ensemble, il avait eu de la chance. Il rejoindrait à nouveau l'unité quand ils seraient de retour à San Diego.

— Nous avons parlé de ce qui s'est passé au chalet.

Wolf grimaça. Il ne se souvenait de rien. Il se souvenait simplement de l'incendie et d'avoir essayé de respirer, mais rien de plus. Puisque les seules autres personnes présentes étaient Caroline et Mozart, il ignorait comment la jeune femme s'était fait kidnapper. Il ne savait qu'une seule chose : qu'il n'avait pas su la protéger. Il n'avait pas fait son travail. Il avait du mal à surmonter cette culpabilité.

Abe fit à son chef d'unité un résumé de ce que Mozart lui avait raconté des événements quand il était arrivé.

— Après que Mozart a tiré sur les deux terroristes qui attendaient à la fenêtre pour tuer ceux qui s'échapperaient, il a vu Ice. Il a essayé de la faire sortir, mais elle a refusé de partir sans toi. Elle t'a tiré vers la fenêtre et a forcé Mozart à t'évacuer en premier. Il lui a demandé ce qui lui prenait et elle lui a dit que les SEAL n'abandonnaient pas les SEAL.

Abe laissa Wolf digérer la nouvelle avant de poursuivre.

— Elle était prisonnière d'une maison en feu. Au lieu de prendre ses jambes à son cou, elle s'est assurée que *tu* en sortes en premier. Elle n'a pas voulu te quitter. Elle a lutté de toutes ses forces, et quand elle a réalisé que la seule façon de te protéger était de partir de son plein gré avec ce fumier... elle l'a fait.

Abe vit que son chef d'unité se débattait un moment sous le poids de la vérité des actions de Caroline.

— Selon moi, Wolf, si elle a refusé de t'abandonner dans un bâtiment en feu... pourquoi l'abandonnes-tu à présent ? Tu *sais* qu'elle déteste les hôpitaux. Tu te rappelles quand nous avons essayé de lui faire voir un médecin après sa blessure dans l'avion ? Tu te souviens de sa réaction ? Bon sang, Wolf, nous savons tous que vous êtes fous l'un de l'autre. Nous savons qu'elle est à toi. Pourquoi lui infliges-tu cela, à elle et à toi-même ?

— Elle est là-bas à cause de moi, admit Wolf à haute voix pour la première fois.

— Foutaises, dit Abe immédiatement, surprenant Wolf par son affirmation catégorique.— Elle est là-bas parce qu'elle est forte. La plupart des femmes que je connais auraient abandonné et seraient mortes. C'est vrai, la plupart des femmes que je connais se seraient recroquevillées à l'arrière de l'avion et n'auraient rien fait. Penses-y. Si *jamais* je me trouve une femme qui me fait passer en premier, qui me protège avant de penser à elle, je l'attrape et je ne la lâche plus. Si Ice n'était pas aussi forte, elle serait morte de cinq façons différentes. Mais ça ne s'est pas passé comme ça. Elle est toujours en vie et elle veut que tu sois là avec elle. Tu as une femme géniale et tu la rejettes. Elle est loyale comme personne et ne se laisse pas faire. C'est le genre de femme qu'il te faut. Tu n'en trouveras jamais deux comme elle. Elle est à toi. Il faudra simplement que tu aies le courage de prendre ce que tu veux une fois dans ta vie. Il n'y a aucune garantie que nous soyons tous là demain. On peut tomber dans les escaliers, se faire renverser par une voiture en traversant la rue. Il n'y a aucune garantie dans la vie, mais je te promets sur la tête de ma mère que si tu ne vas pas la rejoindre immé-diatement, tu *vas* le regretter pendant le reste de tes jours.

Abe attendit et le laissa digérer avant de poursuivre.

— Benny, Dude et Cookie sont passés la voir hier.

À ces mots, Wolf leva les yeux. Il ne voulait pas poser la question, mais il n'en eut pas besoin. Abe lui dit ce qu'il voulait savoir.

— Elle a une tête de déterrée. Elle est abattue et déprimée. Cookie lui a donné son insigne. Il a dit qu'elle faisait partie de l'unité.

Wolf serra les dents. Il voulait que ce soit *lui* qui soit avec elle. Il voulait que ce soit *lui* qui l'accueille au sein de l'unité avec son insigne. Mais il ne pouvait pas. Il ne voyait pas d'autre façon de la protéger.

— Elle leur a demandé une faveur, reprit Abe. Elle voulait qu'ils l'aident à quitter l'hôpital.

— Elle n'est pas en état de sortir ! s'emporta Wolf. Qu'est-ce qu'elle croit ? Dis-moi qu'ils ne l'ont pas écoutée ?

Abe poursuivit calmement, ignorant l'accès de colère de Wolf.

— Elle ne t'a jamais raconté pourquoi elle déteste les hôpitaux. ?

Wolf secoua la tête, se rappelant qu'elle leur avait fait cet aveu quand Mozart lui avait posé des points de suture dans l'avion.

— Pendant que tu étais dans le coltar, j'ai demandé à Tex d'enquêter pour moi, lui dit Abe d'un ton contrarié. À l'âge de vingt-deux ans, elle a eu un accident de voiture. Elle a passé trois mois dans le plâtre, à l'hôpital. Ses parents n'ont pas pu venir la voir parce que son père venait de commencer un nouveau travail et qu'il n'était pas capable de prendre le moindre congé. Ils étaient âgés, et sa mère ne se sentait pas de voyager seule. En plus, Ice leur avait dit qu'elle se débrouillerait. Comme tu peux t'y attendre, elle a minimisé ses blessures auprès de sa mère. Apparemment, elle a eu de nombreuses complications, mais l'hôpital était bondé et occupé. Elle a eu deux visiteurs durant tout son séjour. L'un d'eux était l'avocat du mec qui l'avait renversée, l'autre était l'homme avec qui elle sortait. Il est passé une fois et n'est jamais revenu. Elle est restée dans cette chambre toute la journée et elle a eu des escarres et d'autres problèmes « mineurs » parce que personne ne s'est battu pour elle. Personne ne s'est préoccupé de cette femme célibataire et ordinaire, allongée seule dans sa chambre, jour après jour.

Abe devint silencieux, laissant Wolf digérer ses propos.

Wolf avait la mâchoire crispée. Pas étonnant que Caroline soit aussi forte. Elle n'avait pas eu le choix.

Abe voyait que c'était douloureux pour Wolf. Il n'avait pas eu l'intention de le contrarier, mais il devait lui faire comprendre qui il abandonnait exactement.

— Les autres l'ont fait sortir de l'hôpital et l'ont ramenée chez elle. Elle leur a dit que ça irait et ils sont partis. Puis ils sont venus me trouver.

Il s'interrompit.

— Un SEAL n'abandonne pas un autre SEAL. Jamais, Wolf. Vas-tu vraiment l'abandonner et repartir à San Diego en pensant qu'elle ne signifie rien pour toi ? La laisseras-tu croire qu'elle est un poids pour toi... pour nous ? Parce que c'est ce qu'elle pense... Elle pense la même chose que toi, que c'est à cause d'*elle* que nous avons été impliqués dans ce qui s'est passé. Je peux te dire une chose : si tu ne veux pas d'elle, très bien, mais sache que le reste de l'unité restera en contact avec elle. Elle nous plaît. On la respecte. On prendra soin d'elle si tu ne veux pas le faire.

— Si je ne *veux* pas d'elle, Abe ? dit Wolf d'un ton incrédule, incapable de tolérer cette harangue plus longtemps.

Il se redressa abruptement et arpenta la pièce.

— Dieu, il n'y a rien que je souhaite davantage. Mais...

Abe l'interrompit.

— Mais rien, Wolf. Si tu veux d'elle, tu ferais mieux d'aller la trouver. Sans quoi, elle se trouvera quelqu'un d'autre.

Abe pressa l'épaule de Wolf, comme le faisaient les hommes, puis il s'en alla. Il avait dit ce qu'il avait à dire. Si Wolf ne l'écoutait pas, il demanderait à être transféré dans une autre unité. Il ne voulait pas travailler pour un homme qui refusait de prendre la meilleure décision pour lui et la femme qu'il aimait.

Dix minutes plus tard, Abe vit Wolf sortir du bâtiment et monter dans une voiture de location. Il espérait vraiment qu'il allait récupérer sa compagne. Abe avait fait tout ce qui était en son pouvoir ; à présent, c'était à Wolf de décider.

Caroline entendit qu'on sonnait à la porte, mais elle l'ignora. Elle se blottit plus profondément sur le canapé. Elle ne voulait voir personne. Elle ne voulait parler à personne. Elle avait même repoussé le moment d'appeler son patron. Elle ne savait absolument pas si elle avait toujours un emploi, mais elle ne se sentait pas encore d'attaque pour s'occuper d'une autre personne. Tout ce qu'elle voulait, c'était fermer les yeux et oublier que les semaines précédentes étaient arrivées... du moins la plupart.

Comme la sonnerie persistait, Caroline remonta doucement la couverture par-dessus sa tête. Elle se dit que c'était probablement un représentant, parce qu'elle ne s'imaginait pas qui d'autre pouvait se trouver à sa porte. Bon sang, elle ne *connaissait* personne à part l'unité des SEAL, et la veille, elle avait donné fermement congé à Hunter, Kason et Faulkner. Elle leur avait dit qu'elle allait bien, qu'elle se sentait en super forme et qu'elle garderait le contact avec eux.

Mais en réalité, elle n'était pas bien. Elle était déprimée et elle avait toujours très mal. Elle n'avait pas faim et n'avait pas pris la peine de s'habiller. Enfin, la sonnerie s'arrêta. Dieu merci. Elle ferma les yeux, se disant que si elle dormait assez longtemps, la douleur, tant émotionnelle que physique, disparaîtrait peut-être.

Wolf crocheta rapidement la serrure. Elle devait vraiment renforcer sa sécurité. N'importe qui capable de crocheter les serrures comme lui aurait pu entrer. Pas étonnant que ce satané terroriste se soit infiltré si facilement. Il referma doucement la porte derrière lui et pénétra dans l'appartement de Caroline. Tout était silencieux. Il traversa sa cuisine, entra dans le salon et la découvrit, recroquevillée sur le canapé. La couverture la recouvrait des pieds à la tête ; tout ce qu'il voyait était le sommet de son crâne. Il alla s'agenouiller près d'elle.

— Caroline, dit-il à voix basse.

Caroline n'avait pas encore basculé dans le sommeil quand elle entendit son nom. Elle ouvrit les yeux et se rassit rapidement. Elle vit Matthew lorsque la couverture lui glissa du visage, puis elle grogna et retomba sur le canapé. Bon sang, c'était douloureux.

— Je suis désolé, ma belle, s'inquiéta Wolf. Je n'avais pas l'intention de te faire peur.

— Comment es-tu entré ? Oh, peu importe, geignit Caroline sur un ton irritable.

C'était un SEAL ; une porte fermée ne l'arrêterait pas.

— Qu'est-ce que tu veux ?

— Toi, dit simplement Wolf.

Il en avait assez de tourner autour du pot avec cette femme.

Caroline ouvrit les yeux et regarda l'homme agenouillé près d'elle.

— Quoi ? demanda-t-elle, incapable de croire à ce qu'elle venait d'entendre.

— Toi. J'ai envie de toi, répéta Wolf. J'ai été un imbécile. Tous les jours depuis que je t'ai quittée dans cet hôpital, je me suis fait des reproches et j'ai eu envie de revenir vers toi. Je ne suis pas l'homme le plus romantique du monde, mais tu n'en trouveras pas un autre plus dévoué. Je suis désolé de m'être comporté comme un connard, mais je suis là, à présent, et je n'ai pas envie de te laisser partir.

Caroline en resta bouche bée. Matthew lui disait tout ce qu'elle avait voulu qu'un homme lui dise, mais était-il sérieux ? Bien sûr. Il n'aurait rien dit s'il ne l'était pas.

— J'ai cru que tu étais parti, murmura-t-elle tristement en le regardant dans les yeux.

— Je n'ai pas pu, lui dit honnêtement Wolf.

Il se redressa et souleva Caroline avec précaution avant de s'asseoir, l'installant sur ses genoux. Il se réjouit quand elle se laissa faire et se blottit contre sa poitrine, les yeux fermés.

Caroline se dit qu'il sentait tellement bon et qu'elle était tellement fatiguée.

— C'est bon, tu peux t'endormir, ma belle, je ne vais nulle part.

Elle avait dû dire à haute voix qu'elle était fatiguée. Elle hocha la tête et s'endormit en quelques secondes.

Wolf resta assis avec Caroline sur les genoux pendant une heure environ, se contentant de la regarder dormir en lui caressant les cheveux. Il était vraiment reconnaissant qu'elle ne l'ait pas encore jeté dehors, mais il savait également qu'elle était épuisée et n'avait probablement pas les idées claires. Enfin, il la rallongea avec précaution sur le canapé, fit courir un index le long de son visage encore meurtri, retira sa veste et se dirigea vers la cuisine pour se mettre au travail.

Quand Caroline s'éveilla, elle huma de délicieux effluves. Elle s'assit lentement et grogna. Bon Dieu, elle en avait assez de se sentir inutile. Soudain, Matthew était là ; réellement, en chair et en os.

— Il faut que tu manges, Caroline, lui dit-il gentiment. Je t'ai fait de la soupe.

— Tu es toujours là.

Les mots lui avaient échappé sans même qu'elle s'en rende compte.

— Je suis toujours là. Viens maintenant, lève-toi.

Il l'aida à se redresser et à se diriger vers le petit coin-repas de la cuisine. Il l'installa sur une chaise et sortit deux analgésiques de la boîte.

— Je n'aime pas en prendre, lui dit Caroline, irritée.

— Peu m'importe. Tu en as besoin ; tu as mal.

— Ils m'étourdissent et je me sens bizarre quand j'en prends, ronchonna-t-elle, maussade et un peu patraque.

— Ice, tu en as besoin. Je t'en prie. Je serai là pour t'aider, et tu peux dormir autant que tu le souhaites.

— Que veux-tu dire ? lui demanda-t-elle prudemment.

— Je veux dire que je resterai ici aussi longtemps que tu auras besoin de moi.

— Et puis ? Quand j'irai mieux et que je n'aurai plus besoin de toi ?

— J'espère que tu auras toujours besoin de moi comme j'ai besoin de toi.

Caroline en resta bouche bée. Elle sentit son humeur s'alléger. Il avait *l'air* si sérieux, mais l'était-il vraiment ?

Wolf poursuivit comme si ses paroles ne venaient pas de bousculer la vie de Caroline.

— Je sais qu'il faudra faire des compromis avec nos emplois, mais je sais aussi que je n'ai pas envie de te laisser filer. Je veux passer tout mon temps avec toi quand je ne travaille pas. Je veux rentrer à la maison après une mission et t'y retrouver toi, et seulement toi. Je t'en prie, dis-moi que tu vas nous donner une chance.

Wolf s'arrêta et attendit. Elle tenait son cœur entre ses mains.

Une larme glissa sur le visage de Caroline.

— Oui, Matthew. J'en ai envie aussi. J'ai peur. Je sais que ce que tu fais est très dangereux. Je ne veux pas te perdre.

— Tu ne me perdras pas. Je ne le permettrai pas.

Caroline sourit. Elle ne savait pas comment ils s'arrangeraient, mais elle savait qu'elle ferait tout ce qui était en son pouvoir. Elle aimait cet homme.

— Je t'aime, Matthew.

Elle prit soudain conscience qu'elle ne le lui avait jamais dit.

— Je t'aime aussi, Caroline. Et tu rendras son insigne à Cookie. Si tu dois garder la *Budweiser* de quelqu'un, ce sera la mienne.

Caroline sourit. Elle savait que cette histoire d'insigne était importante, mais elle n'avait manifestement pas compris à quel point.

— Très bien, Matthew, lui dit-elle avec ravissement.

Caroline savait que tout s'arrangerait. Matthew s'en assurerait.

ÉPILOGUE

— Sérieusement, Hunter, arrête. Je ne suis pas une invalide. Je peux porter certaines de mes affaires.

— Je sais que tu n'es pas une invalide, Ice, mais ce carton est trop lourd pour toi. Je le prends.

Caroline souffla, mais elle laissa Hunter lui prendre le carton, le regardant l'emporter à l'intérieur. Elle ne pouvait pas rester en colère très longtemps contre les amis de Matthew. Elle les aimait tous. Pas autant qu'elle l'aimait, mais elle ne savait pas ce qu'elle aurait fait sans eux. Ils avaient fait de leur mieux pour s'assurer que Matthew et elle puissent passer du temps ensemble alors qu'ils vivaient à l'autre bout du pays. Elle savait qu'ils avaient accepté des missions à sa place et lui avaient laissé prendre des congés supplémentaires afin qu'il puisse prendre l'avion pour venir la voir.

La première fois qu'elle avait vu le visage de Sam, elle avait éclaté en sanglots. Elle n'avait pas vraiment pleuré à cause de son apparence. Elle lui avait dit carrément :

— C'est de ma faute.

Mozart s'était emporté et il lui avait pris le visage dans les mains en lui répondant sérieusement :

— C'est n'importe quoi. Ice, ce n'est pas toi qui as fait ça. Ce sont les terroristes. Si c'était à refaire, je referais exactement la même chose.

— Mais ton pauvre visage…

Sam ne dit rien, mais se contenta de croiser les bras et de lui jeter un regard noir.

Enfin, il mit deux doigts sur ses lèvres et refusa de la laisser continuer à penser de la sorte.

— Sérieusement, je vais bien. Oui, j'ai des cicatrices. Oui, les femmes font parfois comme si je n'existais pas, mais ça ne me fait absolument rien, Ice. Alors, je ne veux plus jamais t'entendre t'en excuser auprès de moi, c'est compris ?

Caroline ne put que hocher la tête.

— Très bien, mais je te prie de me laisser trouver le genre de crème qui aide à réduire les cicatrices. Je sais que certaines femmes en mettent quand elles ont des césariennes. Tu en appliqueras tous les soirs jusqu'à ce que je te dise que ce n'est plus la peine.

Elle essaya de prendre une voix autoritaire, mais elle ne sut pas si elle avait réussi, car Sam éclata de rire et l'attira à lui d'une main derrière la nuque pour l'embrasser sur le front.

Après cela, Caroline avait observé Sam. Apparemment, il lui avait dit la vérité. Il ne semblait pas se préoccuper de son visage, et au fil du temps, il avait presque guéri, même s'il n'était plus aussi charmant qu'avant. Elle lui avait donné le tube de crème qu'elle avait menacé de lui acheter. Il avait protesté, mais lui avait promis de s'en servir. Caroline savait que cela ne suffirait jamais à dissiper son sentiment de culpabilité, mais elle avait promis de ne plus aborder le sujet.

Après cinq mois de fréquentations, Caroline en avait eu assez de sa relation à distance avec Matthew. Une nuit, alors qu'ils étaient au lit, elle lui avait dit qu'elle ne voulait plus perdre de temps. Elle avait contacté son ancien patron en Californie, qui avait accepté de lui redonner son ancien travail. Ils n'avaient pas encore été capables de lui trouver un remplaçant, si bien qu'il fut content de la réintégrer.

Matthew ne perdit pas de temps. À l'instant où elle avait dit qu'elle souhaitait retourner en Californie, il avait contacté un agent immobilier et s'était attelé à leur trouver un endroit où vivre. Ils s'étaient finalement mis d'accord pour une petite maison avec un grand sous-sol. Ce n'était pas la maison de ses rêves, mais elle aurait pu vivre n'importe où tant que Matthew était avec elle.

Ils avaient passé des soirées hilarantes avec l'unité.

Comme la première fois qu'elle les avait vus, Caroline trouvait que c'étaient des sex-symbols ambulants, et apparemment, les Californiennes étaient d'accord. Ils changeaient de copines comme ils changeaient de chaussures, c'est-à-dire *souvent*. Même les cicatrices de Sam ne semblaient pas repousser beaucoup de femmes, au grand soulagement de Caroline. Elle faisait de son mieux pour tolérer ces aventures d'un soir. Heureusement, Matthew savait ce qu'elle en pensait et quand ils se retrouvaient tous pour la soirée, il s'arrangeait pour partir tôt.

Ils rentraient et faisaient l'amour jusqu'aux petites heures du matin. C'était l'un des meilleurs avantages à être dans la même ville que Matthew. Elle pouvait l'avoir à elle lorsqu'elle le désirait. Et elle le désirait beaucoup. Ils étaient très bien assortis au niveau de la libido. Matthew ne semblait jamais se lasser d'elle et l'abreuvait toujours de compliments. En retour, elle laissait Matthew mener le jeu au lit. Quand c'était lui qui menait la danse, elle ne s'endormait jamais frustrée. C'était un échange de bons procédés.

La vie de Caroline était fantastique et elle n'aurait pu être plus heureuse. Elle était extrêmement angoissée lorsque Matthew et son unité devaient partir en mission, mais une nuit, la voyant stresser à ce sujet, Matthew avait essayé de la rassurer.

— Caroline, je sais que ce n'est pas facile d'être avec moi, mais il faut que tu saches que je ferais tout ce qui est en mon pouvoir pour revenir vers toi. Comment pourrais-je faire autrement alors que tu as lutté de toutes tes forces pour rester en vie jusqu'à ce que je te retrouve et puisse te secourir ? Fais-moi confiance. Aie confiance dans l'unité.

Elle comprenait. Elle s'était battue pour survivre, pour lui. Si elle ne l'avait pas aimé, elle aurait abandonné bien longtemps avant de s'être trouvée au milieu de l'océan, à lutter pour rester à la surface.

Tout allait bien dans sa vie. Elle avait presque tout ce qu'elle désirait. La seule chose qui lui manquait, c'était des amies. Elle n'avait jamais eu d'amies proches dans sa vie, mais elle en voulait. Tout autour d'elle, elle voyait des mamans qui faisaient du shopping avec leurs filles, des copines qui profitaient d'une journée au spa ou bien des femmes qui s'installaient pour un déjeuner rapide en pleine journée de travail.

Elle espérait que Matthew et son unité trouveraient des femmes à aimer, des femmes avec qui elle se lierait d'amitié, mais elle perdait espoir. Les femmes faciles avec lesquelles ils traînaient n'étaient certainement pas de celles qu'elle aurait voulu côtoyer. Elle ne savait pas ce qu'ils leur trouvaient... enfin, si, mais elle savait qu'aucune d'elles n'était assez bien pour eux en dehors de la chambre à coucher. Caroline songea à Christopher. Il fréquentait l'une des pires du lot, une dénommée Adélaïde. Elle se comportait comme si elle était infiniment meilleure que Caroline, et cela la rendait chèvre. Elle devait être vraiment bonne au lit, parce que le Christopher qu'*elle* connaissait méritait tellement mieux. Elle connaissait une partie de son passé et il était temps qu'il se trouve une femme convenable, quelqu'une qui le fasse passer en premier. Elle soupira. Elle aurait tout aussi bien pu demander qu'on lui décroche la lune. Adélaïde savait qu'elle avait mis le grappin sur un homme trop bien pour elle. Qui sait ce qu'elle était capable de faire pour le garder ?

Caroline sentit des bras se refermer autour d'elle et l'attirer en arrière. Elle se pencha contre Matthew.

— Heureuse ?

— Tu en doutes ? le gronda-t-elle.

Elle bascula la tête contre son épaule et sentit qu'il tournait la tête pour l'embrasser sur la tempe.

— La maison n'est pas trop petite pour toi ?

Caroline se retourna dans les bras de Matthew.

— Peu m'importe où nous vivons. Je veux simplement m'endormir dans tes bras toutes les nuits et m'y réveiller le matin. Je t'aime. Je revivrai tout ce que nous avons traversé si cela signifie que je me retrouverai à nouveau ici.

Wolf ne dit rien, mais se pencha et l'embrassa. Profondément.

— Hé, tous les deux, on se calme ! Venez nous aider à transporter d'autres cartons à l'intérieur.

Le reproche de Faulkner les fit rire. Caroline sourit à Matthew. Elle se demandait comment elle avait eu la chance de finir avec cet homme, mais elle n'allait pas le laisser filer. Il lui appartenait. Maintenant et pour toujours.

*

Ne ratez pas le prochain tome de la série *Delta Force Heroes* : Un Protecteur Pour Alabama

DU MÊME AUTEUR

<u>Autres livres de Susan Stoker</u>

<u>Forces Très Spéciales Series</u>

Un Protecteur Pour Caroline

Un Protecteur Pour Alabama

Un Protecteur Pour Fiona (Mars)

Un Protecteur Pour Summer

Un Protecteur Pour Cheyenne

Un Protecteur Pour Jessyka

Un Protecteur Pour Julie

Un Protecteur Pour Melody

Un Protecteur Pour the Future

Un Protecteur Pour Kiera

Un Protecteur Pour Dakota

<u>Delta Force Heroes Series</u>

Un héros pour Rayne

Un héros pour Emily

Un héros pour Harley

Un mari pour Emily

Un héros pour Kassie

Un héros pour Bryn

Un héros pour Casey (Janvier)

Un héros pour Wendy (Février)

Un héros pour Mary (Mars)

Un héros pour Macie (Avril)

* * *

En Anglai

Delta Force Heroes Series

Rescuing Rayne

Rescuing Emily

Rescuing Harley

Marrying Emily (novella)

Rescuing Kassie

Rescuing Bryn

Rescuing Casey

Rescuing Sadie (novella)

Rescuing Wendy

Rescuing Mary

Rescuing Macie (novella)

Delta Team Two Series

Shielding Gillian (Apr 2020)

Shielding Kinley (Aug 2020)

Shielding Aspen (Oct 2020)

Shielding Riley (TBA)

Shielding Devyn (TBA)

Shielding Ember (TBA)

Shielding Sierra (TBA)

SEAL of Protection: Legacy Series

Securing Caite

Securing Brenae (novella)

Securing Sidney

Securing Piper

Securing Zoey (Jan 2020)

Securing Avery (May 2020)

Securing Kalee (Sept 2020)

Ace Security Series

Claiming Grace

Claiming Alexis

Claiming Bailey

Claiming Felicity

Claiming Sarah

<u>**_Mountain Mercenaries Series_**</u>

Defending Allye

Defending Chloe

Defending Morgan

Defending Harlow

Defending Everly

Defending Zara (Mar 2020)

Defending Raven (June 2020)

<u>**SEAL of Protection Series**</u>

Protecting Caroline

Protecting Alabama

Protecting Fiona

Marrying Caroline (novella)

Protecting Summer

Protecting Cheyenne

Protecting Jessyka

Protecting Julie (novella)

Protecting Melody

Protecting the Future

Protecting Kiera (novella)

Protecting Alabama's Kids (novella)

Protecting Dakota

<u>**Badge of Honor: Texas Heroes Series**</u>

Justice for Mackenzie

Justice for Mickie

Justice for Corrie

Justice for Laine (novella)

Shelter for Elizabeth

Justice for Boone

Shelter for Adeline

Shelter for Sophie

Justice for Erin

Justice for Milena

Shelter for Blythe

Justice for Hope

Shelter for Quinn

Shelter for Koren

Shelter for Penelope

À PROPOS DE L'AUTEUR

Susan Stoker est une auteure de best-sellers aux classements du New York Times, de USA Today et du Wall Street Journal. Elle a notamment écrit les séries Badge of Honor: Texas Heroes, SEAL of Protection et Delta Force Heroes. Mariée à un sous-officier de l'armée américaine à la retraite, Susan a vécu dans tous les États-Unis, du Missouri jusqu'en Californie en passant par le Colorado, et elle habite actuellement sous le vaste ciel du Tennessee. Fervente adepte des fins heureuses, Susan aime écrire des romans où les sentiments laissent place au grand amour.

http://www.StokerAces.com

facebook.com/authorsusanstoker

twitter.com/Susan_Stoker

instagram.com/authorsusanstoker

goodreads.com/SusanStoker

www.ingramcontent.com/pod-product-compliance
Lightning Source LLC
Chambersburg PA
CBHW060241100726

47907CB00003B/720